走进复旦

彭洪明　彭冰洁　著

黑龙江

图书在版编目（C I P）数据

走进复旦 / 彭洪明, 彭冰洁著.-- 哈尔滨 : 黑龙江教育出版社, 2018.6（2021.1重印）

ISBN 978-7-5709-0263-7

Ⅰ. ①走… Ⅱ. ①彭… ②彭… Ⅲ. ①书信集－中国－当代 Ⅳ. ①I267.5

中国版本图书馆 CIP 数据核字(2018)第 144386 号

走 进 复 旦

Zoujin fudan

彭洪明　彭冰洁　著

责任编辑　徐永进

封面设计　袁　飞

责任校对　张铁男

出版发行　黑龙江教育出版社

（哈尔滨市道里区群力第六大道 1305 号）

印　　刷　北京一鑫印务有限责任公司

开　　本　880 毫米×1230 毫米　1/32

印　　张　8.5

字　　数　210 千

版　　次　2018 年 6 月第 1 版

印　　次　2021年1月第2次印刷

书　　号　ISBN 978-7-5709-0263-7　　**定　　价**　40.00 元

黑龙江教育出版社网址：www.hljep.com.cn

如需订购图书，请与我社发行中心联系。联系电话：0451－82533097　82534665

如有印装质量问题，影响阅读，请与我公司联系调换。联系电话：028-85125718

如发现盗版图书，请向我社举报。举报电话：0451－82533087

序　言

2014年夏天，女儿考入复旦大学，我们全家的脸上都写满了自豪。那一年，女儿年仅16岁。

16岁，是一个好奇、自我肯定与叛逆相互交织的年龄。

女儿的成功，是良好的家庭教育与学校教育相互促进相辅相成的结果。

16年来，女儿一直在父母的羽翼保护下成长，凉有衣，热有饮，倦了累了有父母的悉心呵护。不仅如此，各地基础教育的快速发展迅速弥补了大城市与一般中小城市在教育上的巨大差距，接受优质教育在中小城市成为可能，女儿正是在这样的背景下充分激发了自己的学习潜能。

其实，近十年在中国城镇中等收入家庭成长起来的孩子，大多有着雷同的生活环境与成长际遇。按照推论，绝大部分孩子的发展应该大同小异。

但长期的教育工作却让我看到众多的条件相同资质相近的孩子却最终走向了截然相左甚至天渊之别的人生道路，这不能不让我反思作为孩子成长中重要陪伴角色的家长的作用。

同时因为自己从事高中教育这一职业的特殊性，在近几年工作中，我接触了为数不少的从高校或被迫或主动退学回来的孩子，这些孩子原本在老师、家庭的辛苦培育与自身孜孜不倦的努力下考取了在这个社会还属于稀缺资源的品牌学校，甚至不乏国内一流名校，此种境况，对于孩子自身及家庭无异于一场灾难，对于他周围的社会也是巨大的损失。

与这些孩子深度交流，退学原因有社会，有孩子自身，但家庭的因素同样不可忽略。

基于这些原因，如何与孩子有效交流，在孩子心性还具有较大不稳定性或可塑性的人生阶段对她施加积极影响，从而避免孩子误入歧途或是引导孩子走向积极奋发的人生道路，成为我长期来一直思考的问题。

16岁的女儿走进复旦，有喜悦，更有忧虑。说句实话，在这个已经普遍地把与孩子有效交流视为畏途，进而引发很多专家专门研究如何与自己孩子交往的时代，我相信这也是像我一样的众多家长的心声。

于是，书信这一国人最古老的交流方式进入我的视野。对这一新奇的想法开始还是心怀忐忑。好在对一切都充满好奇的女儿也对这一新颖的家庭沟通方式跃跃欲试，于是拾起搁置许久的笔开始了跟女儿漫长时间的电邮往来。

只是一种本能地了解孩子，了解孩子的世界，从而尽其所能给孩子的生活学习做一点粗浅的评价与指点，压根儿没有想过要像享誉华人世界的龙应台女士教育孩子一般，跟自己的孩子天文地理古今中外纵横捭阖，进而把文字变成铅字让它不朽，自然文字里多了许多的说教，甚至有很多“教科书”式的观点。但“发乎情止乎礼”，这样的文字反倒少了些做作，多了些实实在在的真记录真想法真性情。

事实证明，越是真的东西越能打动人心。三年的心血换来的是女儿对父母的理解，是女儿对生活的感恩，是女儿坚韧地去挑战自己在大学生活中遇到的一个又一个困难。由一位少不更事的懵懂少女成长为主动规划自己人生的大踏步前进的时代青年。

自古芸芸众生如我辈之家书大多湮灭历史风烟，鲜有传示他人者。禁不住几位友人怂恿，念及“他山之石，可以攻玉”，“冒天下之大不韪”将其刊印，我希望这本记录了女儿成长的集子能够成为那些潜心孩子生命潜能激发、致力于研究孩子成长规律的同行者的一块“顽石”。

彭洪明

2018年2月于梅江河畔

目　录

第一季　初识复旦

第二季　品味复旦

第三季　书香复旦

第四季　青春复旦

第五季　激情复旦

第六季　爱在复旦

附　录

第一季　初识复旦

初识复旦

亲爱的老爸、老妈：

第一次以书信这种方式跟你们交流，感觉陌生而新奇。

不知不觉已经来到复旦六天，六天的生活忙碌而充实，让我看到了一个与过去16年里截然不同的广阔天地，我已经迫不及待地想要跟你们分享这几天来的所见所感。

通过这几天的生活，我深刻地体会到复旦大学作为世界知名高校、中国十大名校绝对是名副其实。在这里有来自世界各地、五湖四海的人群，让你深刻地感受到文化、观念的碰撞之美；这里有各路学霸、大神，有的人同时熟练地掌握几门语言，有的人知识面广到让你汗颜……在校园里，你随处可以看到来自各国的留学生和普通同学用英语、韩语、泰语、日语互相交流；你可以看到网络空调开放的自习室里永远坐满了埋头苦读的学长学姐；你可以看到各种各样的校内外活动中复旦学子活跃的身影。

你们曾对我说，读一流大学便会与一流的人才结交。走进复旦后我才深刻地体会到这句话如此准确和真实。在复旦的这短短几天，我经历了太多的第一次：第一次一口气听完七场全英文演讲；第一次参加国际性的高峰论坛；第一次为了选课挑灯夜战；第一次听说了MOOC、CUYLS……人生因为复旦而有了太多不同。

我曾想过大学的生活会是这样：每天有很多闲暇时间供我自由挥霍；认识一群有趣的朋友谈天说地；睡到自然醒……然而，现在的我才发现当初错得有多离谱，至少开学以来的每一天，我都必须随时奔跑着赶去参加一场又一场的讲座、会议，甚至忙到没有时间吃饭；坐在自修室里和同学们一起安静自习；骑着单车穿过复旦的林荫道；聆听一个又一个学界泰斗的谆谆教诲……如今的生活才让我真正感受到人生的追求与意义。

入学教育上一位教授曾语重心长地对我们说：大学的意义在于不断地学习和成长。我想：我何其有幸，进入莘莘学子梦寐以求的复旦大学，成为志德书院的一员，在自己的成长之路上不断奔跑前行，离心中优秀的自己越来越近。

于2014年9月11日晚23：00

冰　儿：

我和妈妈一同读了你满怀喜悦传给我们的声音，虽然我们不能亲自体验你一周来生活的欢快与乐趣，但我们仍能感受你满心的欢喜和向上的冲动，我们为有你这么优秀乐观的女儿而骄傲，我们爱你！

你们的导师说得非常好，“大学的意义在于不断地学习和成长”。“所谓大学者，大师之谓也，非大楼之谓也”，大学，带给人生的，更多的是精神，是品质，是思想，是意志，是高大上的东西。妈妈回来对我谈了很多，有你们住宿条件的艰苦，有你到大学受到的各种生活的考验，有你初次离开爸妈之后生活的不适应。你传给我的照片我们也看了，意料之中，也有意料之外。所谓意料之中，是你书桌上的摆放，是你面对江浙餐饮的不适应，是你面对大堆资料的无所适从……所谓意料之外是一个山旮旯的孩子，居然那么快就能够去积极地投入和理解一种高品位的全新的生活，我们真有些低估自己的孩子了。

人生就是这样，不断去面对自己的第一次，特别是青年人的生活更应该是这样：不断从生活的第一次中去发现并吸取养料，并将这些经历积累转化为自己今后生活的财富。记得我进入初中的第一次作文就是“我第一次……”当时自己觉得有千言万语，有很多需要表达，也有些许的陌生……一晃二十多年过去了，这些第一次很多转化成了自己的日常生活，很多变成了自己最美好的人生回忆。孩子，爸给你说这些，概括起来就两个字：珍惜。时时处处珍惜自己今天所尝试的生活，这些琐屑的生活点滴，今天看来有些显得新奇，有些显得有趣，有些显得啰唆，有些显得了无滋味，有些显得让人茫然无所适从。但真实的生活恰恰是这样，没有人能告诉你今天经历的东西哪些是有用的，哪些是无用的，哪些是财富，哪些是累赘，决没有人能够做到这一点。所以，珍惜好今天的人生过程，走好自己的每一步，不管枯燥也好，幸福也罢，喜悦也好，痛苦也罢，悉心去体味其中的滋味，咀嚼其中的养料，奠基的有础石，也有废料。

读一流大学便会与一流的人才结交，与一流的人才结交才会成就一流的人生。冰儿，让优秀成为一种习惯，相信你能在一流的环境里成就自己优秀的人生。爱你。

老　爸

2014 年9月12日晚9时

生动的一课

亲爱的老爸老妈：

已经和你们分开近半个月，你们还好吗？

随着待在复旦的时间越长，我正在逐渐融入这里的生活，真正成为复旦的一分子。习惯了每天早早起床听英语听力；习惯了课间奔波在一栋栋教学楼之间；习惯了食堂偏甜味的饭菜；习惯了每晚人满为患的公共浴室。也更加深刻地体会到了大学与初高中的不同，在这里，没有人会告诉你要做什么，你应该怎么做，更没有人会帮助你完成手中十万火急的工作。

这里有一件我刚刚经历的事。我们寝室的四名女生选了同一门课程，下午在寝室里下载老师要求的上课资料，由于资料几乎绝版很久都没找到，上海女生于是电话询问自己当教授的爸爸，给我们推荐了一个学术网站。当我和那个上海女生吃饭回到寝室时，另一个福建同学已经下载完了，想偷懒的我们俩请她将已经下载好的文档传给我们，她对我说了这样一番话："我能帮你这一次却不能帮你的以后，我不是你们的父母，没有义务为你们包办一切。而且我现在有别的事，不会帮你传文档。"虽然我当时没有再说话，自己下好了文档，但心里还是觉得不舒服，觉得无法理解：不过是传一下文档，何必这么小家子气，闹得彼此不开心？

过了这几天，我虽然仍不大赞同她的做法，却慢慢理解了她的话：我们在家里都是父母、老师的掌中宝，已经习惯了遇到问题时求助于他人，习惯了别人帮你解决困难，但大学就是一个小社会，一旦走出父母、老师的羽翼保护，就必须学会依靠自己，不会再有人全心全意、不计回报地帮助你。告诉你们这件事不是要让你们担心我能否处理好与室友、同学间的关系，而是觉得走进大学的每一天都在成长，无论过程如何，它们都帮助我逐渐成为一个更成熟的自己。

再来说说我这一个星期来的生活吧。作为学期课程的试听周，它可以说是选课的延续，将直接影响到这个学期的课程表和时间安排。过程是痛苦的，结局是未知的，但这才是我真正迈向大学生活的第一步。虽然课程看着很轻松，但实际上你只会觉得时间太紧，24小时完全不够用。大学不是高中，一节课的内容可能就是高中一个星期的内容，没有预习和复习环节，学起来会倍感吃力。老师课上提到的历史事件、人物、著作之多超出你的想象，而且可能之前你从未听说，只能默默地记在笔记本上，下课后自己再去查阅资料。大学的老师几乎不会提醒你什么时候该做笔记，PPT和板书一讲而过，听到写不下、写下没听见是很正常的事，所以在课堂上你会看见讲到关键内容时，一片片的学生举起手机拍下PPT或板书，课下再自己整理笔记。

突然发现已经说了这么多，总之，大学生活有困难也有快乐，而我相信办法总会比困难多，复旦的一切都将慢慢揭开它的神秘面纱。正式的大学生活即将开始，而我已经准备好了。

于2014年9月21日晚20：00

冰　儿：

读着你的喜怒哀乐，我仿佛看到了你在复旦的精彩生活，也仿佛回到了自己曾经的年少轻狂与意气风发。

青春是一部厚厚的书，没有人可以只看故事梗概或是简编本就能够领略其中的奥妙。说到与同学的尴尬事，我很能够理解你的感受，一个刚走出爸妈襁褓的孩子，一位心怀美好，对外面的世界满怀期待并跃跃欲试的青年，碰了一鼻子灰的沮丧与对他人的质疑是可想而知的。

但我却认为同学是给你上了很生动的一课。青春需要用来经历，成长需要用来体验，生活中的很多东西都需要自己去一步步踏踏实实地走过，它不是复制或克隆所能够完成的。进了大学，你就不再是一个跟在父母身后的小屁孩，要慢慢学会自立，学会独立地安排自己的生活。

这件事你“心里一直不舒服，觉得无法理解”，觉得同学“这么小气，闹得彼此不开心”，同学这么做，或许是出于保护自己，但我更愿意把它理解为是对你们的帮助，一次思想上的帮助。古人把朋友分为损友、益友和诤友，所谓损友就是那些投你所好，吃吃喝喝，关键时候却掉链子的人；所谓诤友就是那些平时不给人面子，甚至给你难堪，但患难之时却能为朋友两肋插刀挺身而出的朋友。你同学的处事方式可能确实有些让人难于接受，但我觉得她给予你们的解释却让人很受教益，单从这一点，我就觉得她是一位值得交往的人。古人有云“试玉要烧三日满，辨才须待七年期”，我们评判一个人不能单看一时一事，而是要长远地动态地去评价他。同学有点个性，可以理解，但我认为可以肯定的一点，她决计不是出于自私或是不合作。同学帮助是一份情谊，别人不帮助他也没有义务，这些鸡毛蒜皮的小事不过是过眼云烟。生活中像这样的事情今天会有，明天也还会发生，切不可耿耿于怀。人生，需要一点气量与胸襟。

大学时代，是人生最美的时期，是人生学习的黄金时期。

长期以来，很多大学习惯于一种放羊式的散漫的教训，它让多少青年才俊流于慵懒苟且、得过且过，对人生失去了目标，找不到方向，这也是你进入大学后爸爸最担心的一点。从你的来信中，我看到一种全新的生活学习方式，或许这也是名校的不同之处，这也是名校更让家长、学生倾慕与敬仰的地方。既然选择了远方，自己就当风雨兼程，这样才不负自己的青春年华。

这是一封迟来的回信，中间还有一个小插曲，本来是上午就写好了回信，或者是没有保存或者是其他什么原因，下午我来发的时候却找不到信了，你是知道我的打字速度的。不过这件事也给了我一个教训，马马虎虎害死人！

爱你的爸妈

2014 年9月22晚

我爱社团

亲爱的老爸老妈：

虽然才分别不到一个星期，却已经开始想念你们了。希望你们每天开开心心！

国庆节一过才猛然发现时间走得实在太快，不知不觉间已来到复旦一月有余，学习和生活也逐渐步入正轨。随着学习进程不断推进，课业负担也日益加重，由于多数课程都要求以论文和调查报告作为期末成绩评估的必备硬件，所以现在就得查阅书籍和资料，开始写作了。其实，除了需要阅读大量推荐书目外，其他都还好，我自认为对大学的学习和生活十分适应（相信你们也看出来了）。

随着了解加深，我越来越震撼于复旦作为一个百年老校、中国和世界著名高校丰富的文化底蕴和浓厚的人文素养，它能够提供给在校学生的学术资源之多、发展空间之大远超我的想象，也绝非几句话能够说清楚。平均每天有数十个讲座在复旦举办，其中不乏澳大利亚前总理、德国前总统候选人等世界名人；学校拥有数百个学生和学校社团，覆盖了公益、媒体、文艺等各个方面，让每个学生有充分展示、发展自我的舞台……但是也正如一位教授所说："复旦的资源丰富，但关键看你能否做到最好的利用。"我越来越感觉到学会如何更好地利用资源、更好地平衡学习和生活的重要性。

除了平时上课，我也参加了很多有趣的社团。我成了团委宣传部的一员，参与学校大型活动如129歌会的策划与宣传；我也成了学校公益社团"心生社"的一分子，每周末会花一个小时的时间陪残疾小朋友做游戏，一个小时在录音室里为盲童录制有声书；我还报名参加了学校的瑜伽社团，以后会参加每周两次、每次两小时的瑜伽训练……除了这些，我也是旅游社和骑行社的成员，但这两个社团只会在有活动的时候短信通知，由自己决定要不要参加。我希望在力所能及的范围内去接触更多的新鲜事物，拓展视野，提高能力。我也相信通过我的努力，当四年大学生活结束时，我会真正获得全方位的提升，成为内心所期待的优秀的自己。

于2014年10月12日10：00

冰　儿：

一晃一周又过去了，古人有云：一日不见，如三秋兮。真是不假。爸妈想你，爱你。

百年沧桑，百年风华，复旦自有它厚重的东西，如何从浩如烟海的醇厚的文化里去选择自己需要的东西，去吸取自己需要的东西既是一门学问，更当是一种智慧。鲁迅在《拿来主义》一文论及如何面对外来文化谈到的“他挑选，他占有”，毛泽东更是翻新出了“古为今用，洋为中用”“去其糟粕，取其精华”的论断，我认为这些观点很是让人受益。

复旦之厚，可能竭尽你的生平也只是初识皮毛，这个时候就要懂得筛选，学会挑选。但作为一名学生来说，可能挑选又不是你最紧要的事，因为学什么不学什么很多时候不是你所能够左右的东西，况且如此庞大，你又该如何去遴选呢，既然大，就完全有可能鱼龙混杂，泥沙俱下，你又如何去保证你所选择的不是沙子而完全是玑珠？

所以我认为作为学生最紧要的是要沉下心来，认真钻研有经验的人专为你挑选的东西，要深入钻研教材，又要泛读老师推荐的一些专著，毕竟老师都是这一门知识的权威，能站在制高点来为我们指点方向。“会当凌绝顶，一览众山小”，只有站在高处的人才能以更宏观的视野来思考问题的本质所在，而不是人云亦云就一些皮毛呶呶不休。特别是要多读一些西方的相应专著（最好是原著），因为毕竟近百年的中国都是在学习西方，虽然当前有一股复古的思潮。

多读书，读好书。不是每一个学生都能走进复旦去占有它的资源，但凡是走进的自然应该好好珍惜他各方的优势，而不仅仅是让它的牌子为自己贴金。今天的时代毕竟是一个靠本事吃饭的时代，其实历史上绝大部分时期绝大部分人群都应该讲究的是能力。

对于社团活动，我们是支持你的，但你又要有所取舍，不能因为活动而耽误了自己的学习，毕竟目前之于你最重要的还是学习。选择的标准我认为要更多能够锻炼自己，陶冶自己，充实自己。既要取舍，有些时候就不可避免要做一些放弃。希望你能在这些活动中不断进步。

爱你的爸妈

2014年10月13日匆匆

粗心大意

亲爱的老爸老妈：

当我打开电脑准备写下这封邮件时，好似有千言万语，却又感觉一句话也说不出。说实话，一星期一次的邮件让我着实伤脑筋。生活每天都不同，每天却又相同，我期待为你们展示每天不一样的大学生活，但这往往难以真正做到，毕竟个人的成长总是以段时间而非短时间来看。但我相信，四年之后，这些看似闲话家常的邮件，定会成为我的一笔不可多得的财富。

这个星期我们班级在学校举办的“新生杯”篮球比赛中表现突出，晋级前八强。但关键不在结果而在于过程，通过这几场比赛，我们原本就十分和睦的社会科学一班大家庭更加团结一心，也让我和班级里其他同学找到了自己的归属感。看比赛，评论班级，宣传班级成了我们每日的必修功课，我们彼此的心走得更近了。除了关注我们班级的篮球比赛，我还听了两次讲座，一次主题是“在美与道德之间——谈王尔德的童话世界”；一次是关于最美廊桥和传统艺术的介绍，还附上了三场精彩无比的提线木偶戏。两场讲座，王尔德让我领会到与高中教学截然不同的文学魅力；廊桥让我认识了一门从历史中款款走来的独特而精湛的远古技艺。它们让我更加坚信：人的成长与蜕变是靠着自我内心驱动的一步步前行，及周边环境潜移默化的陶冶来慢慢实现的。

这个星期里发生的另一件事让我不得不提。由于老师没有提前通知，更由于自己的疏忽大意，一篇课程小论文直到距提交前七个小时我才在网络课堂上看到截止时间。雪上加霜的是，当天我的课表从早排到晚。于是只能背着电脑满校园跑，利用每堂课间的十几分钟里匆忙打上几个字，最终以午餐一块面包解决为代价得以在截止时间前提交了作业。这必将成为我大学期间最深刻的教训：做任何事情都不能马虎，事前更应做好充分准备。这段经历并不算好，但我反而庆幸，它能在我大一进校一个月后就发生，及时给我提了醒：在自由独立的大学生活中一定得让自己变得更加可靠。

我一切都好，勿念！

于2014年10月19日星期日10：00

冰　儿：

因一些琐务，今日方得复信，很是抱歉。

今天爸要和你谈谈集体生活之于一个人成长的重要。人具有个体属性，但终究是属于团体的，一个人的人生意义更多是在团队中找到他自己的个体价值，而非单纯的自我存在。

听到你积极参与团队的活动，篮球比赛，集体讲座，凡此种种，无疑对你的全面成长、成熟是具有重要意义的。在高中时，迫于升学的巨大压力，学校放弃了部分团队活动，进入大学，这一课还有很多东西要补。比如，集体活动，不是单纯地成为一个别人组织你被动参加的小学生，如何在活动中献计献策，把活动做得更好，做得更能渗透一些自我的东西；比如如何去实施活动，让自己成为一个活动中不可替代的人；再比如活动结束后的反思，在活动中有哪些收获，活动还有哪些缺陷等等问题都是我们应该思考的。此外还要积极地参与设计集体团队活动，表面看起来参加和设计都是活动的一分子，但他在工作中受到的锻炼与收获是不可同日而语的。

从小到大你在组织规划方面受到的锻炼不多，爸希望你能更进一步，充分地借助各种团队平台，在集体中更多地体现自己的价值，以更好地锻炼自己，促成自己的成长。

复旦的团队活动很多，但又不要因此花了眼，乱了心，要让团队生活成为自己的平台而不是迷惑自己的乱花，这一点爸在前信中已有涉及，不再赘述。

复旦向来以它的文艺性和务实性著称，尤其是文艺，相信你已经明显地感受到了。我认为人生的最高境界是艺术，艺术的最高境界是人生。一个人能够将艺术与生活完美地结合起来那是再好不过，但这种奢求绝大部分人基本是达不到的，人却不能因达不到就放弃了对艺术的追求，爸喜爱文学艺术，虽然我深知自己永远也不可能成为作家、诗人，但这并不妨碍我对文艺的喜爱。所以，爸希望你能充分地用好复旦这个平台，更多地参与一些艺术讲座、文艺活动，让这些高大上的东西成为引领自己成长前进的驱动力，而不是单纯地把大学当成简单的职业教育，我想，这样的大学是要更有意义一些，这样的人生境界终究是更要高远一些的。

看着你一天天进步，爸妈都很高兴。

爱你的爸妈

2014 年10月21日

第一次采访

亲爱的老爸老妈：

对不起，今天才有时间来“补交”上个星期的邮件。随着期中的临近，各项活动开展得越来越深入，学习和生活真正步入正轨，各种作业和任务也铺天盖地向我砸来，我越来越感觉到大学时间的紧张和宝贵。

总结这个星期以来的学习和生活，有两件事要和你们分享。

第一件事，之前已经说过我成了学校“潆潆水间”瑜伽社的一员。但直到这周六我才第一次参加了瑜伽课练习，第一节课下来的确很累，但也让我粗略感受到了瑜伽的魅力，在舒缓的音乐中跟着老师的节奏做各种瑜伽动作，不仅能感觉到身体的拉伸、舒展，更让人沉心静气，进入一种玄妙的冥想状态。但这件事的意义并不仅仅在此。我很清楚自己很多时候都不算一个积极主动的人，想看某本小说、想去某地旅行、想尝试一件新鲜的事、想认识一个有趣的人……如果没有身边好友陪伴督促，很多事情只会成为想想而已，一忽儿就被抛在脑后。迈出第一步往往很难，但有些事不马上付诸实践，总是以我很忙、我很累、自己一个人好尴尬等等为借口不断拖延，只会一事无成，白白留下遗憾。很久以后回想起来，一边后悔当初没有决心和勇气，一边又继续重蹈覆辙。“心动不如行动”，希望练习瑜伽能够成为我积极迈向新生活的第一步。

第二件事，昨晚，我人生之中的第一次采访真的是状况百出：原定为昨晚的预采访临时调整为正式采访；事先并没有实地考察，踩着时间到达的我才发现因为一个社团正在开会，现场吵闹不堪；负责摄影的学长向我询问录音笔和话筒，我才意识到自己对采访必备的器材完全不清楚；我甚至从未考虑约定的场地是否同意借出用于采访等问题……幸好有团委宣传部其他成员的帮忙，接受采访的学长也很有耐心地等待，才好不容易在半夜十一点完成采访。这件事让我再一次意识到：进入大学之后，没有人可以再依赖，你必须让自己变得更加可靠。也让我明白：成长的一路上有酸甜苦辣，我都要学会承担。

我知道，大学四年的路一定不好走，人生的路会更加难走，我们都得在这一路磕磕绊绊、跌跌撞撞中慢慢学习、慢慢成长。

女　儿

于2014年10月27日16：00

冰　儿：

如面。首先对你拖延写信进行通报批评，嘿嘿，终于让我逮着你的尾巴了吧，狠狠批评！

生活免不了忙碌，积极的人生更是在忙碌中不断刷新自我。不要“总是以我很忙、我很累为借口不断拖延”这句话算是说到点子上了。首先不要总抱怨自己忙，如果为忙而忙那是瞎忙，要意识到那是自己的职责，那是自己生活、学习的重要组成部分，不应当逃避也无可逃避，自己应该积极努力地把它做好，当作自己的事业来把它做好。这是认识问题，也是解决忙与不忙的根本性问题，这个问题想清楚了，你就不会每天火急火燎地抱怨自己忙了。

其次是统筹安排的问题，很多大学生，也包括这两年出来工作的一些大学生，每天无事打游戏、聊QQ、看泡沫剧、闲扯二百五，一到要交作业了，交工作总结了，就开始抱怨："我的个天，哪来这么多事，让人忙得焦头烂额。"相信这种场景你也没少见。爸并不是主张不允许人娱乐，不允许人休闲，但关键是你要学会统筹安排自己的生活，什么是主要的，什么是次要的，心中一盘棋。每天吃饭前把这一天要做些什么，哪些必须做，哪些可缓一缓，哪些先做，哪些后做，各项工作大概要多少时间，要和哪些人、哪些地方提前预约、协调，对重要的事情还要有预案，不能达成自己的预想怎么应对，第二套、第三套方案怎么做，凡此种种都要过一遍。事情多了甚至列一个备忘录，随手记在笔记本上，我相信你就不会再是想到什么做什么，什么到点做什么了。不然的话你会永远都在忙，永远都在疲于应付！从你这一周的表现看，我认为你在统筹安排上有问题。记得你在高三时，那么紧张的学习，我看你经常列一个计划表，每天晚上回来后，完成一件划掉一栏，是多么井井有条啊。

爸现在每天6：15起床，晚上11：30睡觉，每天要处理年级事务、班级工作，还有教学的事、同事协调，应该比你一个学生忙多了，但每天早自习我就把当天的工作梳理一遍，很多时候还做个便签，但我认为自己处理得游刃有余。

爸离开上海的时候曾经要求你，周一到周五无事尽量不要开QQ，尽量不要上网，远离那些可有可无的泡沫信息，但从爸这两天看你的动态来看执行得不是很好。这个要求要重申，希望谨记爸的要求并时时遵照执行。做好该做的事再谈休闲，不然你永远有做不完的事，而且每一样事你都不能做好。又想起开学时同学批评你的事情来，吃一堑，长一智，希望你不断地总结，不断地进步。

最后，是要有一颗智慧的头脑来工作、学习。还记得爱因斯坦让自己助手量灯泡容积的故事吗？助手使用十八般工具耗费半天还算不出来，爱因斯坦用一量筒水半分钟就量出来了。智慧地处理生活、学习中的问题，学习中可能有很多东西是重复的、交叉的，这个老师布置的论文可能下一个就要求你做相关的调查报告，这些难道不是相通的吗？不要过多地去做无用功，专心做好一个，做精一个，举一而反三的道理你是应该懂得的。做过的有用的东西要随时积累，充分利用，把更多的时间用来读一些有益身心的书，自主探究一些问题，做学习的主人，而不是作业的奴隶。

老子《道德经》有云：治大国若烹小鲜。我想那一方面是一种宏观统筹的能力，但更多是一种气度，当然还有压倒一切的襟怀。你认为呢？

虽然知道你很独立，但爸还是不得不对你唠叨这些，希望能对你有所裨益。

爱你的爸妈

2014年10月29日夜

困　惑

亲爱的老爸老妈：

感觉上一篇邮件才刚刚写完，就又到了写邮件的时候（暴风哭泣!）。看到这封邮件时是不是觉得很吃惊我这个星期居然还提前交上了“家庭作业”呢？其实，事实是正好今天在光华楼待一天打了三篇文档，也就顺带把这封邮件提前完成了。

说实话，不知是由于期中考试临近的缘故，还是因为我现在才过完刚进大学时的新鲜劲，真正静下心来体会复旦，总感觉复旦最近给我一种文艺范的平静表象下是暗潮涌动你拼我赶的紧张感，看似每一天、每一刻都与往常并无不同（毕竟大学的生活不比高中时每天打仗似的节奏），但仔细体会你就会发现，每一个人都暗暗地咬牙较着劲，每一个人都在努力地想要成为更好的自己。洒脱不羁的外表下有一颗不懈追求的心，或许这才是复旦跻身全国顶尖大学的真正原因吧。

随着期中考试临近，我对自己的学习越来越有一种无力感。总感觉什么东西都没学到就已经期中了，这个学期只剩下二分之一了。虽然在心里告诉自己，大学的学习和高中一心向着高考冲刺似的学习不同，老师的教学方法、自己的学习方法也一定会有差异，却还是有一种不踏实的感觉，没有检测、没有考试，不确定自己到底有没有掌握老师教授的知识点。除此之外，不了解大学的考试内容、难度和方式也让我感到些许不安。虽然跟书院的导师交流了有关学习的问题，却始终放不下心，总感觉自己每天忙忙碌碌却并没有多少收获，也看不到一个具体的目标。就像我曾经跟你们说过的，其实我心底里并不自信，总感觉身边的每个人都比我强。现在来到复旦，这种感觉更加强烈。不过，无论如何，我相信自己只能也只要走好现在的每一步，尽力了就不会后悔，古人犹说“尽吾志与力可以无悔也”。所以看到老爸上星期给我的回信后，我正在努力调整我的生活和学习节奏，已初有成效哦！要再接再厉啊！

PS：对老爸的要求我一定坚决执行，所以痛定思痛，我决定把手机上的QQ和微信卸载掉啦……周末要用就用iPad好了，以后有事就用短信、电话和别人联系啦，嘻嘻～

周末有时间可以用电脑和你们视频、语音通话哦～

于2014年11月1日17：00

冰　儿：

看到你的进步，爸妈很高兴，看来你不仅善于观察生活，也善于思考生活了。

能够按时交“作业”，看来真印证了爸的判断：凡事只要不拖，善于统筹安排，自己的事是能井井有条地落实的。希望你今后也能时时事事这样要求自己，不再为自己的生活喊累：聪明的人享受生活，愚蠢的人畏惧生活。

生活更像一位害羞的少女，很少以真面目示人。有的人表面放荡不羁，其实他的内心如一团燃烧的烈火；有的人高调激昂，可能他恰恰是要掩饰自己内心的无知胆怯。冷静中有关切，热烈中未尝没有做作。成人世界的生活就是这样，不是孩童时的知之为知之，不知为不知，难免会有一些装饰，虽然我们提倡做真人，古人也讲童心，但那更多是一种理想状态。生活在复旦，面对一群雄心勃勃意气风发的年轻的生命，自当感受他们真诚奋进的一面，也当看到很多人故作淡定后的暗暗较劲，一点小聪明，相信逃不过我女儿的火眼金睛……仔细观察，认真思考，去探索自己前行的路。

大学学习和高中肯定有一定的差别。我的理解，高中是依样画葫芦，老师教一笔你画一笔，画不画得像关键看你的模仿能力；大学之学，我认为更多是给你个葫芦，交给你方法，然后自己去画，画得像与否关键看个人领悟。所以大学的学习，理解的多一些，实证的多一些，死记的少一些，在继承中有自己的理解。这也就是为什么大学的考试更多是简答，更多是论述，更多是独立或团体设计的原因了。爸没能够正规上一天大学，更多的是就对知识的传承规律给你提一点建议，更多的东西多问老师，多问过来人，别人的经验很多时候是能成为自己前行的道路的，特别是对于大中学生的学习更是如此，他山之石可以攻玉说的就是这个理。

一个人的成长需要有危机意识，但更要有自信。危机意识要求我们去发现身边人群的优点，帮助我们检讨不足，发现自己的缺点，不断去改进促成自我完善，也就是我们平时所讲的自省。但过分去比较或者过分去放大别人的优势，难免会造成自我挫伤，感觉底气不足，找不到自己的位置，缺失自信。过犹不及的道理你是懂得的。一个理智人既要看到他人的长处，也不盲目否定自己，取人之长补己之短，不断地弥补自己，提升自己，愿吾女能慎思之，活用之。

继往开来，再接再厉，不断进步。

爱你的爸妈

2014 年11月2日

第一本课外书

亲爱的老爸老妈：

对于刚刚过去的这一个星期，我终于可以心满意足地说："这是我开学以来过得最最充实的一个星期。"而这种发自内心的满足感也更加坚定了我在今后的大学时光里要好好安排每一天生活的决心，这样的满足感也帮助我认识到了过去两个月来我在时间安排上的不足，帮助我更好地认清将来前行的方向。

由于我选择的课程多数是以论文作为最终的期末考试内容，所以随着这个学期已经过去二分之一，期末考试周慢慢临近，我要开始慢慢搜集资料，准备论文的写作，好让deadline真正到来时不至于太过忙乱。这周，因为国际关系导论要求写一篇读书笔记作为期中考试内容，所以我每天利用所有空闲时间阅读摩根索的著作《国家间政治》。有时我会很疑惑，所谓国际政治、国家关系研究，理应走在时代的最前沿，但复旦的老师们似乎都更加注重古典政治学研究，当然他们在学术领域乃至媒体、政界都颇具影响力，谈论时事才高八斗、口若悬河，但至少在课堂上我丝毫没有感觉到想象中政治学的挥斥方遒、指点江山来，只有苦读政治学著作的煎熬：每个字拆开我都懂，可合在一起就弄不明白；那么长一段的理论阐述，粗看似乎很有道理，深思起来却不知所云；长篇的学术著作，看完一章后就再难想起前一章的具体内容，甚至看完后半段已经忘了前半段……所谓的课外读物，确实给我带来不少的烦恼。

我想说的重点当然不在于此。就目前看来，我最大的收获在于，当你由于某些原因而“被迫”在有限的时间里阅读一本书时，你才突然发觉自己曾经浪费掉了太多时间，甚至都不知道这些时间花到哪里去了。因为这时你会发现仅仅是生活学习之余的碎片化的时间也足够你每天阅读至少一百页书，如果按照这样的速度，四年之后一个人能阅读多少书籍啊！而那时，你必定已因为如此广泛阅读的潜移默化影响变成了一个现在的你所远远不能相比较的人。反观这两个月来的生活，我不得不惭愧地说，这确实是我到大学之后看的第一本课外书。

今天中午的英语考试让我认识到：所有糟糕的现在都是因为有一个不努力的曾经。老师曾经提醒过我们要注意elearing（复旦大学的网络教学平台）上的听力，我却没有放在心上，考完才知道竟出现了一模一样的题目，而有准备的同学们都已经听过了，突然发现自己已经在不知不觉间落后于人了。本来英语基础就不如沿海地区同学，这样的懒散态度只会让自己与别人的差距越来越大。

就写到这吧，其他生活上并未有什么不同，就是天气越来越凉啦~爸爸妈妈也要多穿衣物，注意身体呀！爱你们！

2014年11月7日19：00于复旦大学图书馆

冰　儿：

为你一周来的进步感到欣慰。

想起一句老套的话：时间就像海绵里的水，只要你肯挤，它总是有的。总在感慨我们很忙，其实，匆忙的原因原来在我们自己，在我们没能有效地利用好时间。亡羊补牢，未为晚也，一旦你认识到这一点，那将比什么都重要。所幸通过前几次交谈，你已经充分意识到科学统筹安排自己的学习与生活的重要性，这一点必将在你今后的生活中产生巨大的影响。爸静候你的收获。

今天爸想跟你谈谈读书的问题。一个17岁的学生，第一次翻阅政治学专著，那种苦恼与无奈是我能想象得出来的，用你妈妈的话说就是听到起就想打瞌睡。我想，排除完成作业或论文这个因素，也许你也偶尔会感到想睡觉。其实，20年前，我自己在学习的道路上也曾经产生过这样的困惑：一本本古奥深僻的著作，都是些死人的东西，学时难懂，用时无益，为何我们还要花费那么多的时间和精力去一页页啃它呢？“被迫”两字最能传达出这时的体验。

但事实证明这种“被迫”是非常必要且极为有益的。今天随手拿起一本文艺学专著或是理论方面的读本，我自信能够比大多数人快速地解读它的基本内容，我自信能够较大部分人读出它背后的一些意蕴。当然，这与我长年累月从事语言文字工作培养起来的对语言的敏感有关，但更多是当年那些“被迫的学习”的功劳。那些学习，虽然是一些基本的思想、基本的原理，但它带给我们一种新的思维形式，那就是不以讲故事见长的叙述式的思维形式，而是以论证阐述观点的形式来讨论一个问题。而说理恰是每一个有较高水平与修养的公民应具备的基本素养，至于讲故事，那是作家和说书人的修养。今后你不管从事什么工作，说理的本领永远是协调管理乃至人际交往的最基本的素养。

初读理论书籍，很枯燥，也不大容易理解，特别是翻译过来的国外的作者写的东西，佶屈聱牙，深涩难懂，这是每一个初学者都会遇见的问题。我的经验：一是坚持阅读，每天读多少，给自己定一个目标，无论遇到什么事都不改变自己的计划，今天的计划绝不拖到明天；二是借助一些解读材料，如教辅读本、参考书等等，这些书讲述通俗易懂，并且能够将一些琐屑的东西进行归类概括，好比中学时老师上语文课概括段落一般，对初学者的收获是极大的；三是看一些相关评论甚至是争鸣的东西，拓展自己的思维，转益多师是吾师。

学习总是这样，开始觉得艰深难懂，一旦达到一个较高的层次后，回过头来看，“回首向来萧瑟处，也无风雨也无晴”，其实并非当初想象的那样艰难。希望你在自己的学习上能够不断矫正自己，一步步前进去达成自己的目标。

爱你的爸妈

2014 年11月9日

想家的孩子

亲爱的老爸老妈：

不知是不是由于越来越临近期末的缘故，近来心情也越发浮躁。

第一方面，太多的论文堆在我面前，简直叫我无从下手，感觉颇为茫然且不知所措。

第二方面，英语的期中考试成绩终于出来，我只得了七十六分，全级四百名左右。自进入复旦大学以来，第一次如此清晰地认识到了自己在英语学科上与其他同学的差距，不得不说自己曾经所接受的应试教育与如今的考试要求实在有太大差距。曾经自己最擅长的科目却变成如今让我担惊受怕的一科，心里自然不好受。但这一点你们不用担心，只有认识到自己的不足，才更能激励我要将英语学得更好，为将来的学习和生活做好准备。

我相信优秀是一个过程。虽然大半个学期过去了，我并没有感觉到很大的进步，但只要不停止奔跑的脚步，大学四年之后，我一定会迎来自己的蜕变。那一刻，相信你们一定也和我一样期待着。

第三方面，我只能说经过这两个半月，我对上海菜的忍耐已经濒临极限。一向自认对饭菜的适应能力很强的我不得不说：去食堂吃饭已经成为我每天的苦恼事，吃什么更是让我想都不愿多想。真是无比想念家中老妈做的饭菜（呜呜……）！由是想到陈红歌里所唱“妈妈准备了一些唠叨，爸爸张罗了一桌好饭”其实并非说的尽孝，或许正是像我一样馋得慌。说实话，从来到上海还没有十分想家的情绪，但这段时间，这样的心情突然十分迫切，饭菜不合口味加深了这样的感情。之前室友若冰每天打电话回家说想吃家中的饭菜，我还笑她太依赖家庭，独立生活能力太差，现在我才真真切切体会到这种痛苦的感觉。

非常非常想家，还有你们，老爸老妈！爱你们！

你们不用为我担心，我会调整好自己的情绪，孩子总要学会长大，我也总会习惯一个人在外面的生活。

PS：你们知道的，我从不相信自己会因为想家而哭，但是不得不承认，写这封信的时候真的要哭了。

于2014年11月22日星期六12：00

冰　儿：

写信的人想哭了，看信的人却想笑了，孩子就是孩子，尽管她在长大，但长大的过程却未免有很多傻傻，有很多可笑。

前一段因为忙碌，错失了很多跟你交流的时间，爸在这里向你说声抱歉。

说说我在北京的感受，北京一周，不长，但体会却颇多。

不得不说，自己与时代落后了很多。本次在北师，听了很多前沿专家的讲座，发现这个世界之于我来说很多都是盲点。特别是一位研究日本文化与文学的专家，向我们介绍日本跟我们迥乎不同的审美趣味，他们对生涩艺术的执着追求，他们对苦味文化的情有独钟，这些都是于深受儒家文明渐染的我们所惊异和深感新奇的。老师还附带为我们介绍印度文明、阿拉伯文化，有宗教，有哲学，有文学……但都不是我所接受的传统的“璨若星汉的外国文化”所能够囊括的，因为他们大多的审美趣味和价值取向都不是汉民族已有的文化范畴所能涵盖的，不是一种量的叠加，而根本就是质的不同。

由此我想到了很多问题，如近些年出现的教育多样性问题，有家长为了让自己孩子免受当前基础教育同质化的伤害，竟然违背《义务教育法》辞职办私塾，自己教孩子；再如前几年关于同性恋可否允许结婚的讨论。此类问题，今天还涉及法律与道德的考量，但假以时日，未尝不可能发展为理所当然的选择。

爸和你讨论这些，是要告诉你世界的多元性、知识的丰富性。这个世界的思想、生活、科学、意识形态可能是穷尽我们一生也不能察看其边沿的，难怪古人要感慨“吾生也有涯，而知也无涯”。但这同时也提醒我们学习的紧迫性，特别是在学生阶段学习的迫切性。只有真正用好了青年时期的学习时间，你才会在今后的生活中少些爸爸今日的感慨，少些往后生活的遗憾。

学习首先是一个正视自己的事情，知不足是学习的前提，在知不足中求学，在求学中知不足，长此往复，自己所得到的就不仅是知识了，有意志品质的历练，还有探究问题能力的提升。学习还要不断地排遣内心的不良情绪，学习中有遗憾、有失落、有茫然……但一个善于学习的人往往是能够跟这些不良情绪做决裂的人。当然，很多时候还有物质生活上的、感情生活中的不良反应，有并不可怕，关键是看你怎么去对待，怎么去克服。

最后，爸要对你说，想家的孩子都是好孩子，想家的孩子都是健康的孩子。你回来的第一件事，爸一定让妈妈给你做一顿丰盛的家常菜。宝贝别哭！学业精进。

爱你的爸妈

2014 年11月28日

匆　匆

亲爱的老爸老妈：

转眼就到了11月的尾巴，即将到来的12月份应该会非常忙碌，一是距离期末考试越来越近了，这是我大学生活的第一个期末，感觉陌生又紧张；二是12·9歌会即将到来，这是复旦大学每年最为盛大的活动之一，而作为校团委宣传部的一员，接下来必将投入全部精力准备活动宣传；此外，我还有幸成为院系羽毛球队的一员，为参加体育部一年一度的校级羽毛球比赛积极训练。虽然生活节奏紧张，甚至常常感觉疲惫不堪，但一想到期末之后就能回家过年，与亲人们团圆，又马上像充满电一样，浑身上下都是满满的斗志！

一个学期的时间说快也快、说慢也慢，但却足够为我带来许多改变。时至今日，我已经习惯了每天接受上海菜的摧残；习惯了秋冬季能把人吹上天的魔都“妖风”；习惯了复旦简单却忙碌的生活。我不知道别人的大学生活是怎样度过的，但目前看来，我的大学生活有欢笑、有遗憾、有热闹、有孤独……虽然不如曾经想象中的精彩纷呈，也足够让人好好珍惜。

现在回顾一个学期来的生活，我在学校里遇见了电视上才能看见的教授、作家、企业家；平日里和来自五湖四海的老师、同学一起生活学习、聊天玩乐；周末忙里偷闲和老乡们参观上海各大高校，吃喝玩乐；和室友一起晨跑打卡，一起听着图书馆的闭馆音乐结束自习回到寝室……这些都将成为人生中无可复制、无可取代的美好回忆。

第一次离家这么远这么久，第一次如此深度地融与集体生活，感谢上海这座城市和复旦这所学校，让我遇见那么多有趣的人、有趣的事。

虽然学习上仍旧会有困惑，但相信通过我的努力一定会有收获；虽然不能做到事事精通，但我相信“尽吾志与力可以无悔也”。期末快到了，为了自己，也为了美好的假期（嘻嘻~为了过个好年!），要加倍努力啦！

于2014年11月30日10：00

冰　儿：

岁月倏忽，疏忽的当是我们。

早年读朱自清先生的《匆匆》，觉得文人就是爱小题大做，针尖的事，说起来没完没了。一晃，一个当年听别人讲《匆匆》的懵懂顽童，今日却成了站在讲台上反反复复向别人不厌其烦宣讲《匆匆》的蹉跎岁月之人。

大学是人生的幸福时光，它的幸福，在于你有了更广阔的空间，有了更开阔的视野，在于你有了更多的自主，更多的选择。当然，这种自主之外，不可避免还有这样或那样的框框条条，但总体来说，只要不触动这些条款，给人的空间还是足够大的。

天高任鸟飞，海阔凭鱼跃，但问题就在于我们如何去安排这种自主生活。有人用好这些自主空间，成就自己的人生目标，有人蹉跎这些自由时间，收获的只有悔恨与遗憾。

如何用好这些属于自己的空间，我认为首先一定要察觉这些时间与空间的存在，做它们的主人。如果不能意识到这些时空的存在，整日游手好闲，无所事事，自然谈不上很好地利用它们。其次要让它们实实在在参与你的生活，每天用它们做些什么，要做到心中有数，要有个总体盘算，要善于零敲碎打，集腋成裘。此外还需培养自己的兴趣爱好，能忘乎所以地去钻研一些东西就是最好地利用零散时间，但凡稍有所成的专家，有谁不是一辈子痴迷和沉入呢？最后还要善于反观反思，将这些时空切分成一段一段，不时想一想这一段自己究竟完成了什么，将抽象的时空转化成实实在在的事件来量化、检测。

一个学期，不多也不少，期间有很多收获，肯定也有不少的遗憾。读你最近两次的来信，给我一个感受，你更多在羡慕别人的成就，在仰视别人的高度。准确度量自己与他人的差距，这是一个成熟人所必应有的理智，但仅如此，很多时候我们会丧失自己的目标，忘记我们自己是要干什么。爸希望你能从这种差距中找到自己的目标，找到自己的方向，确立自己的行动。动起来，做最好的自己。

今天学校开运动会，从孩子们满怀激情的表现中让我又仿佛看到了你在中学的青春岁月，那份纯真，那份执着，真的常常让爸感动。爸也常在教室里跟孩子们讲你当年奋斗的时光，常常把那些学生唬得一惊一乍。有些事情当时没觉得有多么不同凡响，但经过之后，蓦然回首，发现那山、那水、那人、那段时光竟然那么值得怀念。

爱你的爸妈

2014 年12月1日

晨跑的魅力

亲爱的老爸老妈：

已经到了期末季，一个学期的学习和生活转眼就只剩下四分之一了。最近自己都恨不得像孙悟空那样有三五个分身，每秒都当作分钟、甚至小时来过。

正是中午时分，坐在文科图书馆座无虚席的自习室里，看看身边埋头苦读的复旦人，听着整个大厅噼噼啪啪的击打键盘的声响，顿时觉得坐在这里给你们写信是一件多么幸福且奢侈的事情。

上午的羽毛球比赛刚刚结束，虽然已经遭淘汰，但下午还要去打一场排位赛。经过这次比赛，再一次感觉大学里藏龙卧虎，天外有天人外有人，在我看来已经非常厉害的我们院系的男队也只能屈居第八（一共二十个院系）。在大学生活中，学习已经不再是生活的唯一，运动绝不能偏废。想来竟十分惭愧，天气越来越冷，人也越来越慵懒，学校规定的晨跑跑完之后，我再也不能“痛下决心”继续晨跑，一周的锻炼仅限于两次瑜伽课和两个小时的羽毛球课。繁忙的活动、学习之余，偶尔竟然感到身体素质有所下降，更何况“运动是世界上最美的艺术”，从下周开始，一定得继续晨跑啦！

看过上周老爸的回信，我感触颇深。复旦于我而言，是一个全新的平台，甚至可以说在我心中是一个略高于自身能力的平台，这里遇见太多人、太多事，让我如此真切地看到自己与同龄优秀人才的差距。加之失去了老师和家长的“保驾护航”，一切事情靠自己去做、自己去闯，心中不得不说是十分胆怯的。初入大学新鲜劲一过，随之而来的就是深深的无力感和不安全感。你无法预知前途如何，不再有人在身边随时提醒，不再有一个像高考一样明确且单一的目标。我深知这才是真正考验一个人的时刻，而我只能追着前人的脚步向前奔跑。从前总是讨厌比较，现在的我却觉得没有比较更加让人无所适从，大学在一定程度上可以说是一个信息相对封闭的地方，失去与他人比较的督促，常常会让你感觉自己一个人就像无头苍蝇，加剧内心的不自信和不安全感。

我只能说：“不能做到一蹴而就的成功，那就做到脚踏实地的努力。”前面的路还很长，我也还要慢慢成长。

于2014年12月6日12时

小　冰：

感觉你已经慢慢长大，慢慢适应大学的生活。虽然还存在这样或那样的问题，还有这样或那样的疑惑，毕竟，长大就是不断去释疑解惑。

天气凉了，人的惰性也就开始抬头了，也是检验一个人意志品质的时候了。人都是有惰性的，圣贤凡愚概莫能外，但关键是我们如何去面对这种消极的惰性。《论语》上有句话："岁寒然后知松柏之后凋也。"隆冬时节，是每年天气最寒冷的时候，别的树木到这时已然枯槁零落。松柏后凋，独有松柏仍旧青翠不凋。这句话常用来比喻修身悟道之人有坚忍的力量，耐得困苦，受得折磨，不变初心；也用来形容那些心性高洁，不变初衷，保持自己操守的人。

跟你说一件有趣的事：上个周末，我去参加体检了，大部分指标没问题，但心脏有个指数异样，很郁闷，出来后，叫上妈妈一起去爬山。她有事不去，我一个人开车来到凤凰山爬山。天气较凉，几乎没有爬山的人，开始20分钟，勉为其难，爬得很累，爬到半山，以难为难，一路小跑，热了，汗流浃背，我脱了上衣，光着上身在凤凰山大步流星地一路快走，全身发热，路上碰到两个人，都好奇地看着我。疾行了大约一个小时，回到家，全身舒坦。

记得你读高中时，6：15分闹钟一响，3分钟起床，3分钟洗脸准备，七八分钟一口气跑进教室。其实做事就讲的一口气，有了勇气，再难的事不成为难事；缺乏勇气，稀松之事也成了畏途。有了志气，再大的困难都乐于克服；缺了志气，自然不愿挑战自己，更不用说跟高手一较高低。当然，要长期地做好一件事，光有勇气志气还不够，还要有毅力，有战胜惰性的意志品质。

古希腊有句格言：如果你想强壮，跑步去吧！如果你想健美，跑步去吧！如果你想聪明，跑步去吧！两千五百多年前，这句刻在古希腊埃拉多斯山岩上的话一直激励着人们不停地奔跑着。

奔跑吧，我美丽的姑娘！

爱你的爸妈

2014年12月9日

自由而无用的灵魂

亲爱的老爸老妈：

算来距离期末放假回家只有一个月左右的时间，各科课程都已经进入到结束阶段，一些科目的考试已经有条不紊的展开。实际上，在我写下这封邮件的时候，上午刚刚参加完一门计算机考试，马上就要去参加另一门。

明天就是FCT（Fudan Computer Test复旦计算机能力水平测试）的考试了，虽然这两天花了很多时间在计算机上，还是始终感觉没有把握，毕竟这是我到复旦以来第一门与绩点直接挂钩的考试。

其实，计算机课程可以说是我来到复旦后最“有用”的一门课，我选择的课程包括办公自动化（主要学习Word\Excel\Power Point 软件的使用）、Flash和Photoshop，前一个已经普遍应用于现代生活的方方面面，后两个则对我今后的学习、生活和从业大有帮助。

而其他的课程，说实话，要么与高中课程无二，要么就是更注重精神上的陶冶。或许这就是大学教育尤其是优秀的大学教育与中学式教育及其他职业技术教育完全不同的地方，你大多数时间里接触的都是一些现在看来毫无作用的东西，但恰正是那些东西在不知不觉间从内而外地改变着你。

众所周知，复旦大学的校训有两个版本，一个是官方版的“博学而笃志，切问而近思”，另一个则是民间版的“自由而无用的灵魂”。实际上，在复旦，民间版本的更受师生的欢迎，也是每一届新生教育时师长们的必备“金句”。经过这一个学期的体验，我虽然还不能完全体会这句话中的深刻立意，但对于复旦想培养的“自由而无用的灵魂”有了新的领悟。它希望每一位复旦学生成为这样的人：学习对一件事情进行独立的分析；学习为自己的论点寻找足够的理论和现实支撑；学习在不同的学习领域（甚至很多跟自己的专业毫不相干）进行探索……所谓“不积跬步无以至千里”，现在的课程内容虽然暂时看不出什么实际作用，一步一步地学习和积累定会让人终身受益。

2014 年12月13日 星期六14：00

小　冰：

今日想与你分享一段文章，庄子的《逍遥游》的第三则故事，讲的是对“有用与无用”的理解。

有用与无用，它永远是相对的，它们是对立而又相互依存的。大椿在工匠看来是大而无用的，就连采薪的人也不屑一顾，但放到庄周那里，就成了得天独厚的优游之所，成了绝佳的有用之物，不用担心遭到斧斤砍伐，不用担心别人的无端摧残。在彼时有用的东西，此时不一定有用；此地有用的东西，别的地方不一定适用。但有用与无用也应该有绝对性：世上没有绝对无用的东西，即使是一个十足的恶棍，他也一定要衬托好人的崇高，鸡鸣狗盗之徒也可在关键时刻发挥大作用。

复旦之所以成其为复旦，或许正是这种“自由而无用的灵魂”。文科本就是以培养“全人”为宗旨，所谓“全人”，我的理解，既要有精湛的技术，更要有广博的知识；既要有独到的思维，又要有操作的本领。

对于大学，当前有一种普遍的功利主义的思想，即将大学等同于职业培训，把就业率高和好大学画等号。我不赞成这种认识。就业固然是我们生存于这个世间的凭借，人人不可或缺，但它绝不是人生的全部。除了就业，人生还应该有兴趣、艺术、思想等等这些高大上的东西。在远古时期，不管是东方还是西方，人们都更推崇这种形而上的东西而看轻技术性的东西，认为那些是登不得大雅之堂的。这固然有偏见的成分在里面，但至少自古以来人类都有一种普遍的评价：人生不单纯是吃饭穿衣的问题，不单纯是就业的问题，还应该有超越生存的东西，而越是高品位的人生其后者的比重应该越大。正确地看待大学课程中那些大而无用的课程，学好那些大而无用的东西，我相信对你的终生发展会大有裨益的。

正是基于以上的认识，爸极力推荐你进入综合大学，其目的就是要把你培养成全面的人，具有较高修养的人。其实，人生的幸福值它并不与收入成正比。我们的家庭虽说不是那种不在乎养家糊口就业的家庭，但我不希望你时时背上这把沉重的枷锁，那样的话你是跳不好大学这支舞曲的。后面附录了《逍遥游》的片段，抽空去读一读。祝愿天天进步，一切安好。

爸爸妈妈

2014 年12月17日

附：《逍遥游》片段原文

惠子谓庄子曰[①]："魏王贻我大瓠之种[②]，我树之成[③]，而实五石[④]。以盛水浆，其坚不能自举也[⑤]。剖之以为瓢，则瓠落无所容[⑥]。非不呺然大也[⑦]，吾为其无用而掊之[⑧]。"庄子曰："夫子固拙于用大矣[⑨]。宋人有善为不龟手之药者[⑩]，世世以洴澼絖为事[⑪]。客闻之，请买其方百金[⑫]。聚族而谋曰：'我世世为洴澼絖，不过数金，今一朝而鬻技百金[⑬]，请与之。'客得之，以说吴王[⑭]。越有难[⑮]，吴王使之将[⑯]，冬，与越人水战，大败越人。裂地而封之[⑰]。能不龟手一也[⑱]，或以封[⑲]，或不免于洴澼絖，则所用之异也。今子有五石之瓠，何不虑以为大樽[⑳]，而浮于江湖，而忧其瓠落无所容？则夫子犹有蓬之心也夫[㉑]！"

惠子谓庄子曰："吾有大树，人谓之樗[㉒]。其大本拥肿而不中绳墨[㉓]，其小枝卷曲而不中规矩[㉔]，立之涂[㉕]，匠人不顾。今子之言大而无用，众所同去也。"庄子曰："子独不见狸狌乎[㉖]？卑身而伏[㉗]，以候敖者[㉘]；东西跳梁[㉙]，不辟高下[㉚]；中于机辟[㉛]，死于罔罟[㉜]。今夫斄牛[㉝]，其大若垂天之云。此能为大矣，而不能执鼠。今子有大树，患其无用，何不树之于无何有之乡[㉞]，广莫之野[㉟]，彷徨乎无为其侧[㊱]，逍遥乎寝卧其下。不夭斤斧[㊲]，物无害者，无所可用，安所困苦哉！"

注　释：

①惠子：宋国人，姓惠名施，做过梁惠王的相。惠施本是庄子的朋友，为先秦名家代表，但本篇及以下许多篇章中所写惠施与庄子的故事，多为寓言性质，并不真正反映惠施的思想。

②魏王：即梁惠王。贻（yí）：赠送。瓠（hù）：葫芦。

③树：种植、培育。

④实：结的葫芦。石（dàn）：容量单位，十斗为一石。

⑤举：拿起来。

⑥瓠落：又写作“廓落”，很大很大的样子。

⑦呺（xiāo）然：庞大而又中空的样子。

⑧为（wèi）：因为。掊（pǒu）：砸破。

⑨固：实在，确实。

⑩龟（jūn）：通作“皲”，皮肤受冻开裂。

⑪洴（píng）：浮。澼（pí）：在水中漂洗。纩（kuàng）：丝絮。

⑫方：药方。

⑬鬻（yù）：卖，出售。

⑭说（shuì）：劝说，游说。

⑮难：发难，这里指越国对吴国有军事行动。

⑯将（jiàng）：统帅部队。

⑰裂：划分出。

⑱一：同一，一样的。

⑲或：无定代词，这里指有的人。以：凭借，其后省去宾语“不龟手之药”。

⑳虑：考虑。一说通作“摅”，用绳络缀结。樽：本为酒器，这里指形似酒樽，可以拴在身上的一种凫水工具，俗称腰舟。

㉑蓬：草名，其状弯曲不直。“有蓬之心”喻指见识浅薄不能通晓大道理。

㉒樗（chū）：一种高大的落叶乔木，但木质粗劣不可用。

㉓大本：树干粗大。拥肿：今写作“臃肿”，这里形容树干弯曲、疙里疙瘩。中（zhòng）：符合。绳墨：木工用以求直的墨线。

㉔规矩：即圆规和角尺。

㉕涂：通作“途”，道路。

㉖狸（lí）：野猫。狌（shēng）：黄鼠狼。
㉗卑：低。
㉘敖：通“遨”，遨游。
㉙跳梁：跳踉，跳跃、蹿越的意思。
㉚辟：避开；这个意义后代写作“避”。
㉛机辟：捕兽的机关陷阱。
㉜罔：网。罟（gǔ）：网的总称。
㉝斄（lí）牛：牦牛。
㉞无何有之乡：指什么也没有生长的地方。
㉟莫：大。
㊱彷徨：徘徊，纵放。无为：无所事事。
㊲夭：夭折。斤：伐木之斧。

几幅小照片

亲爱的老爸老妈：

已经全面步入期末考试月了，这一周每个科目的教学都到了收官阶段。你们应该能够想到，大学的期末考试月有多么疯狂，每次去自习室找位子都是一件让人头痛的事。尤其是复旦的几栋教学楼正在重新装修，图书馆实在又老又破。文科图书馆的期末季总被人调侃为“下饺子”，具体景象可以参考高温天气的室内游泳池。

什么是“潮流不可阻挡”，什么是“裹挟不明真相群众”，自习时总会遇上一堆班上的同学，大家都在为最后的考试拼命加油，浓郁的学习氛围总会让人不自觉地投入其中，忘却了时间，忘记了自己。但不得不说，临近期末考试这段时间的学习还是让人感觉比之前效率更高，也更加充实。

最近还有一件值得高兴的事，复旦食堂新增了很多接近川味的菜品。与其说我现在对复旦食堂感到失望，不如说是麻木了。一日三餐仅仅只为果腹，只能趁周末四处寻觅美食。所以，当我在食堂吃到来上海后吃过的最接近家中口味的红烧肉时，几乎痛哭流涕。食物真是最能寄托和缓解乡愁的东西，每次想家就去吃顿火锅或川菜。但想想四年之后，上海菜也许会成为我新的乡愁。这次食堂大改造还新建了清真餐厅，以及增加了清汤火锅、粉丝煲、盖浇饭等，在期末的日子里有这么多美食相伴，简直不能更幸福啦！

这学期的体育课程我选择了羽毛球，老师非常专业，在课上教授了很多基础知识和实战技巧，让我受益匪浅。班级间的轮流比赛中我连赢八场，这一部分的期末成绩直接计为满分，这让我高兴了好久。所谓“高手在民间”，之前参加复旦的校际比赛让我看到太多的羽毛球高手，也让我意识到其实自己一直没有真正用心学习过羽毛球，这实在是一件很遗憾的事，但“亡羊补牢”，想想现在努力还不算太晚。（老爸也要好好锻炼身体，放假回家每天叫你一起去打羽毛球和乒乓球！）

于2014年12月21日星期日9：00

冰　儿：

阳光正好，坐在办公室里，窗外绿荫浓浓，和风暖暖，读着女儿的家书，神思也飞越千山万水，飞到了遥远的大上海。

知道你在羽毛球上的进步，我很高兴，这让爸看到了你正沿着爸期望的目标——做一个全面的人的方向发展。打球有很多的苦，但也有很多的乐，训练很辛苦，比赛很辛苦，但学到了技术很高兴，比赛赢得胜利很高兴。本次比赛能够取得这么好的成绩，爸为你自豪。同时也让我更坚信一个道理，也就是上次爸跟你谈到的：有用与无用是相对的，往日看来无用的东西，今日却有了大用，今日无用的东西，今后未必无用。当年爸让你学打球，今天就成了你展现自己才华的时候。当今中国教育，功利的东西太多。要记住，功利并非不可有，但一味功利却不可取，正如我们不能缺少钞票，但绝不一辈子做一个钱串子。

你传过来的几幅照片很不错，“光华楼的小猫会和你一起自习”是最有意思的一幅，小猫表现得很有情味，它好奇地打量着屏幕，仿佛在寻找什么，一个伙伴？一顿诱人的大餐？或是要参透猫世界的某种秘密？我更愿意是第二种，因为和第一幅“和室友一起去吃韩国烧烤”衔接在一起，简直就是神来之笔。把几个饕餮之徒和一只馋嘴的猫心里深处的想法通过画面传神地揭示出来，还暗扣了人与动物和谐相处的主题。如果哪一天一不小心获个普利策新闻图片奖也未为可知。这也印证了法国著名雕塑家罗丹的话：“世界上并不缺少美，而是缺少发现美的眼睛。”有人把人生分为三个层次：生活层次、审美层次、生命层次。看来我们心有灵犀，都是站在审美层次而不再是生活层次来看待外界事物。

最有意境的当数“复旦的秋天很美，有落叶纷飞和午后灿烂的阳光”这一组图片了。落木萧萧，黄叶铺地，人在这样的时空纵深里不紧不慢地徜徉，任阳光就这样自由地铺下来，铺满枯叶，铺满大地，铺满整个世界。起风了，就让世界随风起舞，旋转，旋转，心也随之轻盈。世界就这么奇怪，在你看来，那是妖风，可恶的妖风。在我看来，它是仙风，度人的仙风。距离产生美，泰坦尼克号的覆亡是一场大悲剧，但今天我们坐在电影院观看电影《泰坦尼克号》却能产生无限愉悦的情感的激荡。十年之后，相信你也会想念这股上海的妖风，想念复旦大道上的梧桐，想起它们带给你的无限快乐。祝愿安好。

爱你的爸妈

2014 年12月23日

别人的研考

亲爱的老爸老妈：

我在阳光明媚的冬日下午，坐在光华楼的小圆桌旁给你们写下这封邮件。窗外便是光草，好天气让许多学生走出宿舍，走出教室，坐在光草上晒太阳，看书享受复旦的纯净生活。看着这一切，让人不由得感到舒适、惬意。

今天是一个特殊的日子——全国硕士研究生统一招生考试，虽然与我并没有多大关系。学校里随处可见参加考研的学生，并且由于考试，复旦的所有教室都已经被提前封锁，他们的加入也让周末找自习座位变得更加困难。光华楼本就不多的小圆桌早已经被复旦的考研大军们占领。看着这些学长、学姐们利用考试的休息时间埋头苦读，许多人甚至不顾寒风，坐在花坛和台阶上看书，内心感触颇多，也更加体会到竞争的激烈和残酷。或许四年后的今天，我正如他们一般，为研究生考试而忐忑不安吧，抑或那时的我会别有另外一番心境。未来会怎么样谁都说不清，唯一能抓住的就是现在。来到复旦之前我曾发誓：四年的大学时光不能白费。而时光匆匆，希望自己能够实现当初的诺言。

有趣的是朋友圈里开启了一波转发热潮，大意是希望其他学生错峰吃饭为考研学生提供方便。这种事情在我看来不过是生活中鸡毛蒜皮无关痛痒的小插曲，却引发许多人的评论和争吵，更有好事者洋洋洒洒写了几千字分析是否有为考研者错峰吃饭的必要。好笑之余也对复旦学子思想之“自由而无用”深有感触，不用去高大上的巅峰论坛，一窥其生活发言便可知其学术钻研、思想争锋的精神。

又到了选课的时候，在期末考试前选课，不得不说让人压力倍增，甚至完全打乱了我想假期在家好好研究再选课的打算，实在无法理解学校的安排，也只能默默接受。大一一学年我都不准备选修太多学分，维持在26~28分左右，现下只想把绩点尽量提高。希望选课顺利！

马上就元旦了，元旦快乐！

于2014年12月27日星期六15：00

冰　儿：

当你收到这封信的时候，新年的钟声已经敲响，寒暑易季，我们又迎来了崭新的一年。

新年并不是简单的一年开始，而是一轮新的生命的大轮回。每年接手新一届学生，给我感受都很多，也许在学校看来不过是一届换一届的学生罢了，但我们却面对的是全新的有着新的思想和灵魂的个体生命。这也许就是泛泛而论与深度参与者的差异。

生活需要我们去深度地感悟，品咂其中的滋味，而不仅仅是一个旁观者的谛视。一年一度的考研，在我们外人看来可能只是一次普通的考试罢了，但在考生个体，其中的酸甜苦辣个中滋味绝不是我们轻描淡写一带而过的评议所能替代。身在复旦，要意识到这些都是难得的宝贵人生体验，更多以一种当事者的沉重去理解，去解读。多找几个过来人去沟通，问一问他们考试的心得，问一问别人成功的辛酸，问一问他们学习的收获。考前可能不好，但考后肯定可行，他们应考的喜怒哀乐在你看来可能算不得什么，但对于一名非复旦的学生可能就是宝贵的财富了；这在今日于你可能算不得什么，但于四年后的你价值可能就不可估量了。

在中学时候你少有找老师沟通，向老师讨教，很多时候都是父母为你代劳。现在大学了，跟老师，跟校友，跟不同学校的人，甚至社会中的人，多交流，多向别人讨教，这就是我所说的深度去参与周围的生活，这于你是大有益处的。

其实，你在信中谈到的选课的问题，我想复旦绝不是今年才这样做，而应该是一以贯之，之所以又被动，归根结底就是不善于打听求教惹的祸。凡事豫则立，不豫则废。

新年的钟声即将敲响，岁末年初，每个团体，每个家庭，每个个体都要总结这一年的得失，但更多是规划新一年的开始。在纷繁复杂的学习、生活中，只有具有很强的统筹规划的意识和本领的人才能够游刃有余地应对多变的局势。而统筹意识又恰恰是文科学生所缺少的，从现在开始，凡事多规划，早设预案，做到不慌不忙、从容自如地应对。

祝新年快乐。

爱你的爸妈

2014 年12月31夜

外滩踩踏事件

亲爱的老爸老妈：

时光匆匆而过，一个学期已经走到尾声，窗外的梧桐树也从当初的郁郁葱葱变得只剩下光秃秃的树干。

首先对两天前元旦的外滩踩踏事件感到抱歉。因为临近期末这段时间学业压力挺大，一直待在学校，才跟朋友们约好趁着元旦假期一起去外滩倒数跨年。早就知道人一定特别多，但正因如此才决定今年一定要去，毕竟这是我们在上海度过的第一个新年，以后肯定不会有这样的好奇心和热情在这样的天气中跑去外滩人挤人了。这也算是特别的生活体验吧！猜到你们一定会反对，所以之前的通话中有意向你们隐瞒了这件事，而且答应晚上尽早回寝，不去人多的地方凑热闹。没想到真的发生了意外，而我当时正在事故中心，第二天还因为熬夜晚起没有接到你们的电话，让你们担心了很久。

其实，为了避免发生危险，往返的路上我们都特意绕着边上人少的小路走，尽量避开了人流高峰。零点那一刻我距离事故发生地点非常近，却因为人潮汹涌完全没有感觉发生在几十米外的悲剧，更完全忽略了响彻夜空的警笛声，甚至零点一刻经过事发现场，还对地面的一片凌乱毫无察觉。早晨醒来看到新闻的第一反应也不是打电话回家报平安，而是抱着“反正事情已经过去，你们根本不知道我去过外滩”的心态试图蒙混过关。我已经深刻意识到这次经历的危险和错误，在此深刻检讨，以后生活中也会更加注意安全事宜。

再汇报一下这段时间来的学习生活。其实在学校里，每天都是不同，每天又有相同。期末考试并不像高中时候集中在一两天进行，而是分散在一个月内，考试压力明显减轻了许多。但是相对于高中课程的“被动吸收”，大学学习需要你在课下自习、消化理解的时间更多，所以也并不轻松。加之之前的邮件里面我已经提过下学期的选课也安排在近期进行，因此近段生活十分忙碌。考试不能说得之于心应之于手，但总的还是应对自如。还有半个多月就放假啦，我已经迫不及待了呢！

于2015年1月3日13：00

冰　儿：

天有不测风云，人有旦夕祸福。防患于未然，这是每一个成熟的成人应具有的预判和预防能力。当今社会，人员流动加剧，不可知的风险放大，特别是特大型城市与人员密集场所尤为如此。今年平安夜，很多高校出台各种临时管理办法，限制学生的集会活动，办法出台伊始，批评者有之，怨声载道者有之，恶毒攻击者有之。种种管理办法，当然有政治上的考量，有怠政懒政的惯性使然，但未尝一无是处，它至少对确保学生的安全有着巨大的作用，日前上海的踩踏事件就印证了这一观点。

对于安全事故，固然不能完全避免，但我们应该有最起码的防范意识和基本的应对知识。防患我认为要做到几点：一要善于观察，在公共场所，观察周边的疏散通道与危险因素，如道路情况、设施、人员等；二要提高警惕，时时保持一颗警戒之心，特别是在人员密集、危险作业等高危场所，尽量回避高危人群与高危场所；三是学点防灾知识，平时没事的时候浏览一点相应的网站，学一点相关的防范、自救知识，要知道闲时学来急时用，急时现学不中用的道理。

关于你对本次事故的处理，我有几点要郑重向你指出：其一，作为一名大学生，不应把追风当成时尚，所谓“好奇害死猫”，要学会多几分沉稳，多几分淡定，特别是对一些所谓的时髦的玩意更是如此，与时俱进并非跟风潮，托尔斯泰不是有流行未必就是好的论断吗？其二，对重大事件的第一要务当然是自保，但同时也不要忘了向家人报平安。夜深了，你要休息，我们当然能够理解，但你在休息之前能否先给家人发个短信，报声平安？这么大的事件，你不知道家里有多担心。根据你本次的应对，我认为你很是缺乏相应的教育，回来给你补补课。

临近放假，学习生活肯定很忙碌，要做到忙而不乱，有条不紊地安排自己的学习生活，要相信功夫在平时。祝安好。

爱你的爸妈

2015 年1月5日

第一个期末季

亲爱的老爸老妈：

距离学期结束只剩下短短的八天了，这也应该是本学期的最后一封邮件，翻翻之前的邮件，才恍然发觉时间的流逝，更深深触摸到自己无时无刻不在成长。

这是我经历的大学的第一个期末，还有很多陌生和不习惯。接下来的两周是复旦传统的期末考试周，所有院系全部停课考试。已经到了最后冲刺的阶段，所有人都开始拼命，很多人早上七八点从宿舍出门，一直自习到晚上十一二点方才归寝，通宵教室不灭的灯光见证了无数复旦学子的努力。其实，据我所知，几乎没有学校提供像复旦一样完全自由的作息时间安排和丰富的自习资源、完善的自习条件，臧克家有所谓“不用扬鞭自奋蹄”，这也促使我们更全身心地投入到备考复习和学术研究之中。

在写下邮件的当下，已经有一些考试结束的学生打点行囊，兴致高昂地踏上了回家的路。但更多的还是教室、图书馆里“下饺子”般的期末复习“盛景”，而我身为其中的一员，一边迫切地想结束考试回到家中，一边不得不更努力地复习准备考试，其中的煎熬自不必多说。

常说：“只有到期末时才感到平时的努力不够。”我也深有感触，感觉平时的学习到如今已变成一片空白，只有重新回归教材，一遍又一遍地背诵老师谈过的讲义中的重要知识点。甚至常常有这样一种错觉：大学要背诵的东西比高中多且细。而且即使是每一个小的知识点也要你掌握之后能写出一千字以上的论述和评价。这是我最不习惯的地方，也是最让我崩溃的地方，强烈怀疑自己是否真的适合学习文科（开玩笑啦~）。通过这学期的学习和摸索，我已经明显多了一分自信，我一定能更好地安排下学期的学习和生活（已经可以证明这一点的就是，现在选课不会再像学期开始第一次选课时那么浑浑噩噩、手足无措啦!）。

期末加油！不求尽如人意，但求问心无愧！

于2015年1月11日 星期日 13：00

小　冰：

一晃你一个学期的大学生活就要告一个段落了，相信你对当年读过的屈原的“日月忽其不掩兮”有了更深的理解。

自古以来，但凡希望自己的生命过得充实而有意义的人没有不感慨生命苦短的，不仅仅是在历史上留下名字的人，凡人亦如是。现在经常和你妈妈聊起过往的生活，常常不可避免地用到“这一辈子”这个词语。以前也用这个词，但彼时彼地与今日的含义判若天渊，当年更多是一种不可控，一种对未来的期待。一晃，今日就换成了一种对过往人生的感慨，一种岁月不可久留的遗憾。生活就是这样，昨天还为自己的富余而大把大把抛掷的时间，今天就换成了不够用的吝惜；以前还是毫不在乎惹得别人教育我要珍惜，现在就换着我苦口婆心的叮嘱别人不要虚掷。

众所周知，人生的长度恒定，但我们却可以拓宽自己人生的宽度。拓宽生命的宽度，我认为莫若充实地过好自己的每一天。

我们接受的传统教育常把历史上的一些优秀的人群塑造成主流社会的叛逆者，好像他们是天生的逆子贰臣，不反叛他们就不优秀一般。但我想，如果没有众多优秀分子的加入，任何时代都不可能成就其历史的辉煌。历史上可能也有部分人片面地追求精神自由而离经叛道排斥世俗生活，但我相信更多的思想者是在自己的人生理想不能达成而转身成为历史的反思者。换言之，他们对主流社会的反叛是被动的选择，而不是主动的追求。“任何历史都是现代史”，只是后人出于宣传自己的需要而把这些人重新打扮。所以我认为，人生的青年时期理所当然应该有所追求，为实现自己的人生理想洒下汗水，实实在在过好自己每一天的生活，学生时期练好本领，工作后方能把自己的聪明才智充分发挥出来，有益自身，有益社会。所谓“君子相时而动”，顺应历史的潮流彰显人生的才华应是每一个有志青年主动的人生选择。

以前有人编了一则故事，说陶渊明把自己的儿子送去当县令，别人问他，你不是自己就辞了官吗，为何还送儿子去当官呢？陶渊明回答说，我辞官是因为我曾经做过官，一个没有做过官的人首先还是要先去做官。这个故事虽为杜撰，但我认为应该是陶氏这类背叛俗世的哲人的真实心境写照。潮流不可阻挡，顺应时代的发展，过好每一天，练好自己的本领，做一个与时俱进的好青年，去拓宽自己人生的宽度。

回家已经是春运了，路上注意安全。对了，26日妈妈要到铜仁吃喜酒，到时就和她从铜仁回来吧。安好！

爱你的爸妈

2015 年1月15日

第二季　品味复旦

错　觉

亲爱的老爸老妈：

这是新学期来到复旦的第一封邮件，事实上，我在回到复旦的第二天就已经忍不住动笔写下了这封邮件。

注册完成之后坐在宿舍里收拾东西，却突然有种从来未曾放假、从来不曾回家的错觉，上海的风还是那样肆无忌惮，复旦的校园还是那样美，同学们还是那么孜孜不倦……好像过去的一个多月只是一场梦，梦醒之后我还在这里，继续准备明天的学习。突然升起一股上学期从来没有体会过的强烈的想家的感觉，这一周来我都必须极力克制自己想要打电话给你们的冲动，毕竟要想做到心理上真正的独立就不应该给自己留有太多余地。

正如我所料，最初的两三天完全没有去学校食堂的欲望（由此看来那一万块的赌注距离我好像也不是那么遥远。哈哈~）新学期的开头始终是我们最闲的一段时间，两个星期的试读并未带来学业上的任何负担，但是选课始终是让我最头痛的问题，用同学间广为流传的一句话来说："期末留下的泪，都是选课时脑子进的水。"为了避免这样的悲剧发生，我只能每天中午一点钟准时守在学校选课网页上抢课！

周二上午一节课上，我认识了几位社科的学长学姐，和他们聊天之后却突然有种我还从来没有融入复旦、进入大学生活的感觉。我对待课程总是得过且过，从来没有在课下主动阅读课程相关文献；从来没有主动和教授或助教交流相关的课程问题；从来没有积极主动地与同学交往……现在想想，一个学期过去了，我真的学到了什么？我又有什么其他方面的收获呢？突然悲哀地发现，什么都没有！之前你们希望我努力学习分流到国际政治专业，我总说自己还没有完全考虑好，现在我才发现，不是我没有考虑好，而是我根本就没有考入国际政治专业的自信，所以干脆放任自己。学姐说绩点3.5去国政系也是垫底，我才深深地体会到自己与其他同学之间的差距，但同时也更加坚定了这个学期好好努力的决心。

这学期来到复旦，我发现自己有些茫然，之前有人告诉我：大学的第二个学期是最难熬的，我还不相信——第一个学期来到陌生的环境都能适应，第二个学期熟悉之后不应该很好过吗？但刚刚开学，我就已经开始感受到了这句话的真意。有人曾说："一千个读者心中就会有一千个哈姆雷特。"我想这句话于现在的我应该是："一千个人心中就有一千所大学。"我的大学又在哪里呢？我的大学生活又该怎么样度过呢？爱你们！

于2015年3月10日 星期二

冰　儿：

读着你的来信，我仿佛又看到了你满怀着新奇的目光，步履轻盈地走在复旦的小径上，生活之于你，一切都似曾相识，一切又仿佛是新的，多么奇妙的世界！让人突然间怀疑自己是否曾经在这里长期生活过。

的确，生活都是新的，尽管是重复昨天的故事，但每个人不能两次踏进同一条河流。结识相同的人，踏在熟识的路，但你已不是昨天的你了。不仅如此，身边的人，脚下的路又未尝没有变化呢？

对于你不由得有些忐忑，有些否定自己的困惑，我想摘录一段文字来谈谈我的认识。《礼记·学记》有一段文字："虽有佳肴，弗食不知其旨也；虽有至道，弗学不知其善也。是故学然后知不足，教然后知困。知不足，然后能自反也；知困，然后能自强也。"初入复旦，一切之于你都是新的，睁大一双充满好奇的眼睛，对什么都新奇。既谓新奇，自有渴求；既有渴求，定然无畏；心怀天下，心雄万夫。但历经时间的洗涤，才忽然发现自己不过是芸芸众生中的一员，甚至还有诸多不如人之处，于是心生忐忑，变得处处小心，时时留意。其实，认为无敌天下是不对的，过于怀疑自己当然更不足取。"学然后知不足，教然后知困。"既知不足，知困，恰恰证明你在认真努力地学，证明你曾经努力地学，证明你通过努力已经有了很大的进步；"知不足，然后能自反也；知困，然后能自强也。"既知不足，当然只有自反、自强，唯其如此，方为正道。对于你的努力和你的改变，可能你自己感受不到，但曾经亲近你的师长他们感受得到，开学碰到陈老师，她止不住连连赞叹你改变很大，当然有应酬的部分，但我相信更多是一种由衷的感慨。还有，今日读你的信，语言之流畅，表意之简练亦是明证。

对于今后的专业方向，我们一直希望你通过自己的努力分流到国际政治专业，其实，打你选择复旦爸就知道，今后你走的道路是一条学术型的路，你已经不大可能再去走一条专业化技术型的路，这条路与今天这个时代小精专的要求有很大的不同，但恰恰是这种"泛泛"的学习与历练，才真正是培养全面的人的道路，这条路上一定会有很多坎坷，但达到的人生高度也不是一般的技术型道路所能企及的。所以，爸希望你能时时处处高标准要求自己，常怀一颗进取之心。

其实，客观地说，不管是国际政治、政治学或是社会学、行政管理，它们都是些高大上的东西，都不可能精深，换句话说，这些专业你都只能是学点皮毛，积累点人生经历，更多的东西你还得到实际工作中去历练。基于这一点，可能这些专业对于你以后从事什么工作，其实没有太多差别，所以最后分流进什么专业其实并不是很要紧的事，不要太把专业这档子事放在心上。关键是你在分流之前的学习过程、学习经历，也即是说，努力过，拼搏过，结识了很多优秀的人，从他们身上学到了自己以前不知道的东西才是最重要的。正因为如此，相信你这个学期能下定决心好好努力。

春天悄悄来到，它并不为人们的犹豫迟疑减缓脚步，看，窗外一切都是那么新，涌动着向上的生命的力量。孩子，努力去走好自己的路。

爱你的爸妈

2015 年3月20日

江南春色

亲爱的老爸老妈：

我不得不又一次感叹，时间过得太快，前两周的试听课结束就意味着新学期的课程表已经完全敲定，新学期生活正式开始。其实，继刚刚结束的“史上最长寒假”，这学期也被称为“史上最短学期”，已经有很多老师对本学期只有短短16周上课时间表示强烈不满。另一方面也就意味着，我在复旦大学的第二学期生活已经过去了八分之一。

和上学期不一样，新学期的前两周，我试听了许多可能会进入我的课表的我十分感兴趣的课程，而不再是专注于自己一定会上完一个学期的课程，这让我有了许多新的收获。也让我更加深刻地理解到，大学不一定仅仅拘泥于个人的专业课程，而要多接触学习、生活、社会的各个方面。往大了说，或许不经意间就能够找到值得自己为之终生努力的方向，而这很可能不是你现在的专业教给你的；从小处来看，能力的累积和提升绝不在一朝一夕。比如，我在社会学研究方法的课程上认识了哲学、经济、历史、新闻、环境科学等专业的学生；在“生命的科学”（生物类选修课）上遇见一个想转专业至生命科学学院的工商管理系女生，这在一般的家长看来简直就是大逆不道……

生命何其多彩，而绝不是仅仅局限于专业学习。

又到了春游、踏青的时节。周五下午趁着没课去同济图书馆借书的时候看到道路两旁的日本樱花正开得鲜活、浓烈，突然感觉春天真的就到了，闻着空气中弥漫的花的清香，整个人也瞬间从冬日的沉闷中解脱出来。趁着这大好春光，趁着学期开始稍空闲的时间，约二三小友，同游周边古镇，岂不妙哉！于是周六早上我踏上了春日杭州之旅，在杭州的一天半时间，我游览了繁花满树的太子湾公园，春光无限好的西子湖畔，还有吃货的世界——河坊街。吃到了新鲜的草莓糖葫芦，甜糯的杭州绿豆糕，香脆的梅干菜肉酥饼……如果你们没机会再来这里，假期可以帮你们带回家哦~这次你们一定会喜欢吃，而不再是吐舌头啦~

老爸老妈也要在天气好的时候多出去走走啊！去帮我看看来时未来得及去看的清溪油菜花！（O（∩_∩）O哈哈~）

于2015年3月23日星期一11：00

冰　儿：

淡蓝的静谧岁月沉淀人生的浮躁，你其实已经找到了自己前行的脚步，一周来的收获让我和妈妈都很为你高兴。生活之于我们，既要提醒我们时刻警醒，发现自己的缺憾，弥补自己的不足，但更要学会在生活中提示自己，时时去发现人生的曼妙，感悟生命的魅力，唯其如此，才不辜负了大好的青春。

江南是中国大美的浓缩，山水美，人文美，人物美，在国内都是首屈一指，“有三秋桂子，十里荷花。羌管弄晴，菱歌泛夜，嬉嬉钓叟莲娃。”“江南才子江北将，陕西的黄土埋皇上。”几千年的总结肯定是有深厚的历史文化根基的。江南是中国的符号，根植于每一个国人心间。身处江浙，抽出一点时间去品味江南独到的神韵应该成为你求学的必修课。既要去品评大雅之堂的钟吕，感受那些知名景点独特的人文魅力，也要去逛逛闾阎之地的风情，领略那些小街小巷不为人知的醉人神韵。看你拍的照片，感觉无限的享受，迷人的春光，静静的深流，艳丽的繁花，盛多的美食，让人不由联想到代代不绝的江南的世俗之美。几张照片，我最喜欢池塘边有花那一张，层次感很强，景物散得开，不密集，有一种自然的神韵，溪流那张镜头取得过近，景物密得让人有些喘不过气来，如果再远一些，拉出一些纵深感来或许更好些。当然，对摄影我本身就是外行，只是从直觉来谈谈自己的感受罢了。不过我倒是建议你去看一点相关的书，趁着年轻学一点粗浅的基本功。

这个周末我们和外公外婆、三舅、二姨全家去龙塘源看了梨花。花还没有全开，半开半闭的那种，我是看不出什么味道，但我们却无意中看了那里最好的风景——自生天桥，一桥飞架，下边是悬崖峭壁，背后有百丈深崖，深崖底部是当地人唤着鬼神洞的一个大溶洞，很有些意境的。那个溶洞很是奇妙，我们走到洞口，只见下边绿潭阴阴，青石倒映。我们都认为是清波一潭，谁知下到洞底，竟然不是水，而是氤氲洞岚欺骗了我们的眼睛，自然之美，自然之妙，只有真正走进其间，方能领悟它的魅力。

如果有时间，你可以到我QQ空间里去看看那几张照片，很能反映当时之所见。安好。

爱你的爸妈

2015年3月24日

四月的上海

亲爱的老爸老妈：

已经是四月的天气，不知不觉就脱下了伴随我整个冬天的羽绒服，从棉服到T恤，随着衣服的重量减少，感觉整个人也由内到外轻松了许多。这样一个美好的季节，让人忍不住内心飞扬起来，再多的烦恼、苦闷都可以抛到一边。尤其是逢周末，同学、朋友都会相约去上海市内或者周边风景优美的景点春游踏青，看着那融融春光，淡淡春色，只想让自己蒸发在空气中，与这生机勃勃的世界相拥相抱融为一体。

总想趁着长江中下游地区梅雨季节来临之前的短暂好天气多出去走走，毕竟这样好的时光，这样好的天气，整天窝在学校和宿舍太过浪费，太过辜负韶华。周六和七个小伙伴一起游览了上海动物园，与许多以前从来不曾看见过的动物如藏羚羊、羚牛、河马等近距离接触。下午去了10号线海伦路站边上的1933 老场坊，虽然前身为远东最大的屠宰场，但经过国际知名建筑师改造之后再站在这里，你丝毫感受不到想象中的阴森、冰冷、血腥味，反而透出一种由内而外的海派式优雅的小资情调。半空中交错的无数廊桥美轮美奂，带给你1933独特的光影视觉享受，无愧为专业摄影师心目中的拍摄圣地。傍晚途经同济，听说同济的樱花已完全盛开，吸引了众多游客，因此临时决定去同济赏樱花，走在同济校园中就已经感受到了不同于平时的密集人流，越是靠近樱花大道人流越密集。已经是日暮时分，夕阳懒懒地斜照在繁花盛开的大道上，让人感到一种别样的美。许多人在樱花树下拍照留念。晚餐在同济后门一家西餐店Slabim解决，为这辛苦却充实的一天画上圆满的句号！周日在图书馆完成一周的作业，再看上半天书，预习下周要学习的课程新内容，整个周末就这样愉快地度过。

班级准备四月末和一个旅行社合作，开展一次两天一夜的春游，已经处于紧锣密鼓的准备中。地点经过全班的投票定为浙江的一座小岛，也是金庸老先生笔下的人间仙境——桃花岛。甚至还会让我们自由选择是否在海边帐篷中住宿，一起等待第二天海边的日出。想想就又是一个愉快的周末，我已经开始期待它的到来啦~（*^__^*）嘻嘻……而在这之前，自然要提前完成众多的学习任务啦！

于2015年3月29日 星期日11：00

冰　儿：

见信致吉祥，祝贺你度过了一个充实而有意义的周末。

以前常给学生讲，什么是名校，所谓的名校就是让你不用谈钱却又永远向前的学习场所。今天在就业压力越来越成为压在青年学子身上的重担，让人没有喘息之机的时候，我自认为自己对名校的理解是何其正确，我也希望你把这一思想贯穿于自己在复旦生活的每一天，不焦虑，不急躁，做一名脚踏实地永远向前的人，坦然去走好自己的每一天。

所谓就业，就是选择一份工作养活自己，让自己在有生之年能够去致力从事自己喜欢的一些事，当然也有少量的人能够把就业和自己人生的追求统一到一起。基于此，人生的终极还是要去实现自己的一些想法，工作只不过是中间的桥梁罢了。桥梁是要有的，一座普通的木桥、混凝土桥梁或是一座装修精美的立交桥又有什么要紧呢？其实用的意义可能就不是太大了。当然也不是完全没有意义，如果那样就成了虚无主义了。名校的就业基本就是一个伪命题，只不过是未来薪水的高与低的差异罢了，对这些东西要在乎，但又不能太在乎。

名校的魅力在文化熏陶。复旦、同济，人文深厚，多去听一点讲座，多去参加一点有益身心的活动，上个学期的瑜伽还去练吗，公益也适度抽一些时间，三五知己一起的踏青郊游，这些经历，今日看来平常，但十年、二十年后重回过头来看，它将是人生的一笔重要的财富，正如现在回头来看高中三年的炼狱生活。归根结底，人生的青年时期，让自己的生命经历苦难，享受快乐，经受痛苦，感受喜悦，酸甜苦辣，五味杂陈，一样也不能少，学就努力地学，玩就痛快地玩，充实地过好每一天。有人把它概括得更形象：“狗一样地学习，绅士一样地玩乐。”

前天收到丁晨韵在台湾给你寄来的明信片，这是一份迟到的祝福，又是一份弥足珍贵的礼物，刚才我四处翻了一下，本来想给你照成照片传过来，可就没翻到（你是懂我的!!!），哪天翻出来了传给你。

我们这周放月假，要放在以前，你也是多么惊喜哦，此一时彼一时，今天就只有我来欢呼了！祝愿你的桃花岛之旅又成为一个愉快的周末。

爱你的爸妈

2015 年4月1日

青春正当好

亲爱的老爸老妈：

春天的气息越来越浓，看着窗外的树枝慢慢抽芽吐绿，在春雨洗礼和暖阳的爱抚下，由最初的嫩绿逐渐染成深绿，叶片也逐渐变硬，内心就油然而生出一种莫名的感动，这就是春天勃勃的生机，这就是大自然赋予我们的生命的力量啊！

不同于大学之前多数时间用于学习，周末或放假也总是放风式的玩耍，不得不说现在的我有了更多的心思注意到身边的小事、大自然的奇妙；或许是因为在不同的人生阶段，总会产生不同的感悟，每当发现一件让人愉快的小事，都会让我的内心生出由衷的喜悦。

过去一周的生活和往常一样平静且充实。开学已经整整一个月，各科的学习任务开始变得繁重，每个月末都是作业高峰期，显然接下来三天的清明假并不如想象中那样令人愉快，也彻底打消了外出游玩的心思，毕竟现在的我还是应该以学业为重。反正四月末班级还会组织一次去浙江舟山群岛的小岛之一——桃花岛的春游，现在已经安排好了所有行程。总是有人对我说："大学是人生最美好的一段时光，没有之一。"我已经越来越亲身体会到并信奉这句话了，青春正当好，我会好好珍惜和享受，这其中自然应该包括踏实地学习，遨游知识的殿堂。

其实近来上海的天气实在是"捉摸不定"，接连两个星期，相邻两天的温差都高达10℃左右，看到新闻报道重庆最近气温居高不下，已经进入历史上最早的高温季，突然就对高中地理课本上所说的中国疆域辽阔、气候有着强烈的地域差异有了深刻的认识。不仅仅止于此，每当重庆的同学大哭快被烤成"热狗"，而西北的同学默默晒出一张雪景照时，就会感到一种莫名的喜感，笑过之后又感到格外奇妙：原来高考之后，我们早已各奔东西，过上了截然不同的生活。这样古怪的天气，我会好好照顾自己，不用为我担心，你们也要时时关心天气变化，注意身体。

于2015年4月3日星期五19：00

小　冰：

一个清明假眨眼过去，收获很多，也有些许遗憾。

清明节前一天，也就是4月4日我去老家挂清来，草木繁茂，但也仅限于草木繁茂，村庄已经破落凋敝，以前的禾里坪那个百来人的寨子只有稀稀拉拉四五家人，十来个老人，没有青年，没有孩子，有的是稀稀落落的三两声狗叫、鸡鸣，让你觉得有种时空错乱的感觉。是的，除了几根蛛丝一样的电线，还有电灯、两个电视接收器外，这里几乎没有留下这个时代文明的任何痕迹。荒草、杂树是这个世界的主人，连坡的碧草遮蔽了数百年来人们改天换地留下的每一个脚印。

以前看过一篇文章说地球上如果没有了人类，我们今天创造的任何伟大的文明只要80~100年几乎会消失殆尽。此前还看过一组照片，保加利亚共产党建造了一座类似于人民大会堂的建筑物，当时在全世界都享有盛誉，但随着保共垮台，它也成为一座举世闻名的废墟。时间呀时间。记得我们小时候，禾里坪是三个小队的聚集点，有在当时看来规模很大的“社屋”，有村里唯一的学堂。眨眼之间，这些都烟消云散，不见了踪影，怎不让人唏嘘感叹。当天你爷爷走到那里时东瞧瞧西望望说：“让我看一下，我还打不到山势了。”时间真是一位了不起的魔术师啊！

前一段时间，我和妈妈看电视剧《平凡的世界》，对里面的描写感叹了一阵又一阵，《平凡的世界》以前看过小说，写得很好，现在看来当然有很多不足了。但有一点，它勾起了人们对那个时代的记忆，让人有种沧海桑田、白云苍狗的感受。但时间也可以成就一些人，电视剧中有一句台词“不知道是从什么时候开始，这人就能够吃得饱饭了”，听了让人倍感唏嘘，“哎，这人真还不知道是从什么时候开始就能够吃得饱饭了。”我相信有很多人都有我同样的感慨。时间真是个奇妙的东西，以前我必须抬头仰望的一些东西，一些人，现在不必仰望，甚至不必抬头。

清明节那天和妈妈到黔江去看望菲菲嬢来，看了她家的小宝贝，她家的新房子，感慨很多，当年的灰姑娘今天生活得有模有样。晚上我们回来去了濯水镇，第二天早上还去了神龟峡，景致还不错，可惜没能上船尽情游览一回。这两天天气转凉，出去冷得够呛，你外出可别犯我们一样的错误。

爱你的爸妈

2015年4月8日

准备志愿者竞聘

亲爱的老爸老妈：

这周上海的天气很不好（不过全国好像都差不多），从30℃以上坐过山车一般降至10℃以下，倒真像他们调侃的："一周之内把春夏秋冬四季过了个遍。"

周六已经和室友约好一起去上海东方艺术中心听一场《天空之城》音乐会（虽然没什么艺术细胞，但还是尽量让自己多接受一些艺术熏陶吧，O（∩_∩）O哈哈~）。这就是在上海这样的城市读书的一大优势了。其实，我常常会和在上海的秀高同学感叹：其实从来不觉得自己身在上海这样的国际著名大都市，因为几乎每天都是教室、宿舍、图书馆、食堂四点一线的生活。来到上海半年有余，连陆家嘴和徐汇区这样的上海地标式区域都还没去过，也算是一大遗憾了。唯一值得欣慰的也只能是去外滩的次数之多，已经到了提到这个地名就条件反射想到那随时随地汹涌的人流。

这个学期对复旦来说意义非凡，因为在五月中旬会举办110周年校庆典礼及相关活动，届时会有很多优秀校友返校并举办讲座和会议。而这一段时间正是接受志愿者报名，竞争十分激烈，青志部的同学说都是以1：10甚至还要高的比例录取，这时尤其体现出外语的重要性，外语流利或是有第二外语的同学有优先权，虽然不确定自己能否被录用，但是总归是一次好的锻炼，单人英语面试就当是提前模拟外语口试了，想来在今后也会成为一段难忘的回忆。

在学习方面我反而感觉没什么可说的，这个学期的课程都偏向于文科方面，不用学高数，每天的主要任务就是看书，政治、法律、社会学、行政管理方面的老师要求阅读的书籍非常多，只能每天啃一点。不过，让我高兴的是，从开学到现在我都坚持了早睡早起，每天睡前看一点课外书的好习惯。每天晚上23：00准备上床睡觉，再花半个小时看看课外书和老师推荐的英语原文小说就准时睡觉。每天早上6：30起床晨跑。现在已经看完了两本英文中篇小说，两本薄薄的中文书，上、下两册的《世界通史》也只剩下100页不到。从前总是觉得太多事情没做完，不知不觉就过了24：00，第二天又起不来，结果导致恶性循环。但现在并没有做多大改变却感觉自己整个人都不一样了，每天都精神饱满（关键是内心充实）。我为自己的每一点收获而喜悦，相信你们更是如此。也希望你们都能坚持健康的生活习惯，不再用事情多、时间紧做借口，只需一点小改变就会有意想不到的收获！爱你们！

于2015年4月8日 星期三12：00

冰　儿：

周末又到，天朗气清，煦日和穆。

看到你的进步，爸妈都很欣慰，不愧又长大了半岁，不愧为复旦的学子。

校庆典礼及相关活动志愿者一事，既然报了名，就要努力去争取，不管前面是艰难险阻，悬崖万丈，都应不畏艰难。志愿者是光荣的一件事，是机会，是锻炼，又是挑战，世人尽知，不待赘言。然而很多人却忽略了从报名到挑选中，机会、锻炼与挑战便一路相随。按照你的说法，可能很多人最后不能成为志愿者，会被无情地淘汰，但事实是，在这个参与过程中自己的精心准备是一种学习，选拔的过程则是一种历练，一种交流互学，选拔的期待则是对一个人心理的考验。这是一件多么有益的锻炼啊。

日前无意中读到一篇文章，清代政治家，实力派张之洞的《诫子书》，文章写得诚挚动人。其中有一些观点深为折服："汝纵患不能自立，勿患人之不己知"便是其中一句。一个人炼成了本领，有了本领，不论在任何环境，他会一步步展露其才华，是金子总会发光。但是时代有了变化，我们得换一种角度去看待，一个人首先要锻炼真本领，这是前提；一个人有了本领，是金子，他还得要发光，要向世人展现自己的才华。只要这两者具备，我想他就会熠熠生辉。尽情地在各种竞争中去展示自己吧。

一个人的成长与幸福生活，除却自然的属性吃穿用度外，还需要社会的属性，非物质的属性，教育、审美、音乐是幸福人生必不可少的构成。爸之所以坚持受教育要到北上广，要到文化氛围最为浓厚的地区，就是要让你在读书之余，更多地接收人文艺术的熏陶。用课余时间去参加点音乐会，博物展览，科技活动，凡此种种，过后对你的人生助推，可能也不比你接受的正常的大学教育差。希望你今后要多用好这种机会，自主地规划自己的人生，成就自己的品位，而不是让将来的自己成为一个钱串子。

最后，爸建议你也去读读张之洞的《诫子书》，会让你有很多感慨与收获。

http：//data.book.hexun.com/chapter-1377-5-37.shtml

爱你的爸妈

2015 年4月13日

可爱的老外

亲爱的老爸老妈：

学校生活日复一日，看似一成不变：上课、自习、吃饭、休息……仿佛每一天都在沿着既定的轨道有条不紊地前行，但当你仔细想来，生活却又是变幻无穷，每一天都是新的一天，每一天都是新的自己。

周六晚上的音乐会真的带给了我许多截然不同的感受。其实，曾经的我一直无法理解为什么那么多人愿意花钱去听一场明明在家中就可以听到的所谓音乐会。但只有当你真正坐进音乐会的大厅，才会感到，它的意义在于亲眼看见指挥的手往两边一挥，全场一片寂静；在于与无数认识或不认识的人一同沉浸于音乐的海洋，感受其中的喜悦与悲伤、欢乐与痛苦……在听到其中一首《花火》的主题曲时，我几乎控制不住快要流下眼泪，这是我第一次如此真切地意识到音乐本身的力量。在我看来，这种神奇的力量和流行乐所能带来的一时的感动不同，只有交响乐能够做到——这是真正的心灵的震撼与洗礼。恍惚中，有那么一瞬间，我仿佛看到生命像花儿一样尽情绽放，那样最原始的蓬勃的生命感。最后一首曲子欢快的前奏奏响时，我看到全场人都露出了微笑，心情随乐曲而变得愉悦；在高潮部分，最前排的一个小男孩甚至站起来跳起了舞，实在让人捧腹；而结尾几乎是在全场人的轻声哼唱中完美结束。真是一个美妙而难忘的夜晚！

这个周末普普通通却又有一些不一样，周五把手机外屏摔碎了，这是上大学以来第一个没有手机的周末，不得不说感觉很不错（除了早上因为没有闹钟比平时晚了近一个小时起床=_=#~）。突然想到，以后在没有紧急事情需要用电话与别人联系的时候可以偶尔尝试关掉手机生活一天，很多以前因为看手机而被忽略的小事可能会带给你莫大的幸福感！

周末去修手机，在回学校的地铁上，遇到了一个很可爱的外国人。虽然在上海这样的国际大都市，遍地都是外国人，随处都有人在说英语（无论是不是外国人），但之前从未感觉到他们与我们的区别。这个有趣的大哥哥和自己的女朋友（中国人）走上地铁坐下之后，就开始和旁边的一位大爷打招呼："你吃了吗？"大爷诧异地望了他一眼，尴尬地答道："吃了。"紧接着他又道："这是我女朋友（指着他漂亮的女朋友），她漂亮吗？"大爷无奈，继续尴尬地回答："漂亮！"他假装没有听清，捂着自己的耳朵说："什么？不漂亮？哦，我也觉得她不漂亮。"他的女朋友早已经害羞地把脸别到一边并用手半遮住，他看了一眼继续说："但是我很爱她！虽然她不漂亮，但我还是认为她很美！我很爱她！她很漂亮！"接着开始大声深情地唱："你问我爱你有多深，我爱你有几分……"地铁停靠的每一站走上来乘客，他都会对他们说："嗨！这是我女朋友！她很漂亮对吧？我很爱她！"边上一众人从头笑到尾。在中国这样一个性情内敛、矜持的传统国家，很少会有人做出这样的行为，在我前十几年的生命里从来没有遇到过，我想今后也很少会遇到了。这让我真切地感受到了中国人和外国人的性格差异，而这些也反映出中外历史、文化、教育等各个方面的不同。这真是一个奇妙的世界！这个有趣的大哥哥，祝他和他的女朋友幸福！

于2015年4月19日 星期日22：00

小　冰：

生活之于我们，就是要积极地参与其中，而不仅仅是听取他人的经验和教训。音乐会如此，学习如此，其他的活动更是如此。所谓“纸上得来终觉浅，绝知此事要躬行”就是这个道理。

一场春晚，现场的气氛感染肯定不是直播所能够比拟的。学习更应这样，摘抄他人的笔记绝不能够替代现场听讲和与教师面对面的交流，课后的臆断永远不能替代实地的调查与采访。学习阶段，要多一点沉下去的精神，多动脑，更要多动手，多跑腿，要多与别人交流，不做空头学问家。但同时学生的时间很有限，又不能一天到晚都去做一些所谓的社会实践，要多读一点书，充分借鉴别人的经验，把有限的时间最大化地利用起来，以听课为主，采访为辅；以课本为主，社会为辅，将学与做结合起来，这样才有真体验，才能练到真本领。

关于手机，记得爸在你上学时提过一个要求，周一到周五不上QQ，不开微信，不要被这个时代的碎片信息掩埋了，不要沉溺于这个信息泡沫泛滥的社会不能自拔。但你有时好像落实得不是很好。“玩物丧志”的“物”并不一定是实体的珠玉珍宝，虚拟的东西更是如此，这一点相信不要爸多作阐述。

这一周爸在重庆也有些感慨。社会分层在今天日益固化，这周接触了一些人，这些人有能人，也有平庸之辈，但因为不同的出生与环境，他们却都处于高高在上者之地位。素有“洛阳纸贵”美誉的晋代大才子左思在他的《咏史·郁郁涧底松》中有名句：“世胄蹑高位，英俊沉下僚。地势使之然，由来非一朝。”儒家礼仪文化熏陶下的等级社会由来已久，当然并非今日独有。但教育作为打破社会分层固化的一个重要手段，希望你能好好地把握在手中，用好它。

爷爷这周刚过生日，他与外公他们一天天老了，你对人生的理解与他们的生活有很大的差距，但空时不要忘了给他们打打电话，和他们谈谈自己的生活，自己的梦想，让他们也感受一下年轻的气氛。

爱你的爸妈

2015 年4月24日

春游桃花岛

亲爱的老爸老妈：

四月已临近尾声，本学期已经过去了二分之一了。

想想再过半个学期我就要成为又一届大一新生口中的学姐了，感觉颇为神奇。其实在心底里我始终认为自己还是刚刚进入大学校门、迷迷糊糊、懵懵懂懂的那个小女孩罢了。估计这样的感觉你们比我还要更强烈吧，毕竟我们在父母眼里都是永远长不大的小孩子。

这个学期摆脱了高数的“束缚”，感觉天都变得更蓝，空气也变得更清新了（O（∩_∩）O哈哈~），我想我是真的没有学习理科的天赋和热情，一看到与数字有关的东西就头脑发懵，从小时候起就对数学没有兴趣，高中更是从没想过读理科的可能性，所以是天生注定的文科生。而且很多事情和想象之中会有很大差距，目标也不是只想想就能够实现的。所以现在还挺庆幸当初没有随大流选择去读金融专业。

这个周末和班级同学一起去浙江舟山群岛春游。周六早上六点起床上车，正式开启了我们自开学以来就期盼着的春游活动。第一个正式意义上的景点——杭州湾跨海大桥就这样和我们在车上不期而遇，作为曾经的世界最长跨海大桥，如今的世界第三长跨海大桥，杭州湾跨海大桥不仅以它惊人的长度，而且以其彩虹色的渐变桥身，让我们所有人为之赞叹，尤其让我这个大山中走出的孩子第一次真切感受到所谓大海的宽广博大。六个小时的车程外加一个小时的船程后，我们才最终到达桃花岛，下午参观了岛上最负盛名的景点，晚上是一场热闹的海边沙滩篝火晚会。下午晚餐后，一个人走在夕阳西下的海滩边，那样美好的风景简直叫人想要落泪，所以马上给你们传了照片，或许没有亲身经历就不会感受到大自然无与伦比的美丽，今后一定要找机会和你们一起去海边旅游。

第二天七点半出发爬上岛上第三高峰——安期峰，下午到晚上近八点才坐车回到学校。虽然累到虚脱，但是美好的春游本身就已经把所有的疲惫转化为了幸福。五一假期鉴于学习任务繁重、身体疲惫、游客众多等情况，我决定就在学校度过这短暂的四天假期。希望你们能够玩得开心！

2015年4月26日星期日22：00

小　冰：

上周杂事太多，等到稍稍理出了个头绪，周四早上又放假了，去了趟重庆、丰都、武隆，一直拖到今天才给你回信，深感歉意。

对于学习高数，鲜有轻松愉快之辈，特别是女孩子（绝非歧视女生，大多应是一种实存），所以我认为你没有必要过于自责，从小到大，你少有碰到极优秀的数学老师，少有在这方面接受规范严格的训练，所以欠缺了不少的课程。你在这方面的天赋其实我认为只需看看高考成绩就很明确了，规范的高考能够考那么高的分数，还用得着怀疑自己吗？何况你今后与高数打交道的时间何其少，没有必要为一个不如意的大学水平测试而耿耿于怀，不值得。其实你也知道，大学考试随机的成分很大。更何况在今后一两年内你不用再去为此忧心，还当放宽心怀，做好自己当前的事。

旅游需要亲身体验，生活如此，学习亦如此。不亲身体验，你得来的都是人云亦云的道听途说的半拉子。

我们这次去了重庆的洋人街，跟以前相比有很多变化，但更多适合青年，适合孩子，我们四个大人像看西洋镜。

下午去丰都，丰都名山，赫赫有名的鬼城，名气很响。一到景点我们就迫不及待地去买票，买票的人排成几条长龙，都急不可耐地将大把的钞票往窗口扔，仿佛是一个扔钱游戏，都想体验一下鬼城的特有文化内涵。爬山是一件辛苦的活儿，但一想到前人的鼓吹，都不把它当成负担，走走停停爬到名山山顶，一路下来，总共花了40来分钟，边走边看，除了几处亭台楼阁，几处“空自流”的滚滚长江，就几个小鬼，你妈妈来了句总结：“一百元的门票，我认为最多值十元。或者十元都不值，尤其对于不喜爬山的人。”你二姨伯心态好，他说“人家看的是文化”。丰都之行，一个多小时草草收场，印证了一个观点：“不去是遗憾，去了更遗憾。”但遗憾也罢，欢喜也罢，自己亲身体验过了，也就知道是怎么回事了，它是别的什么人或资料的宣传所永远不能替代的。

武隆是个风景优美的好地方，妈妈说等你放暑假了，带你去好好看看，我就不在这里浪费笔墨与时间来做宣传手册了，你是知道我打字的速度的。平安。

爱你的爸妈

2015年5月5日中午

青春是不老的歌

亲爱的老爸老妈：

又是一年的“五一”节，全国人民都在计划着外出旅游，上海外滩又重现去年国庆的情景。同乡群里有人说部分在上海周边读书的同学也想趁着这个假期过来玩，甚至还来找我传授安排线路的经验（我真的有那么爱玩吗-_-#）。

但实际上，我并不准备出门。一是乘着这个融融春天已经在外面玩得够多了；二是期中之后就要开始准备进入紧张的期末倒计时了，学习任务会越来越繁重；三是小长假的人流量实在让人对“外面的世界”望而却步，甚至学校的游客数量也明显增多；四是这段时间上海的天气已经明显热了起来，在汹涌的人潮中汗流浃背狼狈不堪显然不是一个明智的选择。你们原本五一来上海的计划搁浅之后又有什么新打算呢？老爸平时工作繁忙，趁着假期也应该休息休息，在附近风景较好的地方玩一下。

五一假期之后的“五四”青年节，学校决定下午放半天假，由于我周一上午本来就没课，所以对我而言就变成了四天。这四天的时间里待在学校好好学习也一定会愉快而充实。

周六回校上课之前跟向琴琴通了电话，聊了一些关于彼此最近的学习和生活，听着她说周周考月月考、卷子做到麻木的高四生活；听她说谁的成绩在复习的这一年中有了突飞猛进的提升；听她说自主招生的报名和再一次面对高考的心情……最后她说自己报考了复旦的农村招生计划，如果审核通过就可以来上海了，我说：“好，我带你玩遍上海，吃遍上海，最好留在复旦陪我。”突然之间觉得过去的高中三年距离我那么近又那么远，而我们再也回不去当时了。我还记得一到摸底考试就莫名糟糕的成绩；我还记得晚自习回到家和你们聊天谈心；我甚至清清楚楚地记起高考场上每一科的题目和考完之后的心情……果真和我当初说过的一样：“人生再也不会有这样一段难忘的时光。”而现在的我还要再加一句：“人生再也不会有这样纯粹的同学情谊。”友情难得。虽说无遗憾不青春，但青春不能总是遗憾。希望今年的高考大家都能实现自己的梦想。

五一快乐！（在考虑过两天买回家的机票。）

于2015年5月3日星期日

冰　儿：

青春是一首不老的歌谣。

只要记着青春，生活就充满了美好，人生就永远曼妙。

走过高三，有艰辛，但更多的是收获，收获了成绩，收获了友谊，更重要的是收获了一种体验，一种对人生的全新理解。

生长在太平盛世的你，没有缺衣少食的苦恼，没有苦熬苦扛的灾难，没有国家破败的忧患，用什么来磨砺自己的青春，我以为，最好就是人生成长路上的拼搏。走过高考，你完成了人生的一场洗礼，记住了那一路的匆忙，记住了那一路的紧张，结识了一群一起拼搏的伙伴，共同把这些带给自己今后的人生，把这些带给自己对青春的理解，我以为高考的价值不止于为自己搭建了一个平台，还应该在这方面。

同样的道理，大学，更高的追求应该是过程的参与和对大学人文精神的理解，而不仅仅只是今后找一份好工作等一些表面的东西，只有那些毕业后能永远记住的才是最好的。青年的任务，固然要努力拓展自己生活空间的宽度，但同时也不要忘了对心灵空间的经营，一个人生活幸福值的高低，可能恰恰是由心灵世界的宽广与否来决定的。回忆起来，我的学习生涯中，在困难中的不堕落，能够正确地看待自己的生存状态，和老师同学的友善相处，参加各种有益身心的活动，自主锻炼身体，看各种课外书，凡此种种，在当时看来是那么不值一提，是多么自然而然的事，今日回头看来，都成了自己青春的宝贵积淀。以前没有意识到这一点，读小说《平凡的世界》，对此感受良多，日前再看电影，理解更深。

人的一生何其短暂，生命中最珍贵的是什么？各种不同的人群各有自己的回答，永远没有统一答案。历经人生的风风雨雨，对这个问题的理解可能会更深刻。平日里多读一些历经风霜的人的作品，从前人脚步丈量中更多去认识平凡生活的真谛，理解生活中的本真友谊，感受最平常日子的难能可贵，毕竟我们不可能凡事都亲身去历经。

冰儿，青春是一首不老的歌谣，好好去感受青春的美好，人生的曼妙。珍惜当前的幸福日子。

爱你的爸妈

2015年5月8日

每一天都无可取代

亲爱的老爸老妈：

天气越来越热，上海也终于进入夏天啦，对我来说最重要的却是终于可以穿上薄衣服，这大大减轻了我洗衣服的痛苦。之前从没住过校，现在才能体会到自己当初是站着说话不腰疼，洗衣服、被单、鞋子……住校生的痛苦果然只有住过校的人能懂。看到上海的同学每个星期回家，内心总有说不出的羡慕嫉妒恨，之前总想着离家远一点比较好，没有人管着的生活该多么自由，但我想，现在的我已经开始改变观念了——家，永远是温馨的港湾，可以用来安放我们或疲惫或躁动的流浪青春。

周六下午和复旦的小伙伴们一起拍摄加油视频，为秀高2015级的学弟学妹们高考加油，才恍然发现大一一年已经一溜而过，我们即将变成新一届小鲜肉们口中的学长学姐。去年今日，我还在秀高校园中，坐在2014级25班的教室里，每天过着两点一线——教室和家中的生活。纵然时光早已不可挽回，我也时常会回想起高三一年的那些点滴事情，就像我之前所说过的那样："人生之中再难有这样忙碌但充实、单纯且美好的时光了。"但记忆始终只适合用来回味，现在的每一步才是我们所要面对的。在复旦一年的生活，我经历了许多，也学到了许多，每一天、每一步都是无可取代。或许在复旦藏龙卧虎的校园里我并不算优秀，但尽力做好每件事就已经是我所期待的最好的自己。

又是一年毕业季，复旦的校园里面也不免有了些许伤感的气息。走在校园里，突然发现合影留念的人变多了，毕业晚会的横幅拉起来了……看起来这些距离现在的我还很遥远，但仔细想来，四年的大学时光其实稍纵即逝，而它也将同过去的中学时代一样成为我生命旅程中不可或缺的一部分。象牙塔中的生活总是漫长又短暂、痛苦又美好。庆幸，现在的我还在这美梦中，只希望永远不要醒来。

于2015年5月4日星期一15：30

小　冰：

马上就要进入期末复习了，想一想，你准备好了吗？

秀高的校园已进入如火如荼的高三备考冲刺，这一届学生们意气风发，这一届老师们众志成城，大家扭成一股绳，为即将到来的高考做最后的精耕细作。这一届学校在备考的时候做得很夸张，教学区里到处是大大小小的横幅、纵幅，鲜红一片，走廊的横梁上上满是艳丽的标语、条幅，学府大道上也是各班冲刺的标语，各种条幅迎风招展，仿佛真是传说中的锣鼓喧天，红旗招展。置身其间，仿佛有进入国际会议会场的沸腾与喧嚣。我想，传说中衡水的备考也不过如此吧。我一向主张低调务实，但想来学生还是需要一些气氛来感染他们的，能够让学生考试出彩，适度的铺张也是值得的。

记得当初老师曾经无数次地鼓励你们，过程精彩了，结果不会差。相信今年高考秀高一定能够创造属于自己的又一个辉煌，实现自己的又一次腾飞。

走进复旦，不只是进入一所高水平的大学，更重要的是结识一批优秀的老师、同学。以前看清华大学的宣传片，里面有这样一句话："半国英才聚清华"，虽有宣传夸张的成分，但它无疑为我们揭示了一个事实：名校的校园里毫无疑问汇聚了同年龄层次的最优秀的伙伴。在这样的校园度过自己人生的最美时光，和最优秀的人群切磋交流、砥砺互助，无疑是人生的一件大幸事。坚信自己：我虽然不是最优秀的，但我一定是优秀当中的一员。

踏实充实地度过自己在复旦的每一天一直是爸对你的要求，你自己也应自始至终践行这种要求。记得进入复旦的时候，老师曾经对你们说过这样的话：今天你是学霸，但一不留神明天你就可能成了学渣！学霸学渣并没有严格的分界线，并不是上天注定生成的，古人还发出了"王侯将相宁有种乎"的诘问，更何况在瞬息万变的现代社会。进入复旦更多的是代表自己学习的资质高，具有很强的理解学习内容的能力，它并不代表你就一定会在何时何地都是最优秀。

不断地进步，不断地充实自己的人才是最强悍的，才是真正的霸主。这么多年来我见识了很多从最边远的乡村走出来的优秀的人，他们天资都非特别聪慧，但他们脚踏实地，他们咬定青山不放松，最后在自己的领域都作出了超出一般人很多的成绩，比如你的堂伯父彭洪顺就是一个突出的例子。师范三年，夜夜青灯只影，焚膏继晷，不知燃了多少煤油。世人皆只看到他们表面上的成就，却并不看他们背后的努力与辛勤。

住校生有很多的苦恼，但也有很多的幸福，古人倡导"一屋不扫何以扫天下"，就是要从自我做起，从小事做起，从琐事做起，学会统筹安排自己的生活也是现代人必不可少的能力。

今日看了你们拍的加油视频，总体评价：你的高大上，曾凡远低调，敖琳珺大气，郝珍淡定，很有意思。看到你们的进步，我很高兴，代问他们好。我也看了其他几个学校拍的，有些笑惨了。

最后还是问一句：马上就要进入期末迎考复习了，想一想，你准备好了吗？

爱你的爸妈

2015年5月13日

突如其来的军训

亲爱的老爸老妈：

距离期末越来越近了，本来愉快的心情却在接到辅导员关于军训和暑期安排的通知时彻底跌入谷底，哎，好端端的计划一下子被切得七零八落，后边的生活真不知道何去何从？

本来应八月中旬开展的军训突然提前至七月，从七月十一日至二十四日，共计十四天时间，紧接着三天时间是专业分流和宿舍调整。这不仅意味着我在期末考试之后有整整十天时间的空白期，而且最早也只能买七月末八月初的车票回家。简直如晴天霹雳，将我打得不知所措。之前你们说希望我买二号的机票先回家一次，虽然对我而言确实是一个很大的诱惑，但我仔细考虑之后还是决定军训完之后再回家。原因有很多：一是来回的机票钱已经足够我一个月的生活费，并非抠门，而是实在让人感觉不值；二是也正好趁机到处走走，忙里抽闲放纵一下自己那颗禁锢已久的稚嫩的心，小鸟也要放出笼子去遛遛啦。初步计划要么去广州、要么去北京（联系同学之后再决定）；三是也可在学校和上海的小伙伴们一起尝试找兼职丰富一下人生阅历……哎，像我这等笼中小鸟，五谷不分，不辨菽麦，总该在走出象牙塔之前去见见兼职生活的和风细雨，不然以后一下子被甩进社会的熔炉里怎么摔的都搞不清楚。总之，与其花上一千多的机票钱回家发十多天的呆，不如去找些有意思的事情做。并不是不想回家，不想两位双亲大人，而是综合考虑之后得出的最佳方案。如果老爸老妈能来上海和我一起出去走走，当然更加欢迎！

每个周末都有很多大四的学长学姐穿着学士服在校园里拍摄毕业照片，顿时让人感到了浓浓的离别气息。“悄悄是别离的笙箫；夏虫也为我沉默。”离情别绪，总是那么让人缠缠绵绵，依依难舍。不过还好，眼前看来还是别人的万水千山，我们即使在专业分流后还可以选择原来的室友，还可以朝朝暮暮。但细一想来时间过得真的很快，“盖将自其变者而观之，则天地曾不能以一瞬”，四年也不过眨眼之间的事儿，而现在的我远远还未达到对自己的预期，无论是在学业方面还是在生活方面都还有很多事情要做，所以要抓紧时间好好充实自己啦！马上又到期末月，加油吧！

2015 年5月17日22：00

小　冰：

中国向来有红五月之说。所谓红五月在旧时的农耕时代主要是一个战天斗地的季节，五月到来，也意味着农家最忙碌的日子也来了，收油菜、打小麦、插秧苗，汗水和着泥水，如火的太阳加上火燎的心情，这就是红五月。

红五月在新时期也有它自己的内涵：高考前夜，学子备考忙，教师谋划忙，中考的孩子也来凑热闹，一派红红火火，大学生则计划着自己的假期生活，学校忙，家庭忙，忙个不亦乐乎。

又到红五月，又看到咱家上下一派热火朝天如火如荼。老爹忙工作，老妈忙生活，女儿忙备考，忙打工。还说你高考完了，咱家总该过几天清闲的日子了，哎，生就是劳碌命，还是闲不了。

不过古往今来人们都未曾闲过，古有孔圣人“生无所息”的教导，古希腊更是有西西弗斯被罚做苦工的前例，有人说西西弗斯的石头，是悲惨的源泉，也有人说是他重获幸福的踏板。西西弗斯做苦工使他能在苦难之中找到生存的力量和心灵的安宁。人生，何曾不是这样，何曾有过清闲呢。虽有超脱如陶潜辈，亦还有种豆南山下的心事。所以，别怕，闺女，火焦火燎的路上有老爹一路相陪，有古往今来的哲人一路相伴。

对你善于对自己的生活精打细算这一点老爹是极为欣赏的。多年来，老爹都是一个糊涂人，虽然工作还做得马马虎虎，但从不善于规划自己的生活，尤其对柴米油盐向来是糊里糊涂。还好这些年有你妈妈一路打理，虽然家里收入微薄，但有钱米用度都还能勉强招呼得开，用不着我过分操心；否则不知会让你跟着受多少苦多少累。老爹这一辈子是再懒得再去计较这些了，但你的人生之路才开始，虽说凡事不能太过计较，但切不能养成用度大手大脚，寅吃卯粮，生活稀里糊涂，毫无规划的习惯。此种作风，在人生走上坡路，顺风顺水时可能还能应付，但稍有风吹草动偶尔遇到波折，问题可能就一堆堆。从前有笑话说中国老太太与外国老太在天堂里的对话，嘲笑中国老太抠门，不会享受生活，但自金融危机后很多人便开始对西方透支生活进行反思，好像在国外还上升为一种生活哲学，不知确否。

对金钱要算账，对时间也要算账，凡事应有成本观念，更要有效率意识，只有这样才不会稀里糊涂，才会无论在任何时候都不处于被动，你认为呢?

借问秀高去的同学们安好。加油备考，假期回来老爹可还有任务等着你呢。

爱你的爸妈

2015 年5月22日

寄勉学弟学妹

亲爱的老爸老妈：

这是周一的下午，我坐在四教的教室里给你们写下这封邮件。上海已经正式进入了炎热的夏季，但由于上海早晚“任性”的大风，昼夜温差还很大。

上午打过电话之后最终还是报名英汉双语互译作为第二专业，虽然不知道院系最后审核能否通过，毕竟作为一名大一学生，还没有参加英语水平考试并获得英语水平考试的成绩，真的是心有忐忑。不过我已经做好了充分的心理准备，如果有幸通过审核就尽力完成相关的课程，最大程度地提高自己的英语能力；如果没能通过审核也没关系，专心学习主专业课程，提早准备出国和考研也不失为一个好选择。

说实话，我又到了不知道说什么的时候，虽然离家千里，感觉有太多太多的话想要向你们倾诉，但每当拿起手机或者打开word 开始写文档的时候就不知道该说些什么了。原本上周四就早早写好了邮件，却在发送前删除重新写了这一篇。越临近期末作业就越多，人也就越忙，似乎成了所有大学生的生活常态，当然我也不例外。期中之后就已经完全打消了出门玩耍的想法，安心在学校准备课程作业和讨论课展示课题。

一晃又是一年六月，天气越来越热，高考也逐渐临近。昨天高三学生拍毕业照时，刘阿姨在秀高学生群里也给我们发了很多的照片，不知不觉就又想到了去年的今日。时针一圈圈走，时间一天天过，一届又一届的青葱学子们怀揣着梦想和对未来的美好期望走进高考考场，走进大学校门。这段路我已经走过，只希望今年能有更多秀高的学弟学妹走进复旦校门。复旦也已经走过110年，送走了一大批优秀学子，还将继续迎来更多有志青年。

附：军训服装已经发下来啦！全身迷彩！虽然不很合身，尤其鞋子太大，但是还是很期待军训的时间，就当顺便过一把当军人的瘾吧~哈哈~~

于2015年5月25日18：00

冰　儿：

夏的热烈强烈地感染着我的女儿，高温、怀旧、执着、憧憬，未来美好的生活是那么有力地感召着你，让我仿佛看到在复旦苍翠的校园里，你步履匆匆坚定踏实的身影。

英语作为这个时代的通用语言，它沟通着全世界各种皮肤的人们的感情，传递着世界各民族的声音，更重要的是它播撒这个时代最先进的知识与理念。记得鲁迅在临终前曾经喊出："汉字不灭，中国必亡！"这话未免过于夸张了，但换而言之，在今天这个时代，如果一个民族不能掌握英语这一通用工具，这个民族必然与世界脱节，如果一个人不能掌握英语这一工具，他必不能成为站在世界舞台上的最优秀的人（可能有些过，但对绝大部分人来说，我认为是正确的）。今日之中国，开放是主旋律，与世界的交流与沟通是主旋律（在未来的时间这一点将会越来越突出），作为世界的交际语言，我希望你能好好掌握，熟练运用。不为功利，单从提升自己这一点也是必不可少。

军训是磨砺自己的很好途径，记得我以前跟你谈过，生长在和平时代，在物质财富丰裕的时代，我们用什么来磨砺自己的青春，学习、纪律、锻炼、交际都是不可或缺的部分，军训不仅是过一把瘾，更要好好锻炼、磨炼自己。记得高中军训，晒黑了皮肤，脱了几层皮，但你一直坚持，很好，要继续发扬。

昨天妈妈给我谈了你去支教的事，我们都很支持你，虽然上学前规划的走西藏可能不能付诸实现，但我想西藏可以后边再去，支教的机会可能不会太多。对于支教，给你提点建议，不能只是懵懵懂懂去，懵懵懂懂回，要有个规划，去的整个期间要天天写日记，梳理自己的点滴收获，看是否考虑去买个相机，把点滴记下来，到时每天都要向我通报哦。期末即将到来，努力备考，好好准备。

爱你的爸妈

2015 年5月27日

把自己当作复旦一分子

亲爱的老爸老妈：

又是一个周日，还有一个月就到假期了。明明是一个学期却仿佛真的只是眨眼之间。

今天天气很好，许多校外的人跑来复旦拍照，来光草晒太阳，我却感觉已经好久都没有像他们这样过一个悠闲的周末了。从期中前就开始忙忙碌碌，直到现在都还没能停下来喘口气，后面更是还有着一大堆的事情等着我去做。这么久以来，好像都是在绕着课堂打转，根本没有私人互动的时间，连周末都是不仅要赶作业还要被各种琐事占据。有时会觉得很无措、烦闷、失落，有时又激情高涨，生活还在一天一天继续下去。已经离家三个月了，这也是我前17年的时光中离家、离你们最久的时间了吧。

周五晚上，一位教授的课题组成员找到我就新生的学校生活进行采访，这又一次提醒我一年就这样匆匆溜走了。一年时间，说长不长，说短不短，对我而言却有着特别的意义。一年时间，对复旦从陌生到熟悉，习惯了光华楼的妖风；习惯了骑着单车飞快地从一幢教学楼赶赴另一幢教学楼；习惯了吐槽学校食堂越来越难吃的饭菜；习惯了期末季伴着闭馆音乐走出图书馆的大门，走回宿舍……慢慢发现，对这样的生活已经由习惯产生了不舍。

最近复旦110周年校庆引发了一系列争议，每日里对事件进展密切关注，每日里和同学们一道参与线上线下的讨论，猛然间才发现，原来从内心里我已经把自己当作了复旦的一分子，当作一名复旦人了，真正要从心里感谢这一年的时光。

虽然也为社科的大类教学有过抱怨，但发现还有一个月就要和班级内的朋友分流到不同专业，却突然有了不舍，没想到相对于其他院系的学生，我们要提前经历一场不算告别的告别了。一个月之后，是新的同学、新的班级、新的辅导员、新的一年，我相信也将是新的自己，又突然生发出一股莫名的期待。

2015 年5月31日14：00

小　冰：

在高考的前一天坐在办公室给你写信，思绪万千，感慨万千。

曾记否，去年今日，我们一家人沿着滨江路有一搭没一搭地聊天，聊高考，聊对你未来大学的期盼。傍晚时分，凉凉的晚风拂过面庞，顿升起无限惬意。虽然第二天就要高考，但我们却感到从未有过的放松。说实在的，考前一段时间你妈妈还有过很多的忐忑，但越近考试我们心里反倒越是踏实。

最记得考前那个晚上，我因为结石发作，一直到晚上12点都无法入睡，到县医院打吊针，两点钟才回来。还好天佑善人，下半夜就好了，结石也排出了。别人都说结石能够像我那样轻松排出基本就是奇迹，事实上后来看到几个熟人结石发作的确都没有我幸运。

还记得高考完第一科后你的忐忑，英语考下来后的不知所措。高考，是人生的一场洗礼。很多人对中国的高考颇多诟病，但事实证明高考对于你的成长具有很积极的助推作用，不仅是考取了理想的大学，更重要的是心智的历练，意志的磨砺。

生活更重要的是体验其中的过程之美。作为复旦人，日日参与其中的过程，发现它带给自己的美好，发现它的不足，这些都是情理之中的事情。学会吐槽即是培养自己的批判思维，西人强调对事物的批判，国人对这一点讳莫如深。事实上我认为没有批判就不会有进步，批判的前提是求异，批判的基础是深度认识，没有深度的认识，没有求异的思考，批判自然没有力量。但是另一个方面，在我们的青年时期，我们不仅要看到事物不足的一面，我们更要看到生活真善美的一面，让我们心存美好，与美为伴。特别是在这样一个快速进步与发展的时代，发现生活之美更应成为年轻人生活的主旋律，这对培养自己健全的人格有很好的帮助。日前看了一部电影《黄金时代》，是讲作家萧红的生平，里边鲁迅有一个对自己人生的总结，大意是说人生这一辈子太过短暂，反思自己的人生就是在骂人和被人骂中度过的。鲁迅所处的时代决定了他的人生，但我深信鲁迅从骨子里不是希望自己一生都在骂人和被人骂。放在今天这个时代，我认为一个优秀的人更多是要对这个时代有一点建设的意义更佳。

对社科班的分流，就让自己成为一只实验的小白鼠吧，其实它未尝不是好事，今日惜别的不舍，今日的留念就是明证。生活每天都是新的，勇敢地和自己的过去告别，积极地跟自己的未来拥抱。乐观、豁达、上进，这就是为父对你的全部期望所在。

爱你的爸妈

2015 年6月6日

做自己生活的主人

老爸老妈：

六月的阳光总是如此灿烂！

你们收到这封邮件的时候，第二天就是2015年的高考了。记得去年的今日天气已经十分炎热，我在家里做着考试前最后的准备，像战士临上战场的跃跃欲试又带有几分的忐忑不安。记得连续几天晚上都和你们一起在校园里散步，想要放松放松心情，其实还是紧张得睡不着。记得第一天语文就把我考到崩溃，紧张失眠了一个中午之后心情却突然十分平静，沉着淡定地走进数学考场……虽然已经时隔一年，这些画面都还一幕幕一帧帧如照片般浮现在我眼前，清晰可见。如今却再也找不到当时的紧张，想必你们也和我一样。一年之隔，今天的我却是刚刚在同济参加完第一轮支教培训回到宿舍，时间是一个神奇的东西，复旦和秀高，上海和重庆，一切已然相差太多太多，时间真是个奇妙的东西。有人说时间能成就一个人也能毁掉一个人，还有人面对纠缠不清的世界豁达地微微一笑"就让时间去解决一切吧"，但却从没有人能准确地回复我时间是什么，但我却真真切切听到了时间在我身上流过的声音。

这段时间复旦发生了太多事，从上周的校庆庆典，到随之而来的复旦宣传片涉嫌抄袭，再到复旦新版宣传片再次涉嫌抄袭，这周更是出现了学生跳楼事件。复旦始终处于风口浪尖，但同时却让我再一次见证了复旦人不骄不躁、谦和淡定的处事精神。我突然发现，我开始有了和这所百年名校共同呼吸、共同成长的感觉。

刚刚看到了学校教务处的通知，之前申请的英汉互译的第二专业已经审查通过，也就意味着从下个学期开始，课程量变得更多了，我却有十足的信心能够学好这个二专。想来也挺奇怪，我竟然是在第二学期将近期末突然有了学习的感觉（并非是之前没有学习，而是现在才体会到了身为大学生的学习态度和节奏，完全非高中那种，这是种微妙的感觉，或许如此形容并不很是恰当，总之让人感觉更加安心）。或许这也源于我最近才感到的与复旦融为一体的归属感。

这周周末就是英语四级考试和计算机VB考试了，希望一切顺利，好好复习吧！

于2015年6月5日15：00

冰　儿：

看着你一天天进步，真替你感到高兴。一年风雨，你已经从一个懵懂的孩子成长为一位平静淡定地处理自己事务，平和客观地看待身边生活的大学生了。我越来越感觉到，生活是属于你的，你正在成为自己生活的主人。

做自己生活的主人，说起来是一件轻巧的事。但很多人终其一生忙忙碌碌，却不知为什么活着。生活之于他是负担，工作之于他是一件苦差事，学习之于他更是劳累不堪。一句话：忙，累。时时事事，概莫能外。做自己生活的主人，在我看来，首先要热爱生活，发现生活的美，寻找它富于乐趣的一面。毫无疑问，生活不是舞台表演，它也有平淡无味的一些琐碎片段，但关键是我们怎么去看待这些片段，把它放在显微镜下，放大了去看，它便索然无味，但如果你能换一种方式去发现，你会懂得，那些无聊枯燥的时光是多少曾经病痛或灾祸无情地被夺去生命的人们多么奢侈的渴求哦。在苦闷的时候，想到这些，我常常勉励自己：安静下来，热爱我们的生活吧。

其次要好好地利用我们有限的时间。年轻的你们，可能觉得自己有太多时间，可能觉得有很多的光阴可以随意支配，其实不是这样，掰着手指计算，终其一生，人不过就两万多天，如果换成是兜里揣着两万元钱，那又有多少可供我们挥霍呢。你一向是能够对自己的时间精打细算的人，但那是在爸妈的身边，走进大学，越来越独立自主，我希望你持之如故，惜时如金，去抓住自己稍纵即逝的青春为自己的未来集聚财富。

最后要有统筹安排的本领。生活杂乱无章，但你却不能想起什么做什么，什么紧要，什么次要；什么先做，什么后做；什么单独完成，什么归并完成，要做到心中有数，统筹规划，不能让杂事牵着你的鼻子走。在这方面你妈妈应该是你的榜样，不管再多的事，再复杂的情况，她总能一丝不苟，一点不乱，打理得井井有条。

刚刚过去的高考，是秀高的节日，是但凡秀高走出去的孩子们的节日，它牵动了和秀高相联系的数以万计的人的心。如你在复旦经历的校庆一样，我们都期望他和美吉祥，但事实是世上并没有十全十美的事情，它总有一些不如意，但我们要看他的主流，看他的主要方面，复旦在前进，秀高也在发展。

六月的阳光热烈奔放，六月的凉风清爽宜人，一起都是那么美好。清空自己，好好地投入期末考试，好好地准备支教相关事宜，好好地规划你的第二专业，我和妈妈为你祝福，我们期待你的好消息。

爱你的爸妈

2015 年6月12日

善于规划自己

亲爱的老爸老妈：

天气已经越来越热，在学校的生活也更加难耐了，尤其又是在这样忙碌的期末季。相比其他地方，上海的夏天来得确实很晚，虽然最近的温度只在28℃左右，但却是我从未想到过的闷热，让我这个自认地理知识还不错的文科生简直难以理解，毕竟上海处在这样的平原地形和靠海的地理位置。每每看到朋友圈里其他地方的同学们晚上热得睡不着觉，即使睡着了也会几次热醒，才感到内心有了些许安慰。

除了临近期末的繁忙和焦虑，最近还有一件事让我感到喜忧参半。由于天气闷热，我完全没有吃饭的胃口，本想着正好可以借此减肥却又觉得在这样的青春期，实在不应该靠节食达到减肥的目的。更让我郁闷的是，每每晚上结束自习走回宿舍的路上，看到路边各种各样的夜宵摊，闻着飘在空气中叫人（尤其是晚饭吃很少的人）难以忽略的清香，就不自觉唾液分泌增多，必须无比克制才能按照正确路线走过。我自认是个不挑食的乖孩子，却在食堂难吃、没有胃口这样的双重夹击下感觉到了挫败，每当这时就无比想念去年还在家时，下午下课回家的那一碗冰西瓜和家常面，亦或许我想念的只是家给人的温馨感与踏实感。

这周末的两个考试完全占据了我的所有空闲时间，接下来的两周都要做好赶作业——复习——考试的无限循环准备。有时也觉得难以理解，为什么老师总是在明知我们忙着复习准备考试的期末前夕集中布置作业。

还有不到一个月的时间就到假期了，我却完全没有想好该如何打发期末到军训前的那十天时间，其实也可以说是安排太多反倒不知如何抉择，有想过去北京或者广州玩一圈；也想过就在上海附近玩一玩；也想过不要出去玩耍了，待在学校准备下学期的各种考试……本来娱乐和学习就是两难的抉择，我现在能做的就是先抛开这无数的“幻想”，好好准备期末。

PS：如果不是时间等安排适合的话你们就不用专门来上海看我啦！本来假期就不长，没有必要两地奔波，劳人又伤财。作为一名大学生，应该学会好好规划自己的假期啦！等我支教完之后直接从遵义回家吧！

于2015年6月11日16：00

冰　儿：

快乐的假期越来越近，一个学期就要离我们匆匆而去，充满了不舍与眷恋，同时也充满了对即将到来的假日的憧憬。

前两天陆续听到一些消息，一是2014级考入人大的田子林即将到美国当交换生，他父母正在给他办相应的手续。当年田子林考大学的时候，考得不是很理想，但他能不受干扰，走了人大的社会学专业，一年后他凭借自己的优秀表现从社会学专业转入自己心仪的金融学专业。又一年过去了，他再次实现自己的梦想——走出国门。从这里让我再次看到了规划的巨大力量，凡事豫则立不豫则废，是有很深的道理的。有规划，自然目标专一；目标专一，自然朝着心中的道路风雨兼程，不达目的不罢休。日前看清华姐妹花的视频资料，两姐妹能够在清华那片学霸如林的土地上双双评选为清华2014年总数为五人的优秀本科生，她们对自己的总结就是良好的生活规划和严格的执行。她们在大学尚且把自己的生活规划到小时（当然这里面也有自主机动的时间），不能不令人叹服。

另一件事是2012级的赵薇师姐已经被保送清华研究生，那也是一个善于规划、一丝不苟的孩子。

爸跟你说这些事例，不是一定要你走一条如他们一般的学霸型道路，非得要达成什么高度。但有一点爸要提醒你，你已经是一名马上进入大二的学生了，对学校的管理、老师的要求、自己的学习应该是驾轻就熟，了然于胸的了，但事实上我感到你还有诸多不适应，在稍稍遇到一点变故时还有诸多不安甚至是措手不及。你自小到大都跟着我们，毋庸置疑这为你的成长提供了一些便利，但也让你的成长失去了一些锻炼自己的机会。进入大学，是你独立规划自己人生的开始，起始阶段肯定有诸多磕磕碰碰、烦烦恼恼，这就是所谓的断奶期，但我希望这一阶段要尽自己所能尽快缩短，要缩短我认为最有效的办法就是随时学会主动规划自己的生活、学习。

每一个孩子在自己的成长阶段都不希望父母把自己跟别人家的孩子做比较，但拒绝比较就不能发现自己的不足，找不到自己努力前进的方向。把你跟赵薇、田子林、清华姐妹花来比较，并不是说你不优秀，我是希望你能够把自己的眼光放远一点，站在一个更高的高度去规划自己的生活，少一些焦虑与犹豫，多一点淡定与果决。

天气转热，可以跟小姐妹商量用用空调，生活不能太过苛刻自己。我们7月11日—8月8日放假，看来是不能到上海来了，好好安排自己的生活，还有这几天上海发大水，千万要注意安全。

爱你的爸妈

2015年6月17日

颠三倒四的期末季

亲爱的老爸老妈：

又是一个周末过去了，我再一次迟交“作业”，实在抱歉，好歹在你们亲自打电话来批评之前上交了。

因为端午，所以这周末放了三天假，但实际上这三天却一点也不轻松。期末进行时的大学校园总是最为忙碌，从图书馆、教学楼、资料室等地“下饺子”般的盛状即可窥见一二，无论是名声在外的“风水宝地”，还是平时少有人问津的偏僻角落，都坐满了自习的学生。通宵自习室的位置更是“一座难求”，从进入期末季，我就过上了睡觉的时候室友还没回来，走的时候室友还没醒的生活。恍惚觉得寝室里其实只住了我一个人，不知是我的生活节奏有问题，还是他们的生物钟已经错乱。问了一些同学，发现普遍竟是凌晨两点以后才上床入睡，甚至熬夜至四点左右，再浅眠四五个小时。让我颇为震惊不解，难道熬夜已成为当代大学生习以为常的生活了吗？凌晨两点睡到九点起床和十一点半睡到六点半起床，在这些高才生看来，究竟哪一种选择更加有效率呢？幸好一年只有两次期末季，不然以我目睹的情况来看，中国会因此夭折多少国之栋梁。学至猝死绝不仅仅是开玩笑而已，每次路过通宵自习室，我都对此感到十分担忧。至少现在的我认为，如果需要每天泡通宵自习室，以牺牲健康为代价使成绩略有提高（真实情况往往是临时抱佛脚适得其反），那么我宁愿维持现状。

但是不得不说，复旦的学习氛围之浓厚让人由衷感慨。有接触的几所上海学校中唯有复旦的学生嗜学至此，这确实让人倍感压力。曾经看到一句话："不怕别人比你优秀，只怕比你优秀的人比你更努力。"有幸来到这所学校，让我认识了这些比我优秀还比我努力的人，促使我更加努力地成为优秀的自己。虽然在学霸如林的复旦校园很难成为其中的佼佼者，但尽力之后，我已然成为自己心中的最优秀。

迟来的端午节快乐！老爸，父亲节快乐！第一次离家在外过端午，完全没有吃粽子的想法，一是外面的粽子没有家的味道，二是端午最重要的其实是一家人围坐在一起吃粽子，这对于现在的我来说却是很难实现了。等暑假回家再来补回我的粽子吧！

于2015年6月22日星期一22：00

冰　儿：

这几天连续加班加点帮别人填志愿，回信迟了，还请见谅。

经历了亢奋而快乐的一周，忙碌中跟你分享关于秀高的喜悦。

可能我的很多消息对你来说已经是旧闻了，但我还是要告诉你一些我看到和感受到的一些东西。

根据最新的统计，秀高今年的重点上线人数达996人，其中被清北预录4人。对于今年重庆市大幅度扩招来看可能这并不能说明什么，但对比周边的数据会让我们明白这个数据还是多么难能可贵：老牌黔江中学今年重点上线660人，酉阳一中600多人，酉阳二中400多人。秀高的比较优势相当明显，特别值得一提的是秀山一中今年重点上线也达7人。

秀高以不可挡的强劲势头在周边独领风骚，创下了这么多年来秀山教育前所未有的辉煌成绩。作为亲历者，回头看来，我并不认同社会上的一些偏见，有人认为秀高违背教育规律，是变态发展。但恰好相反，我认为秀高恰好是遵循规律，严格地遵守规律，常态发展。

秀山以前的教育自由散漫，很多人特别是当政者极不负责，不讲求方法，想到什么干什么，没有一以贯之的规划，领导如此，教师如此，学生亦是如此。大家都把这种非常态当成是正常，一旦稍有改变便被称为是变态。

我们不得不看到，几年来秀高未雨绸缪的规划意识很强，每一届从高一到高三各个阶段该做什么都有一个宏观规划；纪律意识强，过硬的纪律管理把那种游手好闲无所事事之徒改造转化，让他们有事可做，一心向学（此种思想，苏联著名教育理论家马卡连柯有很多叙述，可以去读读），同时为追求进步的孩子营造了良好氛围；责任意识普遍增强，不管是学生或是老师都把自己的目标紧紧锁定，并沿着这个目标去努力，以之为自己之责，不达目标不罢休。凡此种种，我以为这是秀高快速发展在宏观上的一些好经验。

当然，除此之外自然还有其他的因素。但我单从这几点来谈，主要是让你明白，学习知识是一个长期的过程，三天打鱼两天晒网是成不了事的，单靠急功近利临时抱佛脚，可能有时候也有一点收获，但就如五年前之秀山教育，其成就自然寥寥。为什么当前国内部分大学教育饱受诟病，很多毕业生工作后不受待见，不能适应社会，恐怕这也是其中的原因之一了，希望你慎之戒之。秀高三年，你已经养成了很多好习惯，在大学这个熔炉既要锻炼自己，磨去自己身上的一些青涩，也要有自己的主见，保持自己业已养成的好作风。

不怕别人比你优秀，只要你比优秀的人更努力。厚积垒土，自成高台，广聚涓滴，必成江河。好好努力！

家里还有很多你爱吃的肉粽，回来让你饱尝一尝这家的滋味。

爱你的爸妈

2015 年6月27日

第三季　书香复旦

走进大二

亲爱的老爸老妈：

九月，这是新学期的开始，也是新生活的开始。

从飞机落地的一瞬间，我就提醒自己：我已经是一名大二的学生了。果然，打开新学期课表后，我明显感到极大的压力：接近最高限制修课学分32个学分，比上学期多了整整5学分，相当于三门课程。本就繁重的课业加上二专课程，导致仅上课就几乎挤占了我所有的时间，更别提需要准备本学期的英语六级、转专业考试、计算机和普通话考试等等了。也因为我在试听了一节二专课程后，明显感到它与我想象中的差异，我最终选择了退掉二专课程，决心这学期专心学习本专业课程，准备各种考试。其实静下心来仔细想一想，有时候理性地选择放弃未尝不是正确的抉择。

原以为分专业之后班级人数至多会控制在50人以内，但没想到国务学院今年的招生人数创近几年新高，152人的班级意味着我会遇到更多新同学，结交更多新伙伴。同时也意味着辅导员更难以照顾到每个人，我必须更好地安排自己的学习和生活，毕竟大学了，我应该学会自己走路，而不再是时时事事依靠父母，依赖老师。人总要学会给自己断奶，不是吗？都说现在的独生子女是长不大的一代，媒体也多有报道大包小包爷爷奶奶爸爸妈妈浩浩荡荡几代人送着上大学的个例，但我要永远做一个自立的人，慢慢学会做一个不要你们操心的人。

不算长的暑假虽然让我收获颇多，但却并没有达到我心中的目标。在新学期到来之际，我更加清楚了自己肩上承担的重量，以及为此所必须付出的努力。它提醒我不仅仅是学习，在生活方面也应该有全新的姿态。开学第一周，我已经坚持每天按时睡觉起床，保证七到八小时睡眠；每天早晨一个苹果，一瓶牛奶；每晚和室友跑步绕复旦一圈……一周下来，觉得自己每日里精神饱满，精力充沛，每天觉得阳光都格外的明艳。改变源自一点一滴的积累，我有这样的决心和毅力坚持到学期结束，也欢迎你们随时监督检查！

新的学期，新的自己，我已经准备好了！

2015 年9月13日

冰　儿：

祝贺你走进自己的专业，走进新的团队。

老子有云：“合抱之木，生于毫末；九层之台，起于垒土；千里之行，始于足下。”一个人的青年时期极其紧要，青年时期是长身体、长知识的时期，这一时期积淀充实与否，事关自己一生的高度，事关自己一生的成败。历代先贤的经历表明，在青年时期练就了强健的身体，坚强的意志，丰厚的知识，不管后来从事什么职业，都会有非凡的发展。

今日之中国，社会高速发展，传统观念受到前所未有的冲击，导致很多人在纷繁复杂的世相、利益面前思想混乱，找不着北。这种混乱要反映到社会生活上，也要折射到大学生世界。在今日之大学有人无所事事，有人得过且过，有人消极堕落，也有人拼搏进取，这种现象在二三流的学校更为突出，在复旦可能少有感受。基于此，在大学，厘清我们思想中的一些误区就显得尤为重要，姐姐的波折我认为就是一个没能及时清理好自己思想误区的典型事例（当然相信她能很快找到自己的人生方向），希望你要引以为教训。

大二是大学承前启后的关键时期，其实也就是你能否真正实现从一个高中生向大学生过渡的时期。过惯了高中老师统一管理，统一指挥，紧张忙碌的高中生活，大一沿着一种惯性往前冲，有些人在大二的时候突然发现，大学完全没有必要把自己搞得那么辛苦，而事实上在大一一些游手好闲的人过得轻松自在也没咋地，于是有人心理不平衡，开始为自己找理由，开始放松对自己的要求，而这种时候恰恰就是一个人选择自己人生道路的关键节点。所以在大二，适度的紧张、充实乃至忙碌我以为是很有必要的。但又不能为忙而忙，要学会科学合理地安排，张弛有度地落实，不要忙而乱，要忙而有序。本期你的课程比较紧，要注意合理地规划，可能到期末后期要求上交的小论文、大论文较多，要提前做好准备，收集材料，打好底稿，整理提纲，未雨绸缪，要分阶段实施，每一段都有明确的目标，具体的措施，最好是有个书面的计划，按计划落实，不要临阵手忙脚乱。

面对全新的生活，认准方向朝着理想，从小处做起，一步一步地积累，坚定不移地走下去，这就是成功的秘诀。爸妈相信你能做得很好。时时牢记：厚积垒土自成高台，众聚涓滴必成江河。祝愿天天进步。

爱你的爸妈

2015 年9月17日

绝版书与经典

亲爱的爸爸妈妈：

确实，刚开学至期中前这段时间生活与学习都较为轻松，虽然我本学期的课程较前一年的课程更多，但暂时也并未给我带来太多学业上的压力。唯一让人明显觉察到的改变就是：政治学专业需要看的书籍太多、太偏，绝大多数都是自己以前十八年的人生经历中见未所见闻未所闻。上一次视频聊天时已经给你看过我几门专业课的教学大纲，上面列出的诸如《古希腊悲剧喜剧》《希罗多德历史》《柏拉图对话集》等书不仅难找，而且“难看”。我曾经觉得除非有特殊爱好的人或收藏家才会寻找绝版书籍，但现在老师列出的每张书单中竟然都会出现绝版书籍的身影。本学期第一次接触这类书籍，提前一个小时上床翻看《希罗多德历史》，仅看了15页就让我不自觉进入睡眠状态，半夜醒转来发现头下还枕着这位“历史之父”的宏伟著作，哭笑不得之余感到这绝对是身为“书虫”的耻辱。不过，这两周来都有这些书相伴，现在已经慢慢习惯，甚至逐渐爱上了它们——不愧为人类精神文明中最古老的财富，在与这些古希腊最聪明的人“对话”过程中慢慢能够由浅而深地体会先贤的智慧。

除了这些课程内的生活，我还加入了摄影协会，希望通过专业老师的指导和志同道合的小伙伴们的互帮互助有效地提升我的摄影技术；也在暑假里参加过支教活动的公益社团任职，作为秘书处的一员参与社团内部事务的管理及活动宣传……看似参加的学生活动挺多，但实际上事务并不会占去太多时间，因此也不必担心影响我的学习。

本学期选修的健美操课程也让我感觉压力山大，因为前面在常规的课程教学之外，老师还会留出近半个小时的时间给我们做仰卧起坐、背起、压腿等项目，一起上课的同学都笑言："一个学期结束，肯定会练出马甲线（如果看不懂，自行查询百度=_=#）！"而我只想说："但愿如此！"愿望虽然美好，但我知道还有很多路要自己一步一步踏踏实实地去走。

大二生活正式开始，每一天都很精彩，我也会尽己所能充实过好每分每秒。

2015 年9月19日星期六

小　冰：

时光流水已经漫过膝盖，让我们知道应当更加努力地去把握今日之光阴。

随着你的长大成年，我突然发现从未感觉到的时间之神竟与我有如此大的疏离感，我的女儿也会去思考经典、历史与智慧了。

什么是经典，在我看来，经典首先是经得住历史的检验。古往今来的文化浩如烟海，但大多如过眼云烟转瞬即逝，有些却能千年相传代代不竭，如孔子的东西，老子的东西，几千年过去了，虽然它跟我们的生活有了很深的隔膜，但跟我们做人处事的一些准则没有隔膜，跟我们对人生的追求与预判没有隔膜，它并不指导我们的生活，但它仍指引我们的思想，所以我们称其为经典。

其次经典跟大众的认知有一定的距离，大部分的人可以敬仰它，对它顶礼膜拜，却拒绝亲近它。对于这一点我国古人早就认识到了。宋玉《对楚王问》中有这样一段记述："客有歌于郢中者，其始曰《下里》《巴人》，国中属而和者数千人。其为阳阿薤露，国中属而和者数百人。其为《阳春》《白雪》，国中属而和者，不过数十人。引商刻羽，杂以流徵，国中属而和者，不过数人而已。是其曲弥高，其和弥寡。"这也就是为什么高雅的艺术少有人追捧而人们对通俗的文艺趋之若鹜的原因了。

《晋书·李密传》中有一段别人与李密的对白，别人问李密为什么诸葛亮说话那么琐碎，李密答道："昔舜、禹、皋陶相与语，故得简雅；《大诰》与凡人言，宜碎。孔明与言者无己敌，言教是以碎耳。"在李密看来，智者间的对话，伟人的独白多简奥古雅，让人难懂。我想，这也就是今日之经典让很多人难以卒读的原因吧。你刚刚接触一个领域的高端之作，由于以前没有相应的储备，想起来当是看天书。但当你有了足够的知识储备后，我想也就当如履平地，轻松自如了。我想这也就是为什么老师给你们推荐了那么多的经典原著的原因吧。慢慢来，积少成多，积易克难。

经典最大的妙用我认为当是其普适性。看似深辟的道理，但由于其来自对普遍世界的抽象，是规律的东西，拥有了这些东西，看问题做事情自然能够高瞻远瞩，有高屋建瓴的气派。古往今来那些"治大国如烹小鲜者"，那些"如欲平治天下舍我其谁"者，他们的底气来自哪里？当然是对人类社会历史发展规律的宏观把握。明代著名哲学家王阳明可作为这一观点的明证。王守仁居夷处困，动心忍性之余，研习经史，平乱建功，就连《明史》也评价他"终明之世，文臣用兵制胜，未有如守仁者也"。

光阴荏苒，时不我待。冰儿，初读经典，枯燥者有之，寂寞者有之，凡事贵有恒，静下心来孜孜研习之，你会有意外的收获。佳节将至，好好安排自己的生活。

爱你的爸妈

2015 年9月26日

宅在黄金周

亲爱的老爸老妈：

中秋节快乐！这是我离家在外过的第二个中秋节，相比前一次满心都是初入大学的好奇与茫然，这一次的中秋心中却平添了几分缠绵缱绻的情绪。不过没有家人陪伴的中秋节也不会孤单，早就约好趁室友生日一起吃火锅、看电影。

开学已经三周，大二生活也在有序地慢慢展开。因为天气原因，最近都没能夜跑，但是从昨晚开始，开始利用上学期买的瑜伽垫在寝室里做仰卧起坐和压腿啦，室友在我的宣传怂恿下也纷纷加入运动者行列，这一点非常重要，我是一个自律性较差的家伙，时间稍长往往不能够很好地约束自己，有几个志同道合的伙伴加入，我想之前的那种患得患失的境况会得到一定改善。

这学期注定是一个忙碌的学期。一是因为我参与暑期活动并表现优异，二是上周的社会实践答辩帮助该社取得良好的成绩，所以假期参与支教活动的学校公益社团社长希望我加入并担任活动部部长一职，这于我本身也是极大的肯定，便欣然答应。今晚写这封邮件前正是参与了社团招新面试刚回到宿舍。

除此之外，还有早已在我计划之中的加入学校摄影协会，提高单反摄影水平。

国庆注定不能出去玩耍，但我并没有太多遗憾。一是约不到志同道合的伙伴，古人所说“四美具，二难并”，千里远游，没有知心的朋友相伴，索性懒得浪费时间；二是“黄金周”出游人太多，堆山塞海开启看人模式实在叫人心有余悸；三是国庆之后满满的学习和社团安排，让我颇感压力山大。趁国庆长假静下心来，安定下开学以来浮躁的心，准备进入正式的忙碌的学习状态。这样想来，国庆“宅”在学校，也是“学”在学校，也算不无裨益。希望你们能够过一个愉快的中秋+国庆！

于2015年9月26日23：00

冰　儿：

秋带来落寞的惆怅，也注定沉淀静静的丰收。

国庆到来，领略壮丽山河的雄姿是一份沉实，静静地读读书，品品窗外的秋色未尝不是一种美丽。

中国之大最主要就表现在人口众多，每年节假日，全国各地人山人海，到处是人的浪，人的潮，从南国海滨到北国边陲，从东方之珠到西北戈壁概莫能外。人多可以形成一种气氛，一种气场，但断不能促成思想的成长。我一向主张见识从社会中来，才干从生活中来，一个人的成长、成才必不可少的是积极投身精彩缤纷的社会生活。但这些年的假日盛况让我越来越质疑这种判断。哎，疯狂的人群既产生激情，也制造狂热，既传递欢乐，也是灾难的温床。这个热闹，咱不凑也罢。

这个中秋家里过得很朴素，也有一份踏实。中秋的晚上，姑姑、龙治沧等几个人在我们家吃饭，爷爷奶奶也来了，还有我的徒弟，十多个人，很是热闹欢乐。自从你去念大学后，我们家也少有了这样的阵仗，把这份欢乐也带给你吧。

关于我和妈妈的国庆假期安排，目前也没有太多的打算。节日莫出门，出门尽是人。我天生对吵吵嚷嚷的阵仗有一种恐惧，自然也就不敢到风景区去凑热闹。打算到老家的盖上去走一走，到近处的山村里走走。记得以前你写了一篇《90后的根》的文章，虽说一直想把故园这个“根”种在你心里，但我知道你对它向来印象不深，情感自然不浓。但我还是认为盖上的风景很美，一种朴素的美，一种淡定的美，不事张扬，也不争宠献媚，静静的，就在那儿，稳稳地，就在那儿。争取上去给你照点照片传来，如果以后假期有时间我们也可以去看看，很能够洗涤人的灵魂的那种美，其实盖上还有些地方我认为也让人过目不忘。

无论出游还是宅着，那都只是一种生活形式，自然、踏实、安心，那才是生活的本质。在有空的时间，约上二三伙伴，到一个僻静的地方走走，放松放松。注意安全。

爱你的爸妈

2015 年9月29日

新挑战

亲爱的老爸老妈：

中秋之后就是国庆，之前已经说过，国庆假期我并没有出门玩耍的准备，索性就待在学校里做做作业、看看书、上上网。说实话，之前两天看到同学们要么回家，要么约出去玩，心里也是浮躁的，听着楼道间和窗户外传来的行李箱轮在地面发出的辘辘声；听着同学们在路上谈论未来几天的行程；看着朋友圈里一拨又一拨的人晒回家照、旅行照……但最终还是按捺住了自己想要远行的心。从开学至今，每个周末都在外面玩耍的我已经明显感觉到了自己在学习上的心不在焉和茫然迟钝。前几个星期的知识点堆积如山尚待我去整理总结；国庆之后接二连三的课堂展示需要我去读书、查资料、准备讲稿和制作幻灯片……我知道，是时候收心了。从国庆开始就要真正像一个大二学生那样生活和学习了，人应该总在进步，因此国庆开始就沉心静气待在学校两天。

之后由于同学来复旦玩耍才一时兴起决定第二天去海事大学划龙舟，看海上日出，也算是在外玩了两天对得住长假了。回到学校后的第二天晚上，应同济小伙伴之约为曾经的同学兼同桌——罗芸芸过生日，和二十五班的老友们出去唱了几个小时的歌。这个国庆也算是简单、充实而有意义了。嘿，简单、充实也未尝不是好生活。

还有一件事，我尤其想与你们分享，成为社团活动部部长的短短两个星期里，我就接到了分量十足的挑战。社团下的一个全新的志愿者服务项目交由我全权负责，这意味着我需要在短短两周时间内与活动部的成员们一起完成活动的策划及宣传工作，招募并面试完所有的志愿者……这是曾经的我从未单独处理过的工作，但是我对此充满信心，因为我相信这就是真正的工作预演，在这个过程中我不仅能够结交朋友伙伴，更能够获得独特的体验和丰富的收获。即使这代表着在接下来的两周时间里，除去学习上所花费的时间和精力，我需要投入其他几乎所有的时间，但我认为，时间挤挤总会有，这样的经历才是难能可贵，我一定会得心应手地处理好这件事情。

假期愉快！新的一天又来了！

附：7号刚刚接到通知，我被选中参加陈水生老师主持的一个国家社科基金研究项目，成为“薪火计划”的一员，简直叫我喜出望外。即使以后可能会更加忙碌，但能够跟随老师做课题，我感到非常荣幸，也十分珍惜这次机会。

2015年10月2日16：00

小　冰：

祝贺你度过了一个愉快而充实的假期。

生活的质量源于不从众，不媚俗。今日中国之假期，风风火火或曰疯疯火火，高速路成了停车场，景区成了大超市，人们为旅游而旅游，到处熙来攘往，人潮涌动，此种旅游不仅不能长见识，反而搅乱人的心情，不要也罢。

日前读了一篇文章，说的是二十年前之大学生活与今日大学生活之比较。二十年前，校园局促，物资匮乏，信息闭塞，但孩子们没有就业的巨大压力。当时之大学生活，学生有大把的空余时间去做自己喜爱的东西，特别是能用很多时间去读“闲书”，古今中外、文哲经史，但就是这种自由的学习方式却成了作者永恒的怀念。用作者的话说恰恰是这种闲培养了自己和一大帮子在当今文哲史上有较高建树的人。作者认为今日高校之学生缺少的恰恰就是这种闲。此种言论之前也看过一些，虽然不敢完全苟同，但我认为还是有一些有益的启示：知识源于求真务实，来源苦干实干，但思想的火花往往来源于闲，来源于静下心来的漫无边际的思索。

李大钊也在一篇论《物质和精神》的文章里阐述了类似的

意见："物质上不受牵制，精神上才能独立……当然要有相当的物质维持他们的生存，不然饥寒所驱，必至改业或兼业他务。久而久之，将丧失独立的人格。精神的权威，也就保持不住了。"守常先生说的是物质与精神的相互关系。我对之稍加改易：生活方式上不受牵制，思想上才能自由。今日之社会，广泛借鉴西式社会的发展模式与科技成果，物质高度发展，思想阶层在物质上的障碍不复存在，但为什么今日中国之精英人物依然广受坊间诟病？受世俗裹挟，生活方式的选择越来越受流俗左右，自然做身不由己的事，说言不由衷的话。正是这种生活方式的不自由，制约了他们的思维形式，约束了他们思想的自由。而对于一个追求知识进步的人来说，这恰恰是最为致命的。

"我的生活我做主"不只是一句口号。身为学生，绝大部分生活受学校和老师的安排，但现在节假日越来越多，自由支配的时间也越来越多，不从众，不媚俗，静下心来好好安排自己的课余生活，对于一个有追求的学生是多么重要。高中有老师布置，只管落实，大学了更多要自己谋划。到郊外散散步，到各种展览馆了解民族文明的进程确乎是不错的选择，读读闲书，做做功课，也未尝不是好的途径，只要充实有益足矣。牢牢记住，要坚定自己的认识，不为流俗左右。

本科生参加科研，是一个机遇，要好好把握。文哲史并不是死东西，它的根本落脚点在社会研究，公共管理。好好珍惜机会，不投机，多做事，非装点门面，多学点方法，这就是爸爸对你的要求，在学业上我还是主张求真务实的。

爱你的爸妈

2015 年10月12日

分专业后的忙碌

亲爱的老爸老妈：

转眼就将近新学期期中了，学习和生活日渐忙碌，一切都在有条不紊地进行着。偶尔也会因为学习和其他活动任务繁重而心烦意乱，但是常常一觉醒来又干劲十足。

大二的生活不比大一，这两周来甚至总会冒出恨不得把自己掰成两瓣、三瓣甚至更多才好的想法。从上个星期以来每天都是从早上睁开眼就一直忙到晚上接近十二点，这样的生活虽然让人感到疲惫，但也让人感到无比的充实和满足，每当连续五六个小时集中精力完成一项作业时，志得意满地伸一伸懒腰，内心深处总会油然生出一种成就感。整个十月、十一月都好像是我的期中月，每周总有一两门课需要提交各种各样的作业，而这两个月之后又是期末考试的时间了。从去年的生活就早已得出了前三周之后再无闲暇时间的总结，现在看来这一"真理"照样适用。甚至感觉自己提前进入了期末月，下课总是草草吃过饭就坐在了图书馆的座位上。加上本学期的社团活动增多，虽然比之前更累但却更充实了，更何况人往往是觉得现下的生活中最难以忍受的，但真正熬过之后却又认为实在算不得什么了。

分流到各个专业之后，现在对于生活、专业学习的认识又有所不同。身边的同学随着专业课的到来变得相对固定。我没料到的是，真正接触之后才发现政治学好像是三个专业中最忙的专业，因为在每门课程上课之前都需要阅读大量的书籍和参考资料，更重要的是政治学的老师总喜欢在课上询问你的读后感想或是对某个问题的看法，让人感到压力颇大。还有一点让同学们都抱怨颇多：几乎一半的作业要求以手写方式提交。这对于我们这些一年到头抱着电脑码论文，失去word就像失去了整个世界的人来说，其实就是在电脑上写与打好之后誊抄一遍的差别，却找不到这件事情的意义所在，而老师给出的理由——这是你们学习态度的体现，真让人感觉摸不着头脑。不过抱怨归抱怨，作业还是得按时交，或许这唯一带给我的感触就是，自己的字写得真的很丑，很多时候让人感到无地自容。

2015年10月16日21：30

冰　儿：

金黄的秋天，满满的收获，满满的充实。

杂乱的生活，我们要学会像拂去蛛丝一般把一些冗杂剔除，沉淀的是岁月的珠玉和永恒的记忆。

过去的一周里，为父也经历了前所未有的忙乱，月考安排、阅卷、课题开题准备、买房资料准备、签订合同、陪妈妈体检，什么乱七八糟的事情都挤到一起来，而且每一件事都不是一两个小时所能够完成的。

统筹、规划、落实。不管事情再多，做完一件少一件。把相应的工作做一个梳理，哪些急需完成，哪些可以稍缓；哪些可以归类处理，哪些需要单项去做；哪些需要独立工作，哪些可以调动既有的人力物力资源合作完成，甚至直接利用以前的资料等等诸如此类。轻重缓急整理一个顺序，列一个时间简表，凡事做到心中有数，对有些重要的事情还要做具体的书面整理或记录，解决一件划去一件，就好比还债，归还一笔就从心中减去一份负担，释去一份压力。当然新债可能还要产生，但总的要让它形成一种良性循环，而不是最终越积越多造成“账多不愁”的一种应付心理。这样一来既不会觉得特别紧张，压力山大，又能够找到一种满足感与充实感，心里觉得很踏实，即使是偶尔增加了别样的负担也不会特别忙乱。

忙其实很多时候是一种心忙，心里不忙了自然不会乱。心不忙有两种情况：一是我刚才谈到的能够统筹落实，另一种就是那些欠账多的人。对应到学习上，主要就表现在优生与差生的差别。其实你也应该能够感受得到，学习中最忙乱的往往是中等生，他们有学习的责任意识、自律意识，但是普遍缺乏的是规划意识与落实节奏。学会从紧张的生活中把心解放出来，这是一个人成熟的标志。

压力像弹簧，你强它就弱，你弱它自强，适度的压力它可以转化为前进的动力。日前读陈丹青的一篇访谈，其中他提到一点，他说自己这些年的创作，大多都是以命题的形式完成，往往是别人给了命题，给了任务，自己自主无羁无绊创作的东西少了。我认为他是讲了实话的。人一旦出了名，周围人群要求他的东西就多，所以就变成了命题创作。不仅是名人，其实每一个人要想真正做点东西，没有外界的压力真的是很困难的，为父在进城工作之前，努力读书、写文章，迫切想把自己的东西作为敲门砖，真正地做了不少好东西。但进城过后大为懈怠，缺少了应有的激情，当然也有城里工作节奏更紧的原因，能让自己满意的文章大为减少，慢慢变得懒得动笔。从个人成长的角度来说，我的一生，真正的学业的精进，做了一点自己较为满意的东西，在求学岁月，在乡下。所以我现在常常怀念乡下的生活，怀念那一段艰苦而其乐无穷的日子。

生活是随意而自由的，但在求学阶段，我们要学会从中提炼一点规律来，有规律的东西固然呆板一些，但它在效率上的巨大价值却不是一般的自由的生活、学习所能够比拟的，正好比家庭作坊制造的效率、产生的利润永远不能跟现代化的流水线相提并论。

调整自己的节奏，合理安排自己的学习、生活，不怨天不尤人，永远做一个热爱生活、热爱学习，游刃有余地处理自己的冗杂事务的人。特别要求你，字是人的第二仪表，练字要一天都不得放松。

爱你的爸妈

2015 年10月24日

功利的学习是一种责任

亲爱的老爸老妈：

跟前两个学期一样，到了这个时候总会觉得再也写不出什么新的东西，由于学业繁重也越来越懒得动手了。时针一圈圈在转着走，日子一天天在数着过。

发烧导致整个人昏昏沉沉了两天，感觉什么事情都没做成就又开始了新的一周，这一个周末下来，事情繁多堆成了山，却越发感觉自己内心懈怠。这时候才真正体会到了什么叫“身体是革命的本钱”。到了今晚感冒稍微好转才开始动手处理一些紧要的事情，也算是好好休息了一下再次投入新的战斗中。接下来的两周还会忙得厉害。

前两天班会课上辅导员请了学院外事处的老师来给我们讲

解出国留学等相关事宜，才知道进入专业前所谓的80%留学率不过是水中月镜中花，深深觉得自己距离最基本的要求都还有很大差距，亡羊补牢，幸好现在发现差距，企盼通过后边努力或许还来得及。

最近又是一年一度的考试期，托福、雅思、注册会计师……每天走在校园中都会听到身边的人在谈论着与考试相关的事情。早上七八点图书馆和自习室里就开始下饺子坐满了人，无形中就感觉到了期末考试月的那种微妙的氛围，不过细想想确实距离期末考试月也不远了。看着身边的同学一个个过了托福、雅思、GRE等各种考试，为将来的规划做好准备的时候，就会有一种莫名的压力和动力。身边人的进步随时都在推着自己往前走，或许这就是身在复旦的优势所在。

社团的事情暂时告一段落，活动已经正式进入预设轨道，看着它在自己手中从无到有是一个奇妙而充满成就感的过程。从活动策划开始到预算申请，到宣传、面试，再到志愿者培训，最后是活动正式展开，近半个月的忙碌让我付出了很多，收获了更多。社长在一周前社员大会结束之后曾经找到我提出想让我下学期接任社长，我的回复是回去考虑一下，目前尚在犹豫中，希望你们也能为我提点建议。

2015 年10月25日21：00

小　冰：

日子每一天都是崭新的，或忙碌而充实，或轻松而自如，正如世界上没有两片完全相同的叶子，世界上也绝不会有两个完全相同的日子。我们有什么理由不去满心欢喜地投入新的时间和生活呢。

陶翁有诗云："盛年不重来，一日难再晨。及时当勉励，岁月不待人。"珍惜时间是个老生常谈的话题，但我还是有新体会。

学校外面的滨江路主体已经完工，现在已进入扫尾阶段。每日里迎着朝阳，数十人群在河堤上健步快走，更有练剑者和着韵律挥洒热情，飒爽英姿为粼粼波光增添无穷韵味。下午晚霞褪尽，锻炼的人群更是络绎不绝以百计：走路的，打拳的，做操的，练舞的，多不枚举。但细细观察，人群以老者居多，中年其次，鲜有青少年，即或有也多是陪同父母尊长。青年都到哪儿去了？我们小时锻炼身体者可都是少年！是他们太多去挥洒自己的青春，他们太多去忙于自己的事业？……殊不知，身体才是人生最好的事业，才是人生最重要的青春，及时当勉励啊。

功利的学习是一种责任，必不可少，托福、雅思、GRE等各种考试是学习阶段的一种常态，要早规划，早落实，不能等，不能拖。记得当年我们那一批人，师范毕业各自奔向自己的小天地，有的人进入大学进修，有的自学，有的函授，当然也有的无所事事，浑浑噩噩。几年一晃，有人进了初高中教学，有人进了大学当教授，还有人转而修炼了其他的专业技术改变了自己的人生航线。回过头一看，他们原来都处在同一起点，智力能力家庭环境原来也并没有多大差距，更有甚者可能很多原来看似平平之辈反而登临了更高的山峰，看见了更佳的风景，让人不胜嗟叹。真是岁月不待人，时间啊，它就是这么奇妙。

"燕子去了，有再来的时候；杨柳枯了，有再青的时候；桃花谢了，有再开的时候。但是，聪明的，你告诉我，我们的日子为什么一去不复返呢？——是有人偷了他们罢：那是谁？又藏在何处呢？是他们自己逃走了罢——现在又到了哪里呢？"青春之于我们就那么匆匆，佩弦先生在25岁就发出了如是感慨，待我感叹自己的时光匆匆易于蹉跎时，才发现自己已经错过了很多很多。

社团活动是工作的提前预演，是学习的调剂与补充。适度参加一点活动有利于调整自己的生活，让学习不那么单调、枯燥，同时还可以锻炼自己的规划、沟通、协调与组织的能力。学有余力我还是主张可以参加一些，但前提条件是不影响自己的常规学习，不打乱自己的生活，如若失去了这两个条件，我就认为适得其反了，希望你自己把握。

又到了班上孩子们跑步的时间了，步伐整齐，口号响亮，虎虎生风，永远带给人朝气与力量。我很喜欢这样的生活，这应该是人生的一种常态。

爱你的爸妈

2015 年10月28日

沉浸在书香

亲爱的老爸老妈：

正所谓“一层秋雨一层寒”，一场大雨之后，秋天就这样毫无预兆地到来。仿佛是一夜之间，复旦校园内的树叶就变得枯黄，纷纷扬扬地落下；又好像突然的某个早晨，就发现窗外寒风凛冽，起床变得越发困难……不过秋天的复旦校园是我的最爱，秋天，又正好是适合出游、适合读书的好时节。

最近两个星期，教授我们西方政治史和西方政治学说史的老师出差，让我感觉空闲了些许，发现自己的周二因此整天没课实在叫我感到高兴。能够有一整天的时光待在图书馆里，这对于本学期的我竟变成了一件奢侈而幸福的事。课程安排紧密导致我平时能泡在图书馆的都只是两三个小时零碎的时间，而周末的图书馆由于人太多从来都不是自习的好去处，但毕竟是图书馆，仅仅是沉浸在书香里也是让人无限受用，感觉幸福的。

周六就是计算机二级考试了，然而感觉自己完全没怎么准备就得匆匆奔赴考场。说实话，自从上学期期末考完VB.NET课程后就再没有接触过编程的相关内容，仅仅两三天的时间看了看书、练了练题，如今也顾不了那么多，只能顺其自然。很多同学竟然并不准备报考计算机二级考试，其中尤以东部沿海地区学生居多，这实在叫我感到奇怪，不过各有安排，我要做的只是静心做好自己的事情即可。

眼看着就离12月近了，今年冬天又会与往年有何不同呢？我们宿舍四人商量着在网上买了一个小电热锅，平时可以热热牛奶、烧烧水，闲时还计划自己煮一次火锅。虽然也算是违禁电器，但是在购买前仔细地询问了功率大小，在宿舍使用完全没有问题，而且使用机会并不多，平时稍微注意一点倒也不必担心安全隐患。我是很期待冬日在宿舍几个朋友一起煮着热气腾腾的火锅的，但估计也得等到期末考试完才能实现了。再一次感叹学生生活确实是很精彩且珍贵的，今后也再难有今日的感觉了吧！

于2015年10月30日21：00

冰　儿：

雁儿们背负着辽夐秋空远征，霜叶颤抖地完成最后的旅程。秋，清冷而悠远，总是那么诗意。站在寥廓秋天下，心也就自然空蒙悠远。

我向来认为秋天是最培养诗意的季节，随便往哪儿一坐，什么都可以想，什么都可以不想，静静地享受时光的奢华。它可以不像春那样奔忙，也不像夏那样躁动，更不像冬那样静默，自自然然的，随随便便的，无拘无束的，你可以和天空对话，也可以茫然漠视大地，很随意的那种，但那恰是人生的一种本真。

道家崇尚自然，主张清静无为，反对斗争，无所不容，自然无为，与大自然和谐共处。我认为把这些思想对应到季节，就是秋才能带给人这种独特韵味。古来圣贤，都倡导人应该有一些诗意，要么是看庭前花开花落，望天上云卷云舒，要么是人应当诗意地栖居在大地上。这些看来和今天这个纷乱的社会格格不入，但我认为它恰是人生底色上不可或缺的颜料。

东方圣人说生无所息，西方也有西西弗斯长年累月反反复复推着巨石上山的典故。其实不外乎在向凡俗夫子传递一种价值走向：人生，奋斗当成一种常态。此种观点与古今历代的正统思想高度契合，自然也就被推广成一种普世的选择，成为主流价值观。过往如此，今天如此，今后还当如此，万古不易。但凡作为生活在大众社会的人都应遵从这一原则，这也就是爸爸一直鼓励你要努力学习，踏实工作的原因所在。你也一直沿着这个方向努力地激发自己的生命潜能，提升自己的人生才华，爸爸为你感到骄傲。

但另一个方面，从你近来的书信可以感受得到，你的学习、生活也承受了很大的压力，当然这与激烈的竞争有关，更与你向来高标准要求自己，想把自己历练得更优秀有关。但凡事须有个度，须要懂得劳逸结合。我认为这也是为什么历代贤达在自励的同时还不忘诗意生活的重要原因。诗意源于淡泊，源于放松，源于率性自然，它解放人的身心，其实它还能展露人的才华，诗意更可以为我们更好地学习、工作提供强有力的心理保障。

学习当努力，但也要学会在繁重的学习中解放自己：一是日前和你谈到的良好的规划；二便是有良好的调整机制，要学会给自己放假。春夏秋冬，风花雪月，虫鱼鸟兽莫不可观，紧张的学习之余三五朋侣一起观叶赏秋，踏浪寻花，去感受生活的诗意，体会人生的艺术。须知艺术才是人生的最高形式，是生命的最高境界。

复旦向来倡导自由而无用，大学是人生中最美的诗篇，十八岁又是生命里最浪漫的年龄，慢下来，去享受其间的无用，去享受其间的美丽。

袅袅兮秋风起，萧萧兮木叶脱，我心飞翔兮在光草，我心荡漾兮黄浦江。怎么样，老爹的诗还是不错吧。

买电热锅的事我是极其不主张，一是学校的管理制度，二是实在是埋下了很大的安全隐患。须知作为同学，你们是一个松散联盟，既谓松散，每个人必没有很强的责任，短时还好，时间一久，每个人都想着别人会照管好，祸患由是产生。如若要买，但记着一定要落实严格的责任。

爱你的爸妈

2015 年11月4日

冬天你好

亲爱的老爸老妈：

上一封邮件还在说“一层秋雨一层凉”，今天微信朋友圈就已经被北京的大学“全面覆盖”，但是魔都上海的天气却叫人捉摸不透，前几天恨不能裹上一层羽绒服，这两天又变成了穿短袖的艳阳天。

其实，除了夏天，我最爱的就是复旦的秋。满校园的法国梧桐仿佛一夜之间就黄了叶子，微风一过总有细微却嘈杂的沙沙声。纷纷扬扬的落叶散落在马路上，给复旦原本就文艺范十足的校园增添了几分优雅、几分萧索、几分浪漫、几分凉薄。尤其是在下过雨的早晨，走在复旦安静的校园里，经过秋雨洗礼的马路显得格外干净，数着脚下几片散落的梧桐叶，闻着空气中淡淡的泥土气息，心情也因此变得清新而浪漫起来。

好像真的是小偷猖獗，寝室的另一名女生在我的自行车丢掉一个月之后宣布她的自行车也莫名消失。而在中间这几周，周边人群不时就会传来某某的自行车不见了的消息，感叹作案频繁的同时也算是稍稍安慰了受伤的心灵（入圃窃李人的心态昭然若揭!?）。但是买自行车确实成为我目前亟待解决的问题，准备最近找个周末和室友一起去买。

最近两周有三门课程的老师都因为出国开会请了假，虽然还在期中季，却因为自习的时间相对较多，感觉尚能应对。除了电脑网卡突然坏掉让人猝不及防带来了一点小麻烦外，生活和学习都还算有条不紊。

身体不适加上天气不好，最近锻炼的时间少了很多。这一周的体育与健康测试却给我提了个醒，一旦懒惰下来再想重新开始就难了，一分钟仰卧起坐相对上个学期少了整整十个让我颇受打击，于是决心每天晚上睡觉之前无论如何都要做一点简单的锻炼。天气变凉后，起床也成了问题，从下周起还是要坚持晨跑啊！

十月已经到了，十二月还会远吗？冬天你好！

于2015年11月6日16：00

冰　儿：

冬已然静静来到，来不及回味，来不及准备，一场凉雨来袭，几阵秋风过处，冬就这样款款来临。

走在秀高的校园里，往来散步的人群锐减，除了学生上下学的几次千篇一律的奔跑，此外是紧裹着衣服匆匆赶着去上课的老师，余外便只有呼啸而过的冷冷的旋风。

但尽管如此，锻炼的人们依然在固定的时间有条不紊地进行自己的修炼。围绕教学区走圈子是很多人的最爱，其中就有你以前的语文老师谭老师，每天第一节晚自习下课，在教室后边的便道上，谭老师便陪着师娘不紧不慢地走着，天天如此，月月如此，一般个把小时。寒风中那真是一道动人的风景。涂校长的晨跑也让人敬佩，每天早晨学生还没有集合，你一定会看见他迈着沉稳的步子在学府大道上查查查有节奏地跑过，汗水打湿了他的额头，浸润着他的单衣，他就这样不紧不慢有节奏地查查查跑过你的面前，带给人一种生命燃烧的激情。“桃李不言，下自成蹊”，秀高的孩子们的跑操自然而然成了这个冬天一道靓丽的风景线。

其实最让人升起无限感慨的是早晨的滨江河堤，练剑的穿着一袭单衣，舞得虎虎生风，走路的怡然自得。其中有两个人给我的印象最深，一位四十开外，一位二十出头。七点半近八点这段时间，走在河堤上，你总能碰到他们，赤裸着上身，呼呼地吐着白气，在刺骨的寒风中奔跑。特别是那青年，一边跑一边捡起石块去投掷河边的水鸟，还不时大声地呼喊着，仿佛浑身有无限的热量。每次在河堤碰到他，都让我回想起自己的青春岁月，念书的时候，爸身体不好，被迫参加晨跑的队伍，每日从民族中学跑到平凯场再跑回来做早操，十几人一块，虽然很累，但也努力坚持着。跑跑停停，三年初中下来，让我积累了一生受用不尽的财富。在乡下工作的时候，有一年坚持秋泳，一直在河中洗澡洗到12月份，感觉那一年是最受益的年份，常年穿一两件单衣，从来不觉得冷，你妈妈经常骂我穷骨头发烧。

“一个人做一件好事并不难，难的是一辈子做好事。”套用到身体锻炼上来是再适合不过了，锻炼不是难事，难的是坚持锻炼。

青年时期是一生中的最美时光，在最美的时光里我们当为自己集聚最多的财富，“闲时储来急时用，急时储来不中用”，否则到了艰难的时光你才会发现人生的窘迫。求学生活中储蓄财富，我认为一是学业，二是身体，这两者每一项我们都可以把它当成终生事业来做。

冬日转凉，起床是件困难的事，想到是为一生积累人生财富，我们还有什么理由找借口呢。想到这里，我每日都勉励自己，日行一万步，争取两万步，让我们一起比拼。

爱你的爸妈

2015年11月13日

灾难双十一

亲爱的老爸老妈：

转眼又是一个冬季，正是期中和期末交接的时段，突然又忙碌了起来，各门课程的作业都在增多，逐渐堆成了一座小山，加上跟着老师做课题需要做文献综述等一系列繁杂的工作，时间显得越发紧迫。还有四周就是真正的期末季了，身边的同学已在慢慢开启“陀螺”模式，学习氛围相比开学越发浓厚了。

最近几天温度持续降低，嗖嗖的冷风肆意侵袭着湿润的空气，让每一个行人都止不住裹紧衣服来武装自己，冬天是真的来了，气势汹汹，让人毫无招架之功，更不用说还手之力了。早上起床跑步让人痛苦不堪，浸骨的寒气肆意地通过你的每一根毛发侵入毛孔，随时让人感觉像是掉进了冰窟窿。尤其是最近上海的天气时雨时晴阴晴不定，实在叫人捉摸不透，叫人每天里穿衣都成了一件困难的事。这样阴沉沉的天气已经持续了两周左右，即使偶有阳光也会马上被浓浓乌云遮盖。上次在宿舍煮火锅，在最后一刻因忘记加水导致小锅仅服务大众一次就“寿终正寝”，哎，真是可惜了我们那俏丽的电热锅，正准备找个时间去修理店让它美容。发现最近实在是运气欠佳，流年不利。先是自行车意外出走，再是电脑住进医院、耳机罢工……或许正是为了应景。

这个星期正好是一年一度的双十一，身边的同学朋友纷纷加入“剁手”党，宿舍楼下又该变成灾难现场，尤清楚地记得去年此时宿舍楼下收发快递的盛景，魏巍包裹高山简直叫人目瞪口呆，庆幸自己没有从众地加入抢购得热火朝天的“剁手大军”。哎，潮流不可阻挡，理智地消费都成了一件困难的事。

最最幸福的是在寒冷的冬天有精心准备的班级活动让大家抱团取暖，和同学们一起吃吃喝喝、玩玩乐乐，短短两个小时的互动却让人感觉暂时忘却了所有的压力、烦恼，刚刚到来的冬天好像也因此变得温馨可爱起来。

于2015年11月14日16：30

冰　儿：

冬天是寒冷的，但冬天更能让人感受到生活的温暖。

以前在乡下工作的时候，我对乡村的生活感受颇深。记忆中的乡村，草木萧瑟，冷风暴虐，到处干冷干冷，但这样的乡村恰是最妙的。

三五成群的村民聚集一处，闲扯生活的点点滴滴，打打小牌，男人们做做木工，编编竹器，三五人在一旁当观众，晃晃悠悠一天就过去了。女人们当然就是做女工了，随便有一双鞋底、袜底再加上一堆叽叽咕咕的陈芝麻烂谷子的琐碎的生活片段，就够她们消磨一两个月时光。孩子们是最幸福的，没有人追问他们的功课，跳绳、踢毽子、跳飞机、打纸板、打仗，不需要任何的消费，可以从早上起来一直玩到下午吃晚饭，吃完饭继续游戏。月亮升起来了，没有谁想到回家，夜猫子叫起来了，也没有谁想到回家，十一二点了，不知谁喊了一声："鬼——，有鬼啊——"然后嘻里哈啦，作鸟兽散，一路跑一路尖叫。胆大的淡定地一路唱着歌谣，晃晃悠悠回家去。赶到年节，乡人们打糍粑，杀年猪常常请我们一道去分享他们收获的快乐，那更是有说不尽的享受。

再往前，在我们的童年，立屋嫁娶基本就在冬季，那简直就是一个甚至几个家族的盛会，全村的男女老少聚集到一处，互道一年祝福，分享彼此的喜乐。而且农村都有事务一场（五天）的说法，到处去借了被子，请了电影，那种聚集的盛况你是没有欢享过了。其实何止是你，从2000年后那种场景就很少了。

城市的冬天也自有它的乐趣。每日里下了自习，我便和你妈妈到河滨路散步，去来两三里路，一路流水淙淙，一路冷风呼呼，淡去了工作的匆忙，消散了事务的烦扰，有的是沉静、闲情与豁达。

立冬过后，秀山各处行道两边种植的大片的银杏树一片金黄，那真是一种醉人的景观，真的很适合人“装”。走进那样的画里，不由得冲动想摆上几个动作，前几天传给你的照片还不够味，树叶还没有黄透，这几天更有滋味，哪天把新近照的东西传给你欣赏，保教你欢喜。还有前日里去郊游，在学校后边三里地的莲花认识了一位做木雕的老头，他的那些根雕、木雕、石器，那是怎一个丰富了得。嘿，冬天，要不是冬天，他哪会猫在家里做他的根雕，哪会让我有机会欣赏到他那些宝贝！回来了，也让你见识见识，开开眼界，真正体会什么叫做高手在民间。

冬天带来了严寒，但它更让人懂得什么是温暖。

冬天来了，多到户外走走，多去感受冬的乐趣。

冬天到了，不过千万千万要注意取暖的安全，聚会的安全。

爱你的爸妈

2015 年11月20日

准备做课题

亲爱的老爸老妈：

还有一个多月时间就要结束大二上学期的生活了，只能再次感慨时光飞逝，岁月不居。好像每个学期的期末都会有这样的感觉：一个学期过去了，自己却收获寥寥。从现在开始就要为期末考试准备了，本学期课程任务繁重，作文、论文、报告……随时都像一座座山压着我，总是刚完成一个又来新任务。

我唯一能做的就是事先做好准备，有条不紊地安排自己的学习和生活。

最近上海的天气很差，十月中旬后就一直是阴雨绵绵，即使好不容易等来一个晴天，第二天也总是突然下起雨，让人的心情也随之变得沉重而压抑。从国庆假期之后就一直没有出门，一方面是作业繁多，另一方面实在是天公不作美。上周提前写完两篇读书笔记，这个周末稍有空闲，于是和室友相约周末晚上去唱唱歌、看电影放松心情，也算是期末前最后一次寻欢作乐。

这个学期和同学一起做课题，决定研究少数民族的非物质文化遗产传承情况。正好我与另一名女生都是土家族，所以将土家族作为重点研究对象。说句实话，名义上我是土家族，其实你是知道的，在我身上早连土家族的影子都找不到了，不用说风俗文化，就是基本的吃穿住行与魔都成长起来的孩子又有什么两样呢？无非不过稍稍知道点秀山的花灯，耍狮子，吃过一些乡土小吃，如是而已。这些当然与国家的大环境有很大关系，不过最开心的还是国家现在开始重视少数民族的物质传承与非物质传承了，每次回家看到花灯美食街的繁华、西街的变化内心都抑制不住兴奋。决定做这个课题还是想要稍稍找回一个土家妹子的感觉吧。假期中我们相约到重庆、湖南和贵州实地调研（美其名曰调研，其实是为了一起玩耍啦，这种话心知肚明就好，还是不要说出来了，哈哈~），下学期开学之前应该也会先去福建完成另一部分调研，再回学校。不过这些还在计划中，感觉这个寒假应该会很充实，已经开始期待我的假期生活了。

于2015年11月21日12：00

小　冰：

冬天如约而至，刺骨的寒风横扫秀山的每一个角落，千山脱绿，红与黄成了这个世界的主宰。

微信好友里到处是展示秀山秋色的片片，铺天盖地的黄，一泻千里的黄，特别是近几年秀山到处种了银杏树，那种黄更是一种铺张扬厉，肆无忌惮。当然偶尔也有秀山本土的枫叶的艳红，秀城之美在秋冬交际。

本来上周末约好准备和杨畅爸妈到酉阳去看枫叶，但一阵寒潮把他们观景的兴致全都扫灭殆尽。据说初冬时节的酉阳板溪，连绵起伏数十里红灿灿一片，焰火滚过千山一般。很多人从重庆，从长沙专门赶去观看。其实武陵山区可观的景致何止酉阳板溪，初冬季节，川河的巴茅花，轿子顶的林场，平阳盖半坡的竹林、巴茅都有可观之处。到了隆冬，平阳盖、川河盖的冰雪更是一绝。

前一段我们到川河盖去，盖上至平马的路修通了，回来的时候，我们选择了走这条盘山公路。我的个神，那是一条什么样的天路啊，五六公里的山路，垂直落差起码有三四百米，总共45 道拐，每转一个弯都要下降10余米，简直就是坐提升电梯。我一直认为平阳盖的路就是很陡很险了，上次过年去溪口中和玫瑰园，发现有一段不逊色于平阳盖，但现在我认为不到川河，你真的就不知道险峻道路是个什么概念。

古人有云，非常之观常在于险远，此话不假。九溪之地，自古就是蛮荒偏远的所在，只是数千年来都未开化，但有过往贤俊匆匆而来又匆匆而往，品评题刻极少。古往今来景观人文知名者，一者确有奇峻可观之处，二是名人的游历品题。但更多的美景在民间，在僻远蛮荒之所，这些地方长期闭塞，几乎没有进入过主流的视线，更不用说风云人物的品题了。远的不说，近者如张家界、九寨沟，这两处的自然之美堪称精品，绝少匹敌，但这两处景观饮誉海内外则是在当代。民间有“真正的高手在江湖”“不怕朝廷怕江湖”的说法，人才也罢，风景也罢，上次跟你谈到的艺人也罢，民间确乎藏着很多真正出色的一流的物事。

到民间去，到真正未开化的乡野去。研究少数民族的非物质文化遗产传承是一件很有意思的事情。但也是很不容易落到实处、见到成效的事情，现在想来只是去走走、玩玩、看看的事情，但你一旦去沉入到无人问津的乡间，你会发现那是一件非常吸引人的事，也会让你有意外的收获。做好准备，愿你能够收获一份快乐而充实的假期时光。

冬日之美，在严寒之后的明艳，在萧瑟之后潜藏的丰富能量，岁寒然后知松柏之后凋也。

附：http：//www.cqnjl.cn/nongjiale_7_8101_1酉阳板溪枫叶

http：//www.cqxszx.net/thread-167403-1-1.html川河盖天路

爱你的爸妈

2015年11月25日

拒绝拖沓

亲爱的老爸老妈：

现在的复旦已经完全进入了紧张的期末季，通宵自习室夜夜灯火辉煌。

不同于之前的假期时长都只处于上海地区高校的中间位置，复旦今年寒假的放假时间提前，超过大多数学校半个月以上。这不仅让一众其他学校的小伙伴们眼红不已，而且时间正好错过了春运高峰，根本不用为抢票的事情跟别人斗智斗勇。算来将近两个月的寒假，让人从内到外满满的幸福感，只可惜这个假期注定要待在家里老老实实考驾照了。

这个星期经历了来上海之后温差最大的七天，在这短短的时间内，温度在23℃至零下2℃之间变动不定，带给人的感觉就像坐过山车，一忽儿是阳光明媚艳阳高照，让人恨不得立马穿上短袖秀身材，一忽儿又是寒意瘆人像掉进了冰窖子。从一个月前第一次降温开始，就感觉自己完全进入了不知季节、不会穿衣的状态，每天早上起来的第一件事变成了看天气预报和窗外的行人穿着以决定今天应该穿什么衣服。

现在的各门课程都已经接近尾声，还有许多的任务需要完成，许多的笔记需要复习，时间越来越紧迫，自我感觉最好的是：在期中之后经历一段时间作息颠倒，我深刻认识到了自己的错误，紧急调整至正常作息且一直坚持了下来。我深知自己的毛病就是做事缺乏韧性，做事拖沓，身边一旦缺少了刚性的监督，常常把今天的事情移到明天做，一天的事情分作两天完成。有励志的演讲者归纳出坚持21天养成好习惯的道理，但是我发现在我身上丝毫没有效用，一个好习惯我可以坚持21天，也可以坚持31天，但天长日久就忘了形，慢慢就淡了，就散了。倒是毛泽东说的那句话我觉得特别受用：“一个人做一件好事并不难，难的是一辈子只做好事，不做坏事。”移用到我的身上，我以为是“要我养成21天的好习惯不难，难的是一辈子的好习惯”。其实也有先哲如是说：“认识错误就等于改正了一半的错误”，如此说来，我也是“善莫大焉”！我有决心在本学期这最后一个月时间里坚持良好的作息。

于2015年11月29日21：30

冰　儿：

机会总是留给有准备的头脑。

这两日听他们讨论考驾照的问题，你大姐因为在大学期间没能一鼓作气把驾校考毕业，现在工作了基本没有时间去学习，驾校周末不开课，周一到周五她自己又要上班，好不容易盼到假期，更想去安排自己的生活，哎，一言难尽，后年七月份三年时间就到了……那四千块的报名费真担心要打水漂。很多事情想起来应该是有时间，可以慢慢来，但一晃就成了过往，成了心里的痛。比如在你小时候我们就曾规划要求你练书法，练舞蹈，练乐器。

日前看到一则新闻，一个县成立了一个“马上就办”办公室，当时想来很好笑，难道没经过这个办公室的事情就可以不用马上就办吗？但现在想来这却是很有必要的，它说明长期以来我们很多机关遇着事情并非“马上就办”，为了改变机关作风，很有必要设立一个“马上就办”办公室来制约各机关的拖沓作风。当然，这种办法是整顿作风的非常办法，它不应该成为一种常规办法，常规的办法还是要各机构遇着事情“马上就办”。

国人一个通有的毛病就是拖沓。凡事开始的时候热火朝天，干劲十足，过了一阵子马马虎虎敷衍塞责，再过一段就疲于应付，拖拖沓沓，这样的结果就是其始也轰轰烈烈，其终也悄无声息。凡事因循苟且，得过且过；只求过得去、差不多（20世纪初胡适先生就曾写了篇《差不多先生传》为这种人画了像），不求精益求精。这种中庸思想（或许根本还称不上中庸思想）祸害了国人几千年，今日依然与我们同行。

一个优秀的人最重要的是懂得在尊重传统的同时要懂得跟流俗中的消极面决裂。生于斯长于斯，要敏锐地判断其中孰优孰劣本身就是很困难的一件事，何况还要跟它的某些东西作彻底的决裂，谈何容易。但一个智者必须有这种自省，否则你又拿什么去超越一般人呢。巴菲特曾经这样来总结自己制胜的法宝——在别人恐惧的时候我发现机会，在别人蠢动的时候我感到恐惧。

自励，自省，自警。我希望你在前行的路上不要囿于大众的圈套，能时时检查自己，不断学会去规避每个人都蠢蠢欲动中密布的恐怖，去发现每个人都忧心忡忡中潜藏着的机遇，这样才无愧于在复旦生活几年。

临近期末，学习不可避免地心中会有些患得患失，但越是在每个人都倦怠的时候越是要打起精神来，不断警示自己，不断勉励自己。

古语有云：凡事豫则立不豫则废。在前行的道路上，时时保持一种前瞻的眼光，至少应有一种往前一步的思想，做好准备。

爱你的爸妈

2015 年12月4日

冬夜吃大闸蟹

亲爱的老爸老妈：

转眼已经是本学期第十三周，下周就要正式进入考试周了，或者更准确地说，现在已经开始了部分学科的期末考试。之前一个学年，在考试周之前都会有两个星期的时间供我们停课复习，但是国务学院的考试时间偏早，在其他院系停课复习的时候我们已经开始考试了，这也就是我能够提前回家的原因。这也意味着我必须在正常上课的同时完成所有科目的复习和期末作业，加之本学期课程增多、学习任务加重，越靠近期末越感受到了明显的压力，周末非特殊情况一般都不再出门，因此，这两周和你们视频聊天时妈妈问起："有没有犒劳一下自己？"都会收到回答："每天都待在学校。"

多年的实践让我深深懂得，不仅学习，生活中的事情总是一分耕耘一分收获。身处复旦，我强烈地感到自己只是团队中普通的一员，更何况身边比我更自励更拼命的大有人在。凡此种种，只会让我不断反思并督促自己。

最近一次降温后，上海就彻底进入了冬天，平均气温都在10℃以下，尤其让人郁闷的是，隔三岔五总会下一次雨，有时甚至连续几天，使得天气更显阴冷。

今晚刚刚结束视频就和室友在宿舍煮了几只大闸蟹，虽然"条件艰苦"，只有一瓶醋调味，更不用说什么"蟹八件"啦。"君子食不厌精"那是一种讲究；讲究不成，未尝不可以将就？我们今夜的蟹也吃得很香，毕竟，在寒冷的冬夜有大闸蟹相伴也算一件美事。之前和一位福建的同学聊到年夜饭，她大为感慨：没有海鲜的年夜饭无法想象。这才深刻地体会到沿海和内陆地区的饮食差异，很惭愧至今都没吃过几次海鲜，为数不多的几次经历也不甚愉快，对海鲜产品更无好印象，毕竟是土生土长的重庆人。虽然如今身在东海之滨，江南地区历来就有秋吃大闸蟹的传统，至今也未曾尝试，可谓一大憾事，等到明年菊黄蟹肥时一定要好好体验一次。

于2015年12月6日22：30

冰　儿：

冬日不声不响款款降临。推开阳台的门，远处的郊野、群山由绿转黄又渐次着上红韵，一不留神几日下来，层林尽染，林子已然转成绯红一片。特别是近几日，每次极目所至都有新的发现，新的感慨。

人人都向往春的勃发，春的活力无限，但却忽略了冬的厚积。北方方言区有个词语叫雪藏，是一个新发展的词汇，意即故意隐藏，不被别人注意，以麻痹对方；在新闻中常有故意抑制其发展的意思。但老百姓更喜欢用它来指厚积薄发或为达成一鸣惊人的效果而在之前保持低调。我也觉得后一种更符合这个词语的本意。北国的冬天，视野所及白茫茫一片，是雪的王国，雪的主宰，众生都显得那么渺小，不堪一击。待到冰雪消融，也不知道怎的一夜之间勃勃的草木就从原本了无生气的黑土地钻了出来，聪明的北方农民就发明了“雪藏”这个词语，唯有这个词语方能表达农人们对那些孤独地奋斗着的生命的崇敬。

南方的冬天没有北国那种萧瑟，那种寂寥。更多是一种明艳，一种短暂的休整式的静默。想起老家的冬天，山里各类灌木，落叶的、四季常绿的。落了叶的只剩下疏疏朗朗的枝条，孤独遒劲，枝头末梢偶尔还挂着仅存的果，红艳或是干瘪，但一样显得那么执着。常青的更有韵味，叶子像泼了墨一般，浓黑墨绿，仿佛沉淀了一个春夏后特别的深沉。鸟雀呼晴，蓝的天空消去秋日的寥廓悠远，低低的，沉沉的，分外宁静，让人的心也沉静下来，不同于春的萌动，夏的张扬，秋的高远。但我想，正是这种沉静，才酝酿了春夏的洋洋洒洒的生命，泼洒了夏秋之际厚重恣肆的色彩。冬，真好。南国的冬，真好。

其实，我们赞美四季中寂寞的冬，人生中未尝没有落寞的冬日。天才之所以成为天才，我认为不是他们有超越常人的才情，更重要的是他们在落寞的日子里与众不同，不似众生那般孤独失落，垂头丧气，而是在寂寞的冬天里将自己雪藏起来等待春天的阳光雨露，等待夏日的艳阳骤雨。历朝历代概莫能外。细想一想，历经人生磨难者比比皆是，一生和风细雨风平浪静能有几人呢?

青年时期是人生的大好春光，是泼泼洒洒张扬自己生命原力的大好时期，但有时细想一想，它也未尝不是由冬转春的一个过渡。想让自己的生命爆发，但却找不到厚实的土地，缺乏一种涌动的冲破一切的力量。想让自己的人生平静下来，内心却又有一种冲动的力量。这个时候恰是考验一个人定力的时候，有人爆发、叛逆、冲动，过早地肆意挥霍自己的生命，碰得头破血流，遍体鳞伤，给自己留下的是太多教训。

知名学者龙应台写了一本书叫《孩子你慢慢来》，书里龙应台作为一个母亲，与生命的本质与人生的起点素面相对，满含深情提出了一个被众多的教育家、家长所忽视的问题——教育的急功近利与拔苗助长，读来让人深思。

雪藏自己，孩子，慢慢来，人生的路还长，慢慢去欣赏成长路上的风景，无论南北中外，每一块土地上都有它独特动人的风景，且行且珍惜。

爱你的爸妈

2015 年12月10日

爱上本帮菜

亲爱的老爸老妈：

今天是上海最近以来难得的好天气，好心情也随着清晨的阳光一起到来。日复一日的校园生活总让人不经意间忽略了时光的流逝，突然之间发现一个学期已所剩无几。

最近痛苦地发现减肥计划好像永远都只能是计划而已，之前还好，现在和吃货室友“臭味相投”，“减肥”这个词好像离我越来越远了。好久没吃食堂里的辣肉面（作为复旦食堂早上唯一有辣味的食物，一度是我的早餐首选），才发现从刚到上海的不习惯，到逐渐爱上上海本帮菜，其实也就是短短一年时间而已，从饮食开始，自己已经在不知不觉间完全融入了这座城市。于是突然想和你们聊聊上海味道的早餐。

对上海早餐的记忆始于有鸡蛋的酱油味烧麦、甜得腻人的原味豆浆和味道奇特但几乎人手一个的酱肉包子，这三样高居复旦早餐点餐率前三名，也是上海人最普通的早餐搭配。对初到上海的我来说却无异于清朝十大酷刑，直到发现了辣肉面才算暂时获得解救，而随着时间的流逝，这三样已然变成我的日常早餐。

然而辣肉面也不过是在白水煮面上加上一勺带红油的肉糜，它成为“挚爱”也不过是无其他选择项下的无奈之举罢了，客观来说，这真是我远离西南地区之后吃到过的最难吃的面条之一。

清明时复旦食堂因上海传统推出了青团，于是，毫不知情的我在某个清晨走进食堂看见一屉有着诡异绿色的糯米团时，怀着“反正吃不死人”的心情试吃了一个，之后便爱上了这种传统小吃，虽然上海室友评价其为“青团中的败类”也阻挡不了我连续两周几乎每天早晨一个的热情，也坚定了我下个清明吃遍上海青团的决心。

随着对校园周边了解越来越深，我也慢慢吃到一些极具上海特色的早餐，如粢饭团、煎饼果子、大排面等等。一个城市就是一段记忆，在上海生活的四年一定会在我身上留下鲜明的印迹，而早餐就是其中浓墨重彩的一笔。

从周末开始就进入了紧张的复习，图书馆从早上九点起就一座难求，进入每学期固定的“下饺子”阶段。期末复习的日子单调乏味，这封邮件算是一时兴起的调剂，也希望给你们带去我的生活片段。

于2015年12月12日12：30

冰　儿：

一座城市岂止是一段记忆，它会成为我们生命的一部分。

历经岁月的荡涤，每一座城市都有属于自己坚硬的一部分，那些存留下来的物质与非物质的东西，自然就是坚硬部分的部件，林林总总五花八门的部件就汇集成了这座城市。我们讨论一座城，往往都更关注它的标志性建筑，认为那是一座城个性的存在，比如北京的故宫、天安门，上海的东方明珠电视塔，广州的小蛮腰。的确，这些东西代表了一座城的性格，特别是官方视野里的、大众视野里的性格。以管窥豹，我们也能约略地打量一座城，但我认为要深度地认识一座城，个性化地认识一座城，则在它的饮食，它的市井。

就如秀山，真正的秀山在西街，在平凯，在洪安，在溪口，在街前市口的油盐柴米、油粑粑、米豆腐，在包着青布头巾的土家老汉、老太的插科打诨、一颦一笑。今年秋天，我们到塘坳的黑虎寨，那里的青砖灰瓦、土墙土灶、火铺大炕，才仿佛让我真正找到了一个土家苗汉聚居地的灵魂所在，什么是秀山，我认为那才是秀山。清明时节，秀山的大街小巷到处是卖蒿菜粑粑，一个个莹绿细腻、香气逼人的粑粑，咬开一口，金黄香脆、油脂欲滴的腊肉、豆腐颗粒让人垂涎，什么是秀山，我认为那才是秀山。

要深度地认识一座城市，一是到它的背街小巷去，二是喜欢上它的美食。平凯场的熙来攘往，叫卖声，吆喝声，大人的咒骂声，小孩的啼哭声，那是一个沸腾的世界，那是一个充满土家土趣土味的世界，花灯广场没有，站前大道也没有。同样的，走进溪口场，缠着青丝帕、磕着毛烟杆的老头，穿着花布鞋、舂着擂钵的老太，残损斑驳的天生桥，腐朽破烂的吊脚楼，磨得光亮写满沧桑的青石板，那才是土家的滋味，是滨江路、土家风情街所不能替代的。至于美食嘛，在秀山当然是油粑粑、米豆腐、绿豆粉、老腊肉，这些你是非常熟悉的，不再一一来描述。

认识一座城市，始于老街、美食，但又不能止于它们。每一种物化的生活形式，其背后一定有它产生的必然性，有生存需求，有审美需求，有地理环境，有文化心理。社会越发展，这些事物浅层次的满足生存需求的占有比例就减少，其审美特性、文化内涵的占有比例就增加。所以，一个具有文化自觉的知识分子更应该去关注它的文化与审美，透过它表面的形式去探求其深层次的内蕴。对任何事物都不能浅尝辄止，善于捕捉，善于思考，善于提炼，善于研究，这是从事理论研究的人应该具有的敏锐与深度，希望你谨记之慎行之。如果有了这种自觉，你所面对的世界就不仅是生活的记忆，而是深度地参与了你的生活，成为你生命的重要组成。

爱你的爸妈

2015 年12月19日

通宵自习室

亲爱的老爸老妈：

这是寒假前倒数第三周，之前已经提到过，由于本学期国务学院放假时间较早，所以没有停课考试周，而是上课与考试“无缝衔接”，压力也随之骤增。至少最近两周内，几乎都处于一边预习新课程，一边完成课程作业，一边复习即将考试的科目，一边进行期末考试，也不止一次地想过：如果可以一人掰成四瓣就好了！也罢，一切都只能尽力而为。

往往期末季学校的自习室和图书馆就会变得格外抢手，尤其是在复旦这样的校园里，每次经过灯火通明的第三教学楼，都会看到莘莘学子挑灯夜战，直至凌晨两三点才意犹未尽地回到宿舍。通宵自习室的座位一般都需要中午开始占座，图书馆更是不到闭馆时分不会有人离开座位。这时候的复旦永远是一座“不夜城”，好像知识就只在夜里才闪烁耀眼的华光等待钟情的人去摘取。突然想起之前哈佛大学凌晨三点图书馆座无虚席的传说，尽管后来也有人出来证据确凿地辟谣，但在中国还是普遍地成为励志的范本。虽然大家都心知肚明熬夜对身体有害，而且往往是杀鸡取卵得不偿失，但熬完夜之后总会有一种莫名的今天做了很多事的满足感。

生活往往就是这样充满悖论，每一包香烟的外壳一定醒目地标注着“吸烟有害健康”的警示语，但香烟的销量却并未因此减少，反而有增加的势头，更有向低龄化发展的趋向。人类是否太过自信？太过觉得自己就是天下无敌？近年媒体多有报道青年或中年“白骨精”猝死街头，我想这是否与各大高校岁岁年年开启的期末季夜战有一定的联系呢？看来是得对某些习以为常的生活做出一些改变了。

周末要去浦东代表活动队领取志愿奖牌，虽然并非我一个人的荣誉，作为活动负责人还是感到格外荣幸，耕耘之后的充实感贮满心头。大二上期的学习和生活已经步入尾声，短短一个学期，有收获也有遗憾，但不变的是我始终在成长。已经能够预感即将到来的繁忙而充实的寒假了。

于2015年12月15日20：00

冰　儿：

寒假的脚步越来越急促，仿佛催人神经的滴滴的夜漏、咚咚的战鼓，让人不禁感叹流年易逝，是啊，我的小冰都已经十八岁了，已然是一名大二的学子了。

“流光容易把人抛，红了樱桃，绿了芭蕉。”原本以为世界上只有两类人会对时间心生无限感慨：一是建功立业功成名就的伟人，二是无病呻吟附庸风雅的闲人。青年时期，我常常感慨有大把的时间无法打发，感叹人生缺少际遇，稀有时机。然而就在不知不觉间，恍惚就发觉自己人生已然耗去了一大半，匆匆人生，倏忽青春已经离我远去，留给自己的更多是无奈与惆怅。

人生之美在青春，在学生岁月。无需做着，无需装腔作势，保持一种本真自然去学习，去生活，无需看别人的眼色，不用刻意去揣摩他人的心思，率真本色地去做自己喜欢的事，去做自己想做的事，当然也许有种种的压力，但那一定是来自青春成长向上的需要的困惑，而不是世俗功利的无聊。这种自自然然无拘无束的快乐时间是多么令人心向往之啊。

幸福是什么，这永远没有标准的定义，但我的理解，时间，自由支配的时间一定是构成幸福大厦的一个要件，青春之美恰恰就在于具有这种要件，这是绝大多数成年人所不具备的。但我以为当前我国的教育过多地强化了竞争，掠夺了青年人自由支配的时间，抹杀了青年人自由的漫想。加班加点，熬更守夜，这些本来只属于成人世界的词汇过早地走向青年学生，泯灭了他们的想象，异化了它们的生活。我希望你在学习阶段能够打破这种怪圈，更多地将自己的生活多注入一些自由的时间，自由的漫想。

既谓学生，我以为第一当然是要搞好学业。搞好学业的功夫在平时，平时认真听课，钻研教材，课余观察社会，砥砺品性，方能学得到真知识、真本领。但是那种平日里得过且过，考试来拼命背背讲义，可能偶尔也能混个高分，但真正的知识的前后串联，灵活运用怕是万万难成的。人文与社会科学讲究的是整体性，要形成知识的整体，自然须得平日里修养，而非一日半日之功。此一点当需谨记。

社会实践是大学学习与初高中的根本区别。知识是死的，社会生活是活的，如何将“死”的书本知识用来解决社会问题，是每一个从事文哲史社会研究的人必须要面对的问题，就算是特别强调考据的清代，都还强调史实的“据”，而不单单是向壁虚构。走出书斋，走向社会，去感悟社会的哪怕点滴都对你今后的生活学习都是有益的。或许你偶尔会对学生时期的实践质疑，觉得那些并不能改变现实，并不能对生活产生根本影响，但它的益处不在此，而在一个人思考问题的方式的转变。爸对你在社会实践中取得的成绩表示衷心的祝贺。

爱你的爸妈

2015 年12月25日

第四季　青春复旦

水墨苏州

亲爱的老爸老妈：

其实早就应该动笔写下这封邮件，却因为开学事情繁杂（主要还是因为我自己太懒，哈哈~），一直拖到现在。就像我之前跟妈妈说过的，刚开学的两周总是我最想家的两周，这段时间也因此格外难熬，虽然仔细算来离家不过十余天，我却感觉度日如年，古人所云“一日不见如隔三秋”大概就是这种滋味。

到校第二天，我和室友就一起去了上海市科技馆和七宝古镇，我这次去七宝是专门奔着名声在外的鲜肉汤圆去的，三个硕大的雪白如凝脂的汤圆静静躺在碗底，看着就叫人直淌口水。与普通汤圆不同的是，鲜肉汤圆是咸味因而白汤里不再加醪糟，一口咬开糯糯的表层就可以看见鲜嫩可感的、汤汁盈盈的肉馅，味道虽然不错，但怎奈不是我的口味，吃了半个就实在腻到不行。

注册结束，我和室友便相约踏上了前往苏州的高铁，以这样一次说走就走的旅行作为新学期的开始，虽然只是一时兴起，但也趣味十足。刚下地铁，扑面而来的就是浓浓的江南水乡气息，说实在，我也算走过中国那么多城市，至今让我印象最深、震撼最大的只有两座城市，一是西安，另一座便是苏州。整座苏州城恰似一尊素雅清透的白瓷，又似一位端庄温婉的大家闺秀，只含情脉脉静立在氤氲淋漓的水汽间。正逢好天气，冬日的暖阳懒懒地照在苏州每一条河道、小巷上，白砖黑瓦，绿树成荫，难怪自古就有“上有天堂，下有苏杭”之说。除中心商业街附近，整个苏州城内都难得看见一幢超过三层的建筑，这在城市化高度发展的今天不得不说是一个奇迹，即便是杭州这样盛名在外的旅游城市与之对比也只能说是一个天上一个地下。在苏州的短短三天时间，我们去了构思精巧的狮子林、典雅大气的拙政园，也走过文艺浪漫的平江路，热闹繁华的观前街……苏州的美直把中国水墨画中的意境表达了十成，叫人只可意会不可言传，有无穷回味，不愿离去。今后若有机会，一定要带你们来苏州逛逛。

新的学期，一切并没有什么改变，又仿佛一切都与之前不同，经过之前一年半的铺垫，我明显感到进入学习状态快了许多。尽管课程数量比上学期少了一门，但难度系数却有了明显的提升，相比之下作业也多了一些，至少这两年以来，我是第一次在开学第一周就上交了两篇读书笔记。要求阅读的文献数量也有了明显的增加，每门专业课的老师几乎都会在每周上课前布置两到三本书作为阅读文献，这让我压力颇大，周末更加不敢出门玩耍。

新年新气象，刚开学这段时间往往生活最有规律，希望这学期能够始终坚持下去。还有作业尚未完成，以致匆匆结尾，随信附上苏州游玩的照片。

于2016年3月7日20：00

冰　儿：

来函已阅，感觉冰儿又长大了，看问题有了深度，更有自己的见解。这让为父甚为高兴。

自古“上有天堂，下有苏杭”，苏州排在前面，从冰儿的视觉看来不是没有道理的。我相信事实也是如此。“越是民族的就越是世界的”，文艺界有这样一种普遍的观点。在城市化、地球村日益发展的今天，什么样的城市才是最美的，什么样的发展才是最佳的，日益成为人们思考的问题。特别是近几年，有两个极为落后的国度竟然成为众多旅行者垂青的乐园，一个是朝鲜，另一个是尼泊尔。都是世界上最贫穷最落后的国度，为什么会吸引世人的目光，我想，有猎奇心理（朝鲜，之于中国这样的社会主义国家，可能还有一种怀旧），我以为更重要的一点，便是两个国家鲜明的民族性，是这两个国家不同于世界其他发达国家或发展中国家的个性。西安之美，美在个性，苏州之美，美在独特。从艺术的角度来说，独一无二就是事物审美的魅力所在。相同的一堆鸡蛋放在一起，很难想象其中的一只会让人产生惊鸿一瞥的震撼。更何况就算是鸡蛋，世界上也绝难找到两只完全相同的。

但世界就是这么奇怪，世人都知道，越是个性化、不可复制性的东西越是具有审美的独特价值，但普天下的城市都在复制欧美的现代化城市，从城市规划到建筑设计，从园林布局到交通工具，概莫能外。这又是什么原因呢？这就涉及实用性原则。审美的东西讲求独特，实用的东西却追求普遍。城市轻轨地铁因其低能耗高速度受到包括朝鲜在内的国家的追捧，很难想象马车或是牛车或是独轮车还会成为某个城市固守的交通工具。同样的道理，电梯房、大型购物超市、互联网、智能手机，这些东西是今天每个城市都无法拒绝的时代产物，即使是古色古香的西安也概莫能外，就是因为这些东西能快速地普遍地满足我们人类共有的需求。

如果看到这一点，也就不难理解为什么古今中外在人才的选用上普遍地倾向于大众型人才，也普遍地排斥个性化人才，但与此相反的是，真正能够为后世作为审美对象长久关注的却转向了个性化人物。在《红楼梦》中，薛宝钗被贾府普遍地认可，但曹雪芹却对林黛玉情有独钟，我想，可能也有这方面的因素。薛大小姐身上具有的是普遍的社会价值准则，符合实用的要求，而黛玉身上透露出来的是绝不与世推移的独特个性，则更符合审美的取向。

这几年，中国大地上一大批个性化官员脱颖而出，但又大都昙花一现，个中原因，有体制的因素，但是否又是个性化与普遍性冲突的一个佐证呢？

大学，是人生成长的关键时期，希望你在日常的学习生活中学会去找一个平衡点，既做一个有自己独特个性，但更要做一个符合普遍的社会价值取向的人，二者不可偏废。缺乏个性，只注重普遍，会流于平庸，老于世故；只注重个性，则会与整个生活圈子不协调，免不了碰壁。

今日的秀城下了一场大雪，应该是自2010年来最大的一次了，积雪近10厘米厚，很美，传点照片在微信里，慢慢欣赏。

安好。

爱你的爸爸妈妈

2016 年3月10日

有趣的大学体育课

亲爱的老爸老妈：

这是本学期的第二周，随着课程表的确定，生活和学习都逐渐走上了正轨。

这个学期的学习任务安排较为均衡，每天都有三门课，但相对上学期来说，期末考核方式为论文的课程增多，这会让我在期末复习阶段省心很多。这学期新选上的形体健美课程是我到复旦之后上的第三门体育课，一般而言一个学生在复旦的四年里只会接触两门体育课，但我却仍感到十分遗憾。大学中的体育课程不比初高中学校，在这里你能够学到一般的羽毛球、乒乓球、太极拳等，也能够学到更为“阳春白雪”的华尔兹、击剑和爵士。第一学年的羽毛球课让我在技巧上收获颇多，第三学期的健美操教会了我有氧操和爵士舞，而这最后一门体育课将会教给我啦啦操和另一支爵士舞，对之充满了期待。记得你以前跟我谈及一个故事，大抵意思是艺术是人生的最高境界，其实现在才算开始明白，体育作为人类社会几千年绵延不绝的形体与竞技艺术，它带给人的美感只有真正亲近它的人才能够感受得到，而我现在就正通过复旦这个平台走进它，领略它独一无二的美的趣味。

真心希望我们国家能够让这些“王谢堂前燕”“飞人寻常百姓家”，在中学阶段就能够普及一些“小众”的体育项目，甚至是“小众”的艺术教育，我想，那对人的品性的陶冶砥砺一定不是那些五花八门的辅导班所能够比拟的。尽管知道这样的路还很远，但我相信一定有很多人会选择沿着这条大道走下去，因为复旦这样的高校播撒的种子一定会在像我一样的青年的心土萌芽。

大学四年，遗憾有之，不舍有之，但我相信留下更多的将是这些丰富多彩的课程带给我的收获和感悟。

虽然早就进入春季，但迟迟不肯升高的气温和上海凛冽的寒风让人始终感受不到春的气息，看新闻上说武汉大学的“樱花雨”美得让人炫目，但热闹是他们的，而我什么也没有，只有凛凛寒气来磨炼自己。直到周末去了同济，近两百米的樱花大道上虽然没有花朵竞艳的盛景，含苞欲放的花骨朵的风姿竟让人意外地感动和惊喜，或许在下个周末我就能带上相机去上海的郊外邂逅一场迟来的“樱花雨”。

正是踏青的好时节，你们也多出去走走看看吧！让小BA-BY也呼吸一下郊外的新鲜空气，听说清溪的油菜花开了，我想一定比往年的更美。

于2016年3月14日20：00

小　冰：

又是一年春好处。

虽然早春的秀山上周刚好经历一场几十年没有过的春雪，虽然果农们和菜农们遭受了前所未有的创伤，但春天带给人们的喜悦却是无法阻挡的。

火一般的贴梗海棠花还没有完全谢去，教师公寓和学生宿舍结合处的海棠花又呼啦啦地盛开了。红白相间的花簇，间或有嫩绿的细叶夹杂其间，像一幅五彩的水粉，华丽，张扬，绚烂，热烈，如一场盛装的艳舞。记得两年前我们常常一起轻松地跑过花下的片刻时光，你总说秀高最美当属它们了。清晨，一阵微风拂过，花瓣轻飏，如同下起一场花雨，那是一天中最快乐的时光。我们赞美春天，我们就这样受用这无边的春景。三年时光弹指而过，但彼时彼景依然历历在目。

这几年，国内的经济社会发生了巨大的变革，内地农村的产业结构变得丰富而多元，春日里看花赏景便有了很多去处。清溪的油菜花，武云的李花，川河盖的杜鹃，龙池的桃花，都是秀山人这一段津津乐道的东西，这周趁着妈妈身体好，我们开车去了马西、葡萄山庄，再次去了清溪看龙凤花海。每到一处都有新发现、新收获。几年来忙于工作，耽于杂事，发现我们竟然错过了很多新东西。现在各地的公路都铺成了水泥路，在接下来的日子，我们定当抽点时间到处走走，这样别人问起秀山，至少也能说出个子丑寅卯来。

酉阳近来发现了万亩杜鹃，就在溪口下边的山里，如果妈妈身体吃得消，我们准备五一的时候去看一看，可惜你在秀山多年我们都没能带你去川河盖饱览杜鹃花海，那铺天盖地的杜鹃花，真的还是让人产生一种别样的美感。

五一的景区是不敢问津的处所，但其实大美之所并非一定是人人乐道的名胜之地。介甫公不是有“夫夷以近，则游者众；险以远，则至者少。而世之奇伟、瑰怪、非常之观，常在于险远，而人之所罕至焉”的文字吗，虽然不是绝对的论断，但亦是普遍的道理。世界这么大，我当去走走，五一放假，不要尽窝在寝室，找一处周边的小镇，或是荒远的田园小岛，三五友人随意走走看看，定有不一样的收获。但切记要注意安全，不可杀单帮。

好好锻炼身体，练好一身真正相依相伴的人生本钱。

爱你的爸妈

2016 年3月18日

HOME PARTY

亲爱的老爸老妈:

又到了一周一次在邮件里“见面”的日子啦，这周有没有比上周更想我一点呢?

正是大好春光，这个周末我和秀高在上海的小伙伴们约着一起去上海郊区——奉贤“轰趴”。随着生活节奏的加快和城市化进程推进，“轰趴”已经成了年轻人甚至中年人所普遍喜爱的一种放松方式。现在的大城市中都有很多专门装修来轰趴的房子，它们内部除一般的生活必需的房间，还包含游戏室、KTV 房、烧烤阳台、游泳池等娱乐设施。轰趴是英语“home-party”的音译，指集体租住一天一夜的“轰趴房”，在里面一起做饭、聊天、玩耍等，这无疑是现代紧张都市生活中一种良好的放松方式，志同道合的朋友们可以一起度过一个轻松、休闲的周末。但说实话，其中最吸引我的却是可以自己动手做几顿有重庆味道的饭菜，麻辣鲜香，酣畅淋漓。来上海两年也没能去奉贤走走，正好趁此机会逛完华东理工大学、上海师范大学等几所学校。奉贤靠海，周日早上还可以早早起床一起去看海上日出，这对一个山里的孩子还是有很大的吸引力的，毕竟蒙童时候你们就在我的心里种下了“翻过山的那边的那边就是海，碧波荡漾浩瀚无际的大海”的童话。

从这周开始坚持每天晚上十一点睡觉，早上六点半起床晨跑，中午回宿舍睡一个小时午觉，感觉精力充沛、精神振奋许多。现在想来，当初在秀高还是很多人所排斥的“机械管理”，现在反而成了伴随人生的好习惯，真是此一时彼一时。周五到周天的三个晚上，我还会拿出垫子练四十分钟的瑜伽，加上这学期形体健美课程巨大的运动量，希望能在暑假到来时达成运动减肥的目标。其实，通过一段时间的生活，发现坚持良好的生活习惯并没有想象中那样困难，看来前人总结的坚持21天习惯成自然还是有一定道理的。时间总是有限的，如何将学习和生活的方方面面合理有序地安排到有限的时间中去，还需要我持续的学习和探索。

周末带上相机去拍日出、大海和春天的花花草草啦。

于2016年3月17日19：00

冰　儿：

如面。春天招招摇摇地一路走过，留下许多靓影，还有轻歌曼舞。

一个残冬过来，仿佛觉得世界为之凝滞，为之冬眠。走进大好春光，仿佛一切都是新的，一切都那么充满生气，有时真忍不住想在这满眼春色里清啸一声，来表达对这迷人春色的极度喜爱。

这几天，微信里大都是晒各地春光的照片，有钟灵、孝溪，有清溪、石耶，有春花、新叶，有竹笋、野菜，这世间，仿佛从来没有这么热闹过，仿佛到处都是咯吱咯吱发出生长的声响，仿佛到处都在淌着嫩绿泼洒着色彩，春就这样肆无忌惮蓬蓬勃勃地泛滥着。

古往今来，春天都是生命的象征，从诗经里的“春日迟迟，卉木萋萋”“采薇采薇，薇亦作止”，到汉乐府“青青园中葵，朝露待日晞。阳春布德泽，万物生光辉”，更不用说魏晋唐宋产生了无数专以自然山水为审美对象的作品，春天一路走来，都以它的张扬与丰富感动着诗人，打动着读者。它总是那么美不胜收，铺张扬厉。

而身处万物灵长地位的人却往往忽略我们魅力十足的春天。人生的少年是春天，人生的青年是春天，纯真，美好，浪漫，热烈。但很多人却把它当成负担，把它当成可以一掷千金不甚惜的身外物。我是搞教育的，长期以来，我看过多少这样虚掷光阴的懵懂少年，无知少年。殊不知，“流光容易把人抛，红了樱桃，绿了芭蕉”。时光荏苒，倏忽即逝。古人有诗云：“盛年不重来，一日难再晨。及时当勉励，岁月不待人。”到我们这样年纪，真是有深刻感受。

勤学、运动、健康、审美，这是我对你的一贯要求。大学的学业很重，特别是身处复旦这样一所学霸云集，竞争激烈的学府，勤学是前提，踏实本分，努力钻研。不以死记若干考试知识，短期内获取高分为目标，而要有研究问题的意识，养成对问题的分析质疑，探究验证的习惯。人文科学是一门很“泛”的科学，但很多时候我认为它又是一门很“精”的科学。如果你没有培养起研究问题的能力，你就最多只是个“万金油”，而不能成为真正的“专研者”，就永远不能培养起在某一个或者某几个领域有自己独到的见解而具有发言权，最多只是一个贩卖别人观点的“商人”。今天的社会分工日益细化，在某一领域有自己的独特理解越来越受到社会的尊重。日前央视报道的秀山溶溪街上人文勇，是二姨伯一路长大的一个朋友，1992 年闯荡广东中山市，因在LED灯研究制造中的巨大成就，33 岁时成为当地最年轻的高级工程师，他就是这样一位典范。

运动、健康与审美是一个健全的人所必备的要求，希望你要谨记力行。

爱你的爸爸妈妈

2016 年3月24日

同济校园

亲爱的老爸老妈：

转眼间已经到了三月的尾巴。

春天却还迟迟不肯来到，幸好虽然天气冷暖不定，校园里的花还是如约慢慢开了，走在校园里，大道两旁五彩缤纷，尤其是曦园里的花，白的、粉的、红的，开得繁盛热烈，仿佛一朵朵云彩挂在枝头，叫人看着心头就涌上一股甜蜜的感觉。复旦之美，美在蔚为大观的泱泱人文，但未尝不美在自然。在我看来，复旦的四季各有特点，春天清新，夏天明媚，秋天忧郁，冬天萧瑟，每个季节又各有其代表景色，我爱春天灿烂的花海；也喜欢在夏天骑车穿过匝地的绿荫大道；秋天的落叶总让我忍不住掏出手机拍了又拍；冬天校园里的树木枝干遒劲，刻满了岁月的痕迹，渐渐发觉我越来越爱复旦的每一寸土地。

周六和社团里的小伙伴一起去同济大学的嘉定校区烧烤和联谊。虽然一半的人在这之前都不认识，但是趣味游戏和激情烧烤让我们很快熟悉起来，这倒也不失为一次格外新奇的体验。同济大学不愧以土木工程系闻名全国各高校，四平路的老校区建筑虽然也各有特色，但由于年代相对久远，沉淀的是岁月的沧桑与斑驳，对于我这样的门外汉并不能完全看出匠心设计和土木建筑方面的格外优秀来。走进嘉定校区，则明显地感觉到房屋设计的独特和巧妙，整个校园布局美观大气，每栋建筑都有其闪光点：有鹅卵石铺地的大厅，充满了异域粗犷豪放之美；也有全水泥密闭，只是紧靠侧边的窗口透气的极具后现代美感的巍巍大楼……

不仅同济，魔都每所高校都有其独具个性的韵味，畅游各所高校的校园对我来说也是一种格外珍贵且有意义的游玩经历。现在回头看来当初我们填报志愿选择大学时坚持的读书就到京沪宁的抉择是何其正确。

这个周末就是清明节啦，本来计划清明和五一都要外出游玩，现在却突然歇了游玩的兴致，我宁愿在暑假里先用半个月的时间好好游玩几个城市，也许会在周边的古镇逛上一天，但更多的还是想待在学校做一个安静的读书人。

于2016年3月27日22：00

冰　儿：

春正好，草木繁茂，山鸟啁啾。

三月里的校园是最美的去处，春草正绿，花儿吐艳，满眼芬芳。

其实，校园之美，不仅是它美艳的花草，更有它阜盛的人文。建筑往往是最能传递学校文化的所在，很多地方校园的建筑均能折射当地的建筑传统与地域风格，是一个地方的建筑精华，网上盛赞的武大的校门就是这方面的实证。但遗憾的是中国近百年的民生凋敝让人们已经几乎遗忘了这个国家在建筑上的审美需求。再加上“文革”十年的破坏，但凡是稍有点民族性的东西都被打倒毁坏，新建的公共建筑更是清一色的灰头土脸，所以近三十年新建的校园大都没有什么看头，但如果是溯及以往，几十年甚至上百年的校园它一定能带给人一种历史的古朴与典雅。

我的中学时代是在民族中学度过的，在我们读书的时候叫中和中学，历史上叫凤鸣书院。记得第一次到达学校的时候，扑面而来的是一种历史的沧桑：青石砌成的后校门上面装着两扇硕大无朋的木板门，门上挂着的大锁锈迹斑斑，校园是南北各几进四合院，学生宿舍就在四合院中，是全木结构的吊脚楼，人走在楼板上吱嘎吱嘎直响，宿舍院子的正中是一处四方的荷塘，池塘的栏杆用青石与青砖砌就，最美的是院子里的桂花树，都有几十上百年的树龄，但却一例枝繁叶茂，蓊蓊郁郁，一枝枝丫差不多可以覆盖半个池塘。

那是一个很适合发呆的地方，靠着栏杆，什么都可以想，什么都可以不想，只看着院子四四方方的天空，嗅着略带点枯叶腐烂的气息夹杂着飘过的缕缕桂花的香气或是杂七杂八的野花的气味，特别是下着细雨的午后，那真是很有诗意的日子。相信但凡民中出来的学生，都有过这样一段难忘的记忆。新中国成立后知名作家《红岩》的作者罗广斌也曾经在这里生活了较长一段时间，相信在这里的所见所思也自然对他产生过较大的影响。记忆中池塘旁边开了一间阅览室，下午的课外活动时间或是周末，我们可以坐在里面看各种画报、杂志或是连环画，我对国家、社会的认识，除了源自教科书，我自以为很大一部分就是从这里启蒙。

上海是我国高校最集中的地方，而且各类学校学科门类齐全，涵盖面广，各校的文化传统与人文积淀又有较大的不同，再加上他们与世界各地交流互动也较为频繁，之所以选择送你到那里读书，不单是那里办学水平高，也是为了扩充你的眼界，不要被自己求学的一所学校一门学科所局限，广泛地接触各类学校各门学科，不一定需要深究，但多少有所了解，博观约取，这对你今后的人生应该有很大的助力。希望你谨记力行。

爱你的爸爸妈妈

2016 年4月2日

珍惜最美时光

亲爱的老爸老妈：

这是本学期第五周，虽然从学期还未开始就一直期待着清明节的到来，但当清明假期真正到来时却突然感觉一片茫然，加之江浙沪地区年年都是清明时节雨纷纷，更让人打消了外出游玩的念头，每天待在学校里，按时睡觉、起床、吃饭……倒也别有一番收获。

昨天老妈打电话给我的时候，正在五角场的韩国餐厅吃饭，因为两位室友同时过生日，我和另一名室友便商量请她们两人吃一顿饭，也算是为这份难得的缘分庆祝庆祝。饭后我们一起去看了一部最新上映的以重庆为背景的电影，第一次在影院看到重庆风光，听到重庆方言，感觉格外奇妙亲切。其实年年岁岁朝朝代代人们的思乡情结应该有很强的相似性，置身其间，往往不能感觉它的美妙，一旦距离远了，印象淡了，反而觉得难分难舍，希望与其不离不弃，或许这就是美学上常说的距离美使然。前几年根叔曾经说过一段名言：“什么是母校？

就是那个你一天骂他八遍却不许别人骂的地方。”那种心理与我的感受何其相近。

偷得浮生半日闲，今年的清明假期倒比我预料中更为舒心了。

其实，始终感觉自己最近的生活和学习状态不太好。连续很长时间的反复感冒把我的生活规律彻底打乱，早上和晚上的跑步都是偶尔才一次，总是感觉格外疲惫，每天中午都必须回宿舍小睡一会儿，晚上也总是很早就发困，好不容易熬到十一点却又了无睡意。其他方面也总提不起精神，都说“身体是革命的本钱”，身体不适是一方面，可能也有心理上低谷期的缘故，这个清明假期其实也是给了我一个调整的契机，感觉三天过去，生活和学习的动力也充足了许多。

清明过后，一学期就只剩下一半多一点了，这促使我在学业和校内外事务上更加用心。前段时间很多欠下的“账”要开始慢慢清算偿还。这学期结束，大学时光也就过去了一半，此时才更体会到校园生活的珍贵，还有很多事情还没来得及一一体验和经历，只希望在剩下的不足一千天的日子里能够过好每一天。

于2016年4月4日12：00

冰　儿：

清明已然过去，一晃春就要离我们而去了，仿佛还是细草初萌，不经意间却已绿满枝柯。正如常和妈妈感慨，恍惚昨日里你还跟我们一起放风筝，赛跑，突然间你却远赴江浙间，成了一名堂堂可以和父母严肃讨论问题的大学生，再一晃你的大学生活又即将过半。

时光给了我们永不满足且永远充满诱惑的生活，它又在不知不觉中将这种快乐或留有遗憾的日子从我们身边带走。于是不自然地我们都会感叹几声：时间啊你能不能慢点走。但它却总是不紧不慢地缓缓流淌，无声流逝。

青年时期，我总觉得前代的圣贤常常感叹岁月不居有些故弄玄虚无病呻吟的意味，人到中年，才发现那是怎样的由衷之言。由是观之，我更明白君王有“我真的真的还想再活五百年”的呐喊，百姓有“死不瞑目”的悲叹那是一种怎样的哀伤。

大学是人生最美的时光，也是最易蹉跎的时间。常常在身边听到感慨，大学四年，仿佛一眨眼工夫就没了，回过头来，才发觉四年好像什么也没有学到。当然，我以为这当不是直陈，更多是一种反思。但至少折射了一点，快乐的时光匆匆而逝，困顿的日子不自然地让人觉得难熬。近日给学生讲明学者张岱的《陶庵梦忆序》，查了一些资料。有着浓郁的知识分子气质的张岱出生钟鸣鼎食之家，少年时代很长时间曾过着膏粱纨绔的生活，当时是自称“人无癖，不与交”，说自己“好精舍，好美婢，好娈童，好鲜衣，好美食，好骏马，好华灯，好烟火，好梨园，好鼓吹，好古董，好花鸟；兼以茶淫谲谑，书囊诗魔”，但美景不长，明亡后，“无所归止，披发入山，骇骇为野人”。归隐之后他回忆生平，“繁华靡丽，过眼皆空，五十年来，总成一梦”。抛开张岱的文学成就不说，单看其生平轨迹，浮华易逝，困顿无边就给我们许多深思。当然，张岱对自己后半生的选择，并非我们一般意义上所说的生存危机，更多的是一种时代知识分子精神上的主动选择，这是另外的话题，暂且不表。

珍惜大学的美好时光，亦要珍惜青春的美好时光，多读书，多实践，不做空头学问家，做一个有真本领的读书人。

爱你的爸爸妈妈

2016年4月9日

吐槽转专业

亲爱的老爸老妈：

我坐在光华楼灯光璀璨的教室里写下这封邮件，窗外是狂风暴雨、电闪雷鸣。

临近期中的学习和生活相对之前一段时间忙碌许多，原本说好要写的论文却因为一篇又一篇的作文和读书笔记向我砸来而一再拖延，周五将手中的两篇作文上交之后终于能腾出时间来全力准备转专业考试。除了转专业考试，其他事务也变得格外繁多，清明之后开始进入忙碌期也在我预料之中。

在转专业考试和其他各种申请的这段时间里，我对复旦大学的办公效率低感触颇深。在这之前我对复旦大学的自主管理式教育是十分推崇的。不可否认，在办公自动化、科技化等方面，复旦确实达到了国内高校的顶端，但与之相对应的是人工服务上的落后与低效。就提交申请的纸质资料到哪个办公室这一项，我就经历了从本学院到新闻学院办公室到教务处再到新闻学院办公室的坎坷过程，历时三天，拨打电话二十余个，无人接听或回应为“完全不知情”的电话十余个，剩下的便是不断的相互推诿，在本就紧张繁忙的期中季，简直叫人筋疲力尽。而这早已不是第一次，在之前的助学金和奖学金申请过程中，我同样因为各部门之间的相互推脱和无人接听的办公电话在每一项事务上平均耗费时间接近一天，常规的程式化事务如此，突发的事件更是可想而知。相信其他同学的遭遇也大同小异。

抱怨吐槽是其次，这段经历更多带给我思考：为何在全国排名前三的复旦，人工办事效率拖沓繁复至此？结合这两年来所学所见，我不禁对中国的各层级政府和机构的办公模式产生了深深的疑虑：在硬件设施配备完全、员工素质普遍较高的高校尚且如此，不难想象其他的机构和部门办事水平又该如何？国内外对我国政府机构办事效率的批评的声音从未停止过，不可否认的是，中国在政治、经济、社会、文化等各方面要走的路的确还很长。

上海最近进入了雨季，接连不断的大雨打乱了我的运动计划，只能每晚睡前在瑜伽垫上做半小时左右的瑜伽和健身操，效果倒也不错。近段时间天气变化反复无常，很多人都感冒了，之前一段时间更有我的亲身经历，你们也要保重身体，小心感冒呀！

于2016年4月6日16：00

小　冰：

这是一封迟来的邮件，我已经被你妈妈警告了两次，深感抱歉。

中国这个古老的国度毕竟有着两千年的封建传统，其实，它的文化浸染又何止两千年呢，儒家的中庸之道，四平八稳可是在孔夫子之前就成了普遍的社会行为取向。

在中国，什么人最能够适应社会政治文化生活？越是有着丰富的基层社会生活工作经验的人越是能够适应，象牙塔里出来的孩子不能适应，海龟的读书人（注意我在这里特指的是读书人，因为留学的并不全都是读书人）最不能适应，这里有一个对新环境的普遍适应性问题，但除此之外，更重要的社会土壤的顽固性。一块有着三千年文化浸润（或者说成是三千年垃圾沉积）的土地，它的改变又岂是在一朝一夕完成？特别是西方高度发达的物质文明和管理文化和他发生碰撞时，他暴露出来的问题就可想而知了。

随着你对西式文明越来越深的理解和吸收，你的观念中的东西与现实世界的碰撞会越来越剧烈。这也就是在19世纪的中国为什么对制度进行质疑和反抗或者说抗争得最为激烈的首先是有留学背景的知识阶层，其次才是工人和农民。前者源于理想与现实社会制度文明的碰撞的反思与改造的冲动，后者是这种制度欺凌的直接受害者式的爆发式抗争。

但我在这里要告诉你的是，其实每个时代或团体在制度建设上他永远存在滞后性，因为一个团体的形成他必然有若干成功有效的经验总结或承传，作为这个团体的核心人物或者管理团队，他不可避免地是将这些延续下来的东西作为有效管理建设的手段，所以自然会形成一定的稳固性与封闭性。事实上这种管理体制也具有一定的合理性与可行度。否则在上边的人一天一个样，被管理或处于团体末端的人又该如何去适应这个团队呢？

一个从事理论学习研究的学者的任务是去发现这种弊端并设计出更好的方法去适应新形势新变化的有效管理，直观地发现现实的弊政容易，但分析他的症结所在不易，要设计出改造的方法最难。有一段故事是这样的：

华为一新员工，刚到华为时，就公司的经营战略问题，写了一封“万言书”给任正非，任正非批复：“此人如果有精神病，建议送医院治疗；如果没病，建议辞退。”注解：“小改进，大奖励；大建议，只鼓励。”员工最重要的还是要做好本职工作，不要把主要精力放在构思“宏伟蓝图”、做“天下大事”上面。作为一名新员工，对企业没有任何的理解，怎么可能提出合乎实际的建议。

爸爸不是要调侃你对社会生活的一些见解，与此相反，爸爸鼓励你对生活中一些固有的准则的质疑，见微知著，去发现问题，思考问题，想出一些解决问题的方法。但在今后的具体工作中又应多立足本职，立足现实，准确认识一些现象的两面性，多一些脚踏实地的理性思考。共勉。

爱你的爸爸妈妈

2016 年4月18日

这么多厨神

亲爱的老爸老妈：

刚刚过去的一周无疑是热闹而充实的一周，从周末准备考试，到周二参加笔试，再到周四参加面试，历时整整一周的转专业考试终于告一段落。虽然发挥略有瑕疵，但总体而言无愧于心，无论最终结果如何也不会感觉遗憾。但这次考试还是给了我许多收获：平时的点滴积累看似寻常却往往在关键时刻派上大用场；随时谨慎细心才能避免接二连三的“意外”影响自己；新闻从业者要随时关注世界在发生什么、谈论什么……这些都将是我成长过程中积累的经验和财富。

周四献完血之后，学院默许我们请假两天，这意味着从周四下午起我就进入了周末模式，竟比所谓的清明、五一假期还要长一些。周六考试完普通话，我和同学们一起乘坐两个多小时的地铁前往上海郊区松江大学城参加班级聚会。五十多人聚在一座别墅里，谈天说地者有之，嬉笑打闹者有之，搞怪逗哏者有之，其热闹程度可想而知。厨艺比拼，有人做火锅、家常菜、韩式烧烤，竟然还有人会烤饼干和制作甜点，而且其工艺繁复与口味宜人与大型餐厅相较毫不逊色。我这才知道班上竟然有这么多厨神（不过好像我也算别人眼中的一个？深感无语O__O……）。

其实说句心里话，我对厨艺向来谈不上什么兴趣，更谈不上专攻，只不过略略继承了老妈家传的几刷子罢了。不过话又说回来，日有所积，月有所成，月有所积，必有所获，但凡功夫的养成，谁又是一朝一夕练就的呢？凡事还是在平常，也许只是不经意地动动手，用用脑，或许关键时候就可以带给人意外的收获，不是吗？吃完饭之后的互换礼物环节将气氛掀起一个高潮，第一次经历抽签互赠礼物，觉得这样的活动别开生面且十分有趣。

上海最近进入梅雨时节，天气也格外压抑，我前两天更是创下了一天湿三双鞋子的记录，无奈只有学习聪明的同学们，买一双雨靴帮忙度过雨季。

于2016年4月19日18：00

小　冰：

春水东流，落英消逝，又一个春转瞬即去。校园的紫叶李已经悄悄地挂满了果子，工人们又开始用木杆绑扎以支撑那些繁密的果子，岁岁年年，年年岁岁，总让人想起过往的时光。

秀高的紫叶李算得是校园的一大风景，每年夏初，大伙都去树下看看今年的挂果情况，密密实实，意味着今年又有一个好收成，“今年的重本可能又要上涨一两百哦……”大伙由衷地感慨。“一颗李子一名重点……”不经意间，这已经成为秀高学子的共识，这几年几乎再没有去偷摘李子了，孩子们走过树下满满的是沉甸甸的充实，是喜滋滋的期盼。尽管大家也知道李子的丰收并不能说明什么，但走在树下就那么让人感到踏实。两年前放月假的夜晚，我们全家走过学府大道，也曾经一样地感叹，一样地期盼。

为什么秀高人对紫叶李有这样特殊的感情，因为这是他们战斗青春的见证。莘莘学子在这里奔跑、求学；教师们千里迢迢前来在这里挥洒汗水，播种青春。

“相信生活吧，时间会带给你满满的丰收。”诗人这样感叹。我常常在想，青春是什么，它与人生的别的阶段有什么不同。现在回想起来，青春它还真有它独具一格的地方。

青春是梦想。人的一生在童年有很多不切实际的梦，它赢得人们的赞叹，但人们不会将它放在心上；如果到了中年、老年还尽是痴人说梦，难免会遭人嗤之以鼻；但唯有青年，青年人的梦想也许有些狂妄，但每一个人都不会置若罔闻，将它置之不理，因为它不仅下接地气，而且向上跳一跳也许就触摸到了人生的高度。依然记得我的中学时期，几个同学窝在寝室，海阔天空谈人生的规划，聊自己的未来。一晃二十多年过去了，那些情景历历在目，回过头来，也许有些人还有那么一点差距，但有很多真的就上到了他自己的目标，甚至超越了当时的想法。仔细想一想，在他们的前方，不仅有明确的目标，而且他们也一直朝着这个梦想的方向奔跑。现在看来，正是这种青春阶段目标的明确性激励了他们。

青春是沉实。孩提时代自己的手掌握在父母的手里，掌握在老师的手里，前进的路上亦步亦趋，不去想为什么这样走，就只是紧紧地攥着他们的手。虽然偶尔也放开他们的手，撒欢地向前奔跑，但一不留神就摔筋斗，摔了筋斗就不再自己走。犹记得你在周岁前学走路的情景，大概是距离周岁还有一个月的光景，你放开妈妈的手向前奔跑，跑出去四五米摔倒了，之后你便不再独立走路，直到满周岁那天就自然而然一个人走起了路，那真是一段神奇的经历。但青年不是像孩提时期这样，他偶尔抬头挺胸，昂首阔步扮演着自己的朝气；偶尔又低头沉思，若有所悟，练习着中年的深沉；或许还有心有所属的幽幽的叹息，怅然若失的淡淡的哀伤。但他总是那么得体，不像少年的做作，也不是中老年的那份淡定。他是一种奋斗的节奏，他是一种踏实的步伐，他是一种自信的心态。我很喜欢大学校园上放学的情形，学生们步履匆匆，沉稳向前，不是中学生的奔跑，也不是小学生的打闹，更不是中老年的悠闲散漫。

谁的青春不奋斗。青春拒绝眼泪。

关于青春，有很多的说法，每一种好像都各有见解。

青春是什么，孩子，或许每人都有自己的想法，但有一点，它与人生的别的阶段真的还有点不同。

校园的紫叶李的果子在人们纷纷的议论与关注中一天天长大，那未尝不是一种战斗的青春。所有走过下边的人期盼着……

走在青春的路上，孩子，好好把握。

爱你的爸爸妈妈

2016 年4月22日

与欧洲留学生的交流会

亲爱的老爸老妈：

仿佛前两天还是清明假期，转眼又到了五一假期，很多同学都有五一出游的计划，但我不准备外出游玩，一是因为上海最近进入了雨季，要么是连绵的阴雨，要么就是突如其来的暴雨，这种时间外出游玩，未免不能尽兴，索性不出门；二是五一之后各种课程的期中作业和报告都到了最终上交的截止时间，需要趁着假期完成作业和查漏补缺。

这个周末过得简单却充实，周六专门跑去同济蹭饭，都说“吃在同济，玩在复旦”，同济的厨师真不愧是业界良心。突然想到去同济蹭饭不过是因为这周复旦请了两位同济的厨师来食堂开了两个特设窗口，想让同学们体验一下友校的日常风味，没想到引来复旦同学们的热烈反响，每天中午和晚上特设窗口都需要排队四十分钟以上，从一个侧面也足以看出复旦学子平日过的是多么“艰苦朴素”的生活。

周末“东亚政治概论”课程的老师邀请我们跟同样是他执教的欧洲各国留学生开展一次学术交流活动。在交流会上，我们就“中国的崛起对世界的影响”这一话题分别进行了观点展示和讨论，这也是我第一次和那么多的外国留学生用英文进行讨论，虽然表现并不十分完美，但对我而言也是一种很大的突破。通过和留学生的交流，我也了解了许多外国的风土人情和他们对于中国、中国人的看法。平日里习以为常的事物在他们的眼里竟然变得妙趣横生或是不可理解，这真是一段独特的经历与感受，我受益匪浅。活动还让我认识到，英语表达往往看似困难，其实真正开口说话后，一切都变得水到渠成。

转专业考试成功意味着下个学期我将变成新闻学院的学生，趁着周末看了一下今后两个学期的课程表，竟有一种迫不及待的感觉。我一直知道虽然对现在的政治学专业不讨厌，但却缺少激情，从看到选课表上的课程就只想着怎样能找到一门学习任务最轻的选修就可以看出来，更不用说迫不及待想上某门课程了。新的大门即将为我打开，我想我已经准备好了。

这两周的生活十分丰富，我好像找回到应有的学习、生活的规律和热情。其实，我想这也恰恰反映了我的不成熟，成长应该让人学会控制自己的情绪和心理。

2016年4月24日23：00

小　冰：

5月即将来到，春就这样匆匆离去，有几许落寞，却有更多期待。

凡事豫则立，不豫则废，你本次顺利转专业更是为这句话提供了一个实践的佐证。一年多来为着这一目标，虽不是全力以赴，但却也是先人一步，所以你虽有几分忐忑，但更多是成竹在胸与从容应对。

走进复旦是你生命里的幸福。其实说真的，我还真不是从世俗意义上的事业高度人生辉煌等等主张你去选择复旦，人的一生不单纯是为了功名利益而生活，从某种意义上说功名利益更多应是生命的附属产品，生活的乐趣，生命的光大才是一个人一生中更应该在意的东西。事实上从你在复旦的生活我真正感受到你在朝着这个方向这条道路大踏步前进。

“君子食不厌精，脍不厌细。”有人说这是孔夫子在祭祀时特别注重礼仪对其中事物的精细要求，但我更以为是夫子对自己的一贯要求，学习如此，人生态度如此，生活更是这样。高品质的生活虽不应成为我们的人生追求的终点，但我认为还是应该成为我们生活的重要组成部分。学在复旦，食亦在复旦，能够在复旦品尝上海的美食、江浙的美食，这难道不是人生的一大快事吗。

今天的时代是世界一体化的时代，地球村离我们越来越近，特别是对于你今后的生活，或许10年、20年，地球村也许就会成为你生活的常态，每天和各种肤色的人打交道，每天和说不同语言的人交流，每天和不同思想的人沟通乃至针锋相对。面对的事务、生活可能不再是一己的小我的时空，而是大我的宏观的存在。那时你需要的将是庞大的系统知识，你需要的将是繁复的驳杂思想。你今天每走一步，都是为今后的生活打基础，为今后的人生做储备，今天能够利用复旦这个平台锻炼自己，这不是生命的另一种幸福吗？

要好好利用复旦为你提供的这一平台，不断地挑战自己。具体说来，要敢于出风头，敢于去触碰自己生活不熟悉的东西；同时要善于动脑筋，尽可能多地去拓展锻炼自己，比如在和留学生交流中，不要满足于猎奇，仅仅只是一些不同习俗、生活习惯的交流是不能打开你智慧之门的，要更多地了解他们对世界的态度，对社会的看法，要有思想的碰撞；要善于发现自己的短板，不断地充实丰富自己，所谓下棋找高手，弄斧到班门，和高手过招，它对人的提升最重要的就是能发现自己的弱点，人最大的进步莫过于找到自己的弱点并不断地克服弥补它。

犹太人有一句谚语：“你需要在口袋里经常放两张纸条，

一张写的是‘我只是一颗尘埃’，另一张写着‘世界为我而造’。”今日的你也许只是一粒尘埃，微不足道，只要不断进步，明天世界将属于你。好好努力。

爱你的爸爸妈妈

2016 年4月29日

转专业后的苦恼

亲爱的老爸老妈：

现在是本学期第二次也是最后一次小长假，上海的天气终于在假期到来之前回归正常。不知不觉又到了高考前夕，若不是刘阿姨请各学校拍摄今年给高三学生的加油视频，我竟然忘记了两年前的我此刻是多么紧张和忐忑。在一路前行的过程中，曾经如此特别的时间也显得不再重要，我能做到的就只有不忘初心。

收到转专业成功通知后直到这周三都在确认学分转换和课程修读的有关事宜。今年新闻学院的政策发生重大改变，我发现自己竟然需要比一般本科生多修读一个学期还多的课程（一般要求145~150之间，而我需要修读180学分才能毕业）。这也就意味着我不仅要在大三一年修读60分左右的课程，而且直到大四毕业前都还需要补修新闻学的专业课。但是为了一直以来的目标，我也算甘之如饴，就如我在上一封邮件中所说，每当打开新闻学院的修读计划，看到未来两年需要修读的课程，我都可以清楚地感到内心升起的兴奋和期待。的确，新院课程的趣味性、鲜活性与实践性又岂是老古板的政治学所能够比拟的。

相比我认识的同班另两位同学，我倒显得格外幸运，他们由于下定决心大二转新闻，进校后一直按照原政策修读新闻学院课程而非自己的专业课程，导致学分严重缺失，需要在大四另外补修20多学分的课程（我只需补修7学分），这种欣喜感虽然有些落井下石不厚道，但不得不说这真是我在那段时间里收到的最令人感到安慰的消息（哈哈哈~），看来凡事按部就班不投机取巧自有它的收获。

五一假期你们正好能在天气热起来之前出门玩一玩，不然过段时间天气转热，妈妈怀着宝宝更加辛苦就再难出门啦！*^_^* 至于我，只能待在学校与成堆的期中作业相伴啦T_T……

于2016年4月29日20：00

小　冰：

一晃五一长假已然过去，这是一个真正属于劳动者的节日，千千万万旅游大军在各路景点杀进杀出，比拼着智慧与体力的消耗，还好咱家今年都不去赶这个热闹。

30日我们到黔江检查回来，碰到诸路大军直杀酉阳龙潭、龚滩，这些应该属于旅游大军中的“明智之士”，晓得不去触碰西湖、海南这些热路货，专拣别人容易忽略的冷门，殊不知冷门亦不甚冷，回来在高速服务区，至少有两拨人向我打听龙潭的远近与风物，第一拨我还如坠五里迷雾，他们咋就能那么敏锐地识别出我和酉阳有些关系？第二拨再一来我就恍然大悟，原来是我的车牌渝H出卖了我，看来这些人做的功课也还相当到位。

由此也引发了我的一些想法，天下熙来攘往，原来随大流者多。记得刚开始实行长假以来，长城、北海简直就是人潮的重灾区，人挨人，人挤人。几年过去了，两大长假变成了若干小长假，但是这人潮汹汹依然没有任何改变。记得去年五一上川河盖，半山腰堵车就花了我们四五个小时。此种旅游，经过这些年大伙的讨论，其幸福值肯定是大为可疑的，但依然那么多人乐此不疲。当今世界随大流者众，随大流有时是全身自保规避危险的方法，但更多时候却是把自己置于不利的境地。

此外就是人的侥幸心理。每个人在出门之前对节日之堵都洞若观火，但真正去做的时候往往都心存侥幸，认为或许没有那么严重，或者认为我所去的地方别人还真的不会跟我一个想法，凡此种种，这才有了但凡景区年年节日期间闹堵。世界之大，每一个个体的思维固然有自己的独特之处，可以不与他人雷同，不走寻常路。话是这么说，但在这个走路必撞脸的时代，要真正与别人不一样何其困难。但还真就有那么些人能够从众口一词的批评中发现机会，股神巴菲特有一句名言："在别人贪婪时恐惧，在别人恐惧时贪婪。"事实证明他又不是简单的投机侥幸，智慧与侥幸有个时候还真是一纸之隔。但我想，冰冻三尺非一日之寒，练就非凡的胆识与预判的本领还真不是说说那么简单。

幸福就在一念之间，回过头来说咱的五一，这个五一我不添堵，居然成了幸福的人。周末日子里，我跟妈妈就到森林公园的松树林里走一走，倦了在吊床中小憩一回，松林送浓阴，清风拂我衣，小鸟啁啾鸣，别有一种滋味在心头，幸福就这么简单。

爱你的爸爸妈妈

2016年5月4日

怀念大西北

亲爱的老爸老妈：

除了上海的天气依旧阴晴不定，其他好像并没有太多改变。眼看着学校里道路两旁的法国梧桐慢慢变绿淌下一地浓阴，就好像看到时光在掠过树尖飞快地溜走，转眼又来到了期末。

最近突然决定减肥啦，于是，目前真的很认真地在减肥，每天只吃一顿米饭，其他时间都用水果或者低脂麦片果腹，几乎不吃猪牛羊肉等，只少量地吃鸡肉和鱼肉，天晴时夜跑半小时，雨天就跳半小时健身操。所以我很有信心暑假回家时能够达到预定目标以下，昨晚视频聊天之后，看到老爸“一身横肉”还依然懒惰的样子，我觉得更有信心而且有坚持下去的动力了呢，哈哈哈!!!（所以，我也是很认真地说：“老爸你需要锻炼，快去减肥!”不然暑假回家你就再也没有嘲笑我的资本了。）

现在才知道端午节和校运会我们还有两次三天的假期，不过由于临近期末，出门去玩的概率也不高，我现在只一心盼望着顺利过完期末之后的兰州——敦煌之旅。本来也是突发奇想跟着室友去兰州，上一次去兰州还是小学时候的一家人出游，而且除了全羊宴和花果茶很好吃以外的其他东西我已经忘得差不多了（一名合格的吃货的修养!）。其实吃之于旅游来说本也该是极其重要的组成，人们常说的旅游五字诀“吃喝玩乐购”，“吃”字当头，“玩乐”反而成了附带产品。西北城市在这上面做得不错，民俗餐饮，风味独特，让过往游客比如我的味蕾率先被它征服，余下的当然只有乖乖缴械了。张爱玲有句名言“要想征服男人，首先征服他的胃”，其实每一个人的味蕾对于自己都很重要。十年过去了，我依然对这座西北重镇保有浓烈的兴趣就是证据。说到这儿，突然发觉减肥对于我来说可能是个奢侈的话题。

暂时还没想好怎么回家，一是敦煌之后的行程尚未确定，二是从兰州坐火车回家时间不适宜且转车辛苦，所以正计划着最后去一个方便回家的城市玩。

多吃水果，远离手机，适当减肥，保持健康。你我共勉！

于2016年5月8日09：30

冰　儿：

虽已是初夏时节，天气乍暖还寒，前日里艳阳高照，大多数人都穿起了短袖，昨夜一场冷雨，温度骤降十来度，今天大多数人又换回了夹衣。远在千里之外，当记得爱护身体。

古人有云：读万卷书，行万里路。中学时代，因为高考的压力，少有外出，一晃大学已然过去两年了，利用寒暑假到各地走走，看看老祖宗留下的传统文化，感受各地的自然美景与人文风情，而不是做一个读死书的学生。

前一段看央视“远方的家”栏目，里边有很多集都是在甘肃拍的，印象最深的有兰州丹霞，距离兰州城十多公里，连绵起伏，石赤如焰，堪比国内七大丹霞地貌的张掖丹霞；麦积山石窟，泥塑、石胎泥塑、石雕造像精雕细琢，栩栩如生，是国内人流偏少的奢华景点，其性价比很高；余外张掖大佛寺，黄河兰州段公交船，很多保护较好的古长城、崆峒山等都给人留下了很深的印象。空闲时候不妨下载来看一看，一来自己的旅途规划更加成竹在胸，二来也可增加一些感性认识与知识储备，三来还可学习学习那些外景记者的采访技巧。

幺爸在兰州工作了五年时间，去过很多地方，比如刘家峡、拉卜楞寺，甚至去过青海的塔尔寺等，也结识了很多朋友，他的经验自当是你前往甘肃的指南。向他人学习，向过来的人学习永远是我们高效工作、生活的捷径。

对于减肥这个话题，说句内心话，我觉得自己还是做得不错的。一是我能管住自己的嘴，不贪吃，更不胡乱地吃；二是我能迈开自己的腿，坚持锻炼身体。对于吃，我向来主张孔圣人的“君子食不厌精，脍不厌细”的思想，坚决不做饕餮之徒。当然这主要是得益于我那娇弱的胃，但更为重要的一点是我有坚强的意志品质。当今世界，垃圾食品泛滥，而这些垃圾食品往往都有着花哨华丽的包装，有着让人一看垂涎欲滴的色香的诱惑，但我能坚决抵制这种诱惑，远离垃圾食品。关于运动毋庸赘言，每天你从华为运动圈可以一目了然，我是当之无愧的老大，地位之固，无可撼动。

然而我在想，为什么你会对我有一个负面印象，老觉得我是贪吃贪睡不干活，堪比二师兄。寻根究底，我细细梳理，原来是你接受的负面宣传过多，没能亲见目睹，只听你妈反面的宣传，宣传的次数多了自然就成了真的。古人云“三人成虎”看来是有一定道理的。同时我也想到为什么国家一定要牢牢地把握舆论宣传机器，为什么在新时期的舆论环境整治中，任大炮、毕老爷等等那么一大批政商文化名人会首当其冲。由此我又想到在国内人文学科的政治风险问题，多年来人文学科在人们心目中的地位一直走低，年年高考，文科专业总是被人们另眼相待，一方面与它的就业率偏低有很大关系，但更重要的就是选择人文学科可能也就选择了一门高风险职业。因言罹罪古已有之，并非一时一地的发明创造，也绝非中国特色，因为政治上的争斗在任何一个时代任何一个国度都是不可避免的，有时候它还真无关对错无关真假。因此在今后的学习生活中我也对你提两点要求，一是能管住自己的嘴，凡事不要凭想当然就畅所欲言；二是能迈开自己的腿，多观察，多做事，特别是多做有益于老百姓的事，是非自有公理。

期待你在兰州度过一段快乐时光。

爱你的爸爸妈妈

2016 年5月10日

充实的期末季

亲爱的老爸老妈：

天气一天天炎热起来，又是一年夏季来临，学校道路两旁的梧桐树不知何时又变得郁郁葱葱了，每次骑车经过，阳光透过树叶之间的缝隙温柔地洒在头上、肩上，内心总会生出“春去夏尤清”的感叹，静静地享受着这清风与星星点点的阳光也成为我整个夏天里的最爱。

最近这段时间我过得尤其充实，每天收获满满，按时入睡，再充满活力地醒来开始新一天的生活。哲人说，幸福就是简单地生活。海子在他的《面朝大海，春暖花开》一诗里也曾经动情地这样描述：

从明天起，做一个幸福的人
喂马，劈柴，周游世界
从明天起，关心粮食和蔬菜

诗人对尘世幸福生活的解读就是这样自然而温暖。其实海子是一个沉湎于心灵的孤独诗人，一生追求真理与对生命的终极关怀、眷顾，在某种意义上他是与世俗生活无法相容的，但诗人理解的幸福却千真万确就这么简朴。事实上近两年在复旦的生活中，我也发现如果自己一旦只要单纯地面对学习、锻炼，就会把很多事情落到实处，做得很好；反之把生活看得繁复了，就会徒增很多麻烦出来。很多人在生活中都会不由自主地感慨“人在江湖身不由己”，是不是也是基于我一样的感受呢？但愿今后走向社会的自己会少一些这样的感叹。

最近开始准备一些课程期末论文和报告等有关事宜，希望借此能缓解期末的压力，毕竟每个学期的期末季时间总是显得尤其宝贵。虽然退掉了两门新闻学院修读计划外的课程，但本学期的学习并未因此显得轻松，一是因为那两门课程本来就没有什么要求，二是因为这学期的专业课任务尤其繁重。前两天得知暑假的小学期选课即将开始，还在犹豫是否要选修两门小学期课程，以缓解未来大三、大四的学业压力，没想到选课系统刚一开放所有课程即被“秒杀”（暑期小学期选课遵循先到先得原则）。同学们纷纷调侃：“这明摆着让我不要学习了，毫无牵挂地回家玩耍啊！”我想这也恰恰道出了我的心声。

周末准备和同学一起参加一次老人之家的活动，顺便就定性研究的课题进行调查研究，第一次参加这样的社区公益性活动，也是第一次和上海的老人们进行面对面交流，我想一定会有特别的收获。

于2016年5月14日10：00

小　冰：

秀山这两天的天气变化太大了，一忽儿是二十几度的闷热天气，一忽儿又是暴雨滂沱，气温骤降十来度，特别是今日一场大雨，平地起水七八厘米，四处泽国，人们该又到花灯广场“看海”去了。

这个暑假即将走向职场，肯定充满忐忑与期待。我的理解，所谓文科，从根本上说就是研究与人打交道的学问。尤其是新闻，它虽不是专门研究人际关系的学问，但它的每一则材料都来源于他人，来源于与他人的有效沟通。自小到大，你都是生活在爸妈的悉心呵护之下，虽然你的性格比较开朗，人也比较自立，我们也有意识地想锻炼你在人际交往中的能力，但一直到走进大学，你几乎都没有脱离我们的视线，甚至都没有住过一天集体宿舍，所以只能是想想而已。大学两年，你与同学们关系和谐，表现出较强的处理问题的能力。但真正走进社会，走进现实中去进行新闻采访，可能与单纯的同学关系、师生关系还是有较大的区别的。

隔行如隔山，我不是搞新闻媒体，也没有相应的从业经验，没有很好的经验交给你，但有一些共通的东西还是想与你分享。一是学会降低自己的身份。采访的对象千差万别，很多人甚至是生活在社会最底层从来不被别人尊重的人，要想得到他们真实的想法，让他们能够敞开心扉跟你畅所欲言，你得要跟他们站在同样的高度跟他们平等对话，用他们的思想，他们的语言，而不是一口学生腔，动则国家民族、责任道义可能是不大容易得到你想要的东西的。二是要练习与别人套近乎的本领。当今社会，人际关系淡漠、冷漠，人与人之间疏于交流沟通，甚至有本能的排斥，但只要注意观察，你会发现骗子是最会跟别人沟通的，只要是他的目标群体，没有打不火热的，他们有种天生的本领就是跟人套近乎。三是要善于识别别人的话的真实性。逢人且说三分话，未可全抛一片心，这是人之常情，但也有的人极尽夸夸其谈的本领，有着三分，他能说出十分甚至是十二分来，至于事实嘛可能就只有你自己去判断取舍了，凡事在心里问几个为什么，立足常情，立足现实，立足社会，不是别人怎么说你就怎么信。四是多观察，多借鉴，谦虚求教。你所去实习的媒体，都是国内顶尖的，师傅不一定能手把手指导你，但他们的方法，他们的思维却是你自己可以通过观察思考能够捕捉的，工作很多时候是只可意会，不需言传；你是第一次参加采访实习，不懂的要多问，没有谁会拒绝一个好学者。

当今社会，对绝大部分工作来说，最可靠的不一定是专业知识，更有效的往往是经验与能力。不断琢磨，不断进步，期待咱家也出一个大记者来。

天气热了，又身处都市，出门在外要小心感冒中暑；要注意安全，结伴外出，随时和老师同学保持联系，随时保持应有的戒备心。

爱你的爸爸妈妈

2016 年5月19日

爱上美食

亲爱的老爸老妈：

又到了一年的五月末，正是一年中天气最美好的时候，阳光和煦、雨量适中、万物勃勃生长……过去的五·二〇正好是小敏的生日，虽然由于天气原因没能实现挂念了两年的欢乐谷游玩计划，但也难得在外面玩了一整天，晚上在南京东路第一次吃泰国菜，感觉格外新奇，于是决定这次的邮件写一写最近在上海吃过的各国美食（附上各种照片，哈哈哈哈~）。

东南亚的饮食格外重口味，不仅酸味浓郁，而且几乎所有的菜品中都含有水果和海鲜，但却出乎意料地合我口味，其中以咖喱牛肉和冬阴功汤最让人惊艳。正好想在这个冬天报名参加东南亚的国际义工活动，这也打消了我对饮食的担忧。

在上海吃了很多次日本菜，却始终没能鼓起勇气单点一份刺身，不过其他的菜品倒是尝试了不少。现在才知道日式sushi（寿司）和韩式紫菜包饭有着明确的区别。sushi中的饭团有着特别调制的酸味，配合各种生鱼片，蘸日式酱油食用，口感丰富浓郁，其中的生鱼片并没有想象中那么难以下咽，没有丝毫血腥味，反而在饭团和酱油的衬托下充分发挥了各种鱼肉的独特口感。拌饭中的生鸡蛋也并不是我以为的普通生鸡蛋，而是经过了特殊处理，饭的热气使生鸡蛋达到半熟，伴着甜牛肉和米饭格外好吃。日式烧烤和清酒绝佳搭配，让人回味无穷。

好像除了中餐和各种西餐厅外，上海人对韩国菜格外偏爱，于是韩国餐厅遍布了上海的大街小巷，也成为我吃过的外国餐中最多的。与之前在秀山吃过的纸上烤肉不同，韩国烤肉都是碳烤，铁网上均匀摆放生肉片和各种蔬菜，在火光的映照下吱吱作响。一般还会送泡菜、土豆泥、南瓜甜粥等，性价比极高。我最爱的是各种蛋包饭，黄灿灿的蛋皮淋上鲜红的番茄酱，让人格外有食欲。拉面、石锅饭和泡菜饼等也是韩国有名的特色美食。

一般所说的西餐厅其实根据国别和正式程度分为很多种，像我这样的学生较多去墨西哥或美式餐厅，而且是西式简餐，因此环境随意、价廉物美。众多美味中，我偏爱意大利面、沙拉和烤肠。

其实想到写下这封特别的邮件也是因为忽然有一天打开手机相册发现里面堆满了各种食物的照片，仅次于课堂PPT，而远多于风景照和个人照，有感于我对吃这件事格外钟爱的同时也希望能和你们简单分享自己的感受，虽然至今没能出国，也算从舌尖上品味了世界。

于2016年5月22日11：00

冰　儿：

一晃五月又到了尾声，两年前的现在可是你最紧张的时候了，屈子有云：“日月忽其不淹兮，春与秋其代序。”看来所言不虚。

读了你这么一长串的关于在上海吃的东西，妈妈得出一个结论：真不愧一个地道的吃货！哎，不过话又说回来，吃了还能照点照片，还能在爸妈面前晒一晒，好让我们清清账目，不是一笔糊涂账，倒也还不算坏事。

其实古往今来文人雅士哪个又不是一个吃货呢。中国古代就有个饕餮之徒的词语，至于真正的饕餮之徒那更是代有才人，各领风骚。辛弃疾在《水龙吟·登建康赏心亭》留有“休说鲈鱼堪脍，尽西风，季鹰归未?”，还整进了今天的中小学教材；至于苏东坡，那更是一个地地道道的吃货，不仅首创了东坡肘子和东坡肉，更是写出了“罗浮山下四时春，卢橘黄梅次第新。日啖荔枝三百颗，不妨长作岭南人”这样妇孺皆知的绝句来。

到了近当代，那更是一个比一个会吃：张大千在敦煌时专门留有一份菜单；梁实秋曾在《雅舍小品》一书里肆无忌惮地描写自己喜欢吃的汤包；毛泽东出身农家，所喜爱的吃的东西也更实在，红烧肉和苦瓜。凡此种种，不一而足。看来好吃不只是某人的专利，《舌尖上的中国》能勾起亿万国人的口水便是明证，只是有些名人把它编得更文绉绉一些，整出一朵花来罢了。

其实不仅是各地美食，选择记者这一职业还真就要什么都了解一点：美景、美食、美人，人之所共欲；市井、街坊、起居，饮食男女日日相伴随；文学、书画、歌舞，登得大雅之堂。凡此种种，你若不知，采访时候跟别人没有共同语言，别人信口雌黄你却不辨真伪，写出文章来也不免说外行话，贻笑大方。

古人有云：读万卷书，行万里路。身为学生，品尝校园周边各国美食，并且找出它们的共性与差别，这很好。人一生就要这样不断尝试实践，不断去观察总结，发现未知和已知的联系，找出他们的区别，这样才能真正获得有益己身的真知灼见。

期待你今后对生活更多的发现。

爱你的爸爸妈妈

2016 年5月26日

实习前的忐忑

亲爱的老爸老妈：

这是本学期的第13封邮件，也是进入大学以来的第51封，时间的流逝在这一字一句间的量化而变得格外清晰。

进入大学之前和你们定下的这个约定，之前虽然并不觉得很特别，但还是好不容易才坚持下来，即使在忙到想把自己分成两半的期末季也竟然没有让我放弃，现在翻出这两年的往来所有邮件才发现格外的珍贵和感动。它们见证了我在魔都、在复旦生活的每一天，从酱肉包到肥牛丼，从妖风到梅雨；也见证我从幼稚不断走向成熟，逐渐掌握选课和应对考试的技巧；它见证了我的所有重大选择，从社科分流到转专业去新院；也见证我们家庭的点点滴滴，从假期出游计划到共同迎接新成员的到来……不得不说，这两年来的坚持已经慢慢习惯成自然，邮件也从必须按时上交的“任务”到每周必写的“周记”。而不难预料，四年之后，厚厚的一百余封邮件将成为我大学生活中最为重要和永恒的纪念。

这周以来，最为重要的一件事就是制作个人简历和填报实习志愿。其实之所以一直犹豫不决，很大程度上是由于转入新院后感到自己和原来新院学生之间的明显差距，文笔方面暂且不论，新院的同学们每人都对各种录音、摄像、摄影等设备操作十分熟练，还有各种视频、音频的剪辑制作也都习以为常。这让我在实习单位和职位的选择上感觉较为被动，一方面希望能在实习中多学习一些知识，锻炼自己上述的各种能力，一方面又害怕在紧张的实习环境中自己的弱势会直接影响到实习考评成绩和老师的评价。无论如何，艰难的选择已经暂时告一段落，现在只需要安心地等待最终的实习安排，但我想自己在新院的学习还有一段艰难的路要走。

又到了让人又爱又恨的期末季，接下来直到考试结束的这段时间里都会忙于完成各种期末作业和考前总结、复习。因此下定决心，每天早出晚归，外出时间内不携带除电脑外的任何便携式电子设备（我的电脑在宿舍外的地方永远处于断网状态，仅仅是一台打字机罢了！哈哈~）。期末加油！

于2016年5月27日22：00

冰　儿：

先一起来温习一段名人语录，古今之成大事业、大学问者，必经过三种之境界："昨夜西风凋碧树，独上高楼，望尽天涯路"，此第一境界也；"衣带渐宽终不悔，为伊消得人憔悴"，此第二境界也；"众里寻他千百度，蓦然回首，那人却在灯火阑珊处"，此第三境界也。——王国维

每一位中学出来的孩子对这段话都耳熟能详，但事实上就是这"消得人憔悴"让很多人半途将之前的计划束之高阁，不知不觉中成为因循苟且、高度"社会化"的人，所以古来成功者寥寥。这些看来是有些高调，但事实就是这样，天资与后天条件相同的两个孩子，十年、二十年过去后，已然判若云泥，

完全成为两个不同世界的人比比皆是。古人说，三岁看八十，但我却认为未必，我以为产生巨大差异的最关键是你青春的十年、二十年如何度过。

小时候你在雅江，应该还记得一起玩耍成长的那个女孩子，在你们小时候，我们一致认为她是一个漂亮乖巧、天资聪慧的孩子，说句心里话，在你们几个懵懂无知只是一味贪玩的孩子中，她的确表现得很出色。两年前，你们一同高中毕业，你顺理成章走进复旦，她却选择放弃高考走进社会。说实话，听到这个消息，我和妈妈都唏嘘不已，当然也包括其他熟悉这个孩子的人。去年，当另外两个孩子考进重点院校时，我们又是止不住感叹。不上大学当然并不等于给她今后的人生作出某种最终断言，但我想她今后的人生道路肯定要坎坷许多。

长期与家中保持通信它不仅是你时刻紧握跟家里的亲情纽带，它更多也是在磨炼你坚毅的品性，这远不是电话可比肩而论的。成功不是一定要做大事，长期坚持把一件小事做好，并且持之以恒地做好每一件事，成功离自己就越来越近，特别是对于这个缺少苦难与磨炼的时代的孩子尤其如此。对你这两年来的表现，爸给你点一个赞。

初初转入新闻学专业，可能有诸多不适应，原因是别人在技术上比你先跑了一段距离。但也要看到自己的长处，你在基础写作上的能力很好，在政治学理论上的修养比别人深厚，这些都是你今后进入新闻行业得天独厚的条件。但别人先跑的路也要想法追上来，多向同学学习，那是你最好的路径，假期的时候找二姨伯学一些技术上基础的东西，也可以到县里电视制作中心找人带带你。秀高德育处大名鼎鼎的刚哥学了不到一个月，就能够像模像样制作出一些视频材料，所以我是这样认为，技术上的东西，它更多是熟练与否的问题。欧阳文忠公在自己的小品《卖油翁》中借卖油翁“我亦无他，唯手熟尔”的话，早就说出了这个道理。

都说乱世出英雄，随机地塑造“英雄”的时代它只能是乱世。当今社会各种制度日趋健全，对初中级人才的选拔更多应该体现在对程式化的适应和把握上，也就是一个天道酬勤的问题。不断激励自己，凡事勤快一点，努力一点，成功就属于自己。

最后我要特别向你指出的是上次让你写的征文，竟然完全不看要求，别人只要求写800字，你竟然作了个2 800字来。抓住一头就跑，这是极其有害的，凡事要看清楚，想明白了再做。

爱你的爸爸妈妈

2016 年6月1日

两样“奇怪”的东西

亲爱的老爸老妈：

本周上海的天气一如既往的阴晴不定，更迎来了入夏以来强度最大的暴雨之一，幸好之前的亲身经历已经让我深刻认识到上海的暴雨天气拥有着将半座城市转瞬变成“汪洋大海”的能力，不然一定让自己措手不及。

这周在淘宝上买了几样“奇怪”的东西，让我的室友大吃一惊，哈哈！前两样都和即将到来的端午节有关，一是咸鸭蛋，二是五芳斋肉粽。

由于地域差异，从小到大都对咸鸭蛋没有具体的概念，直到初中时读到汪曾祺先生的描写："筷子头一扎下去，吱——红油就冒出来了。"每每看到这里，馋得我口水直流，只可惜身处大西南且当时没有淘宝"神器"，只能想想而已。如今身处江南水乡，虽然受学业所限不能亲自前往高邮吃到地道的咸鸭蛋，却再一次勾起了我对高邮咸鸭蛋的向往，因此迫不及待地买来一尝。咸鸭蛋味道确实很好，只是单吃太咸，味道不如想象中那么惊艳，抑或只是"得不到的才是最好的"心态作祟吧！

五芳斋的粽子真是名不虚传，来上海之前就听从小生活在江浙地区的同学对它赞誉有加，因此决心要尝一尝真正的五芳斋的味道。去年却因各种机缘不合没能达成这个心愿，今年临近端午突然看到朋友圈中同学们各种吐槽学校粽子的评语，再次想起便马上在网上的五芳斋旗舰店下了订单。粽子一到就马上用室友煮泡面的小锅煮来一尝，虽然条件有限，好歹吃到了煮熟的肉粽，鲜肉肥瘦相间、蛋黄新鲜质粉，好吃是好吃，却让我联想到了家中粽子的清香气来，徒惹半日烦烦恼恼。又是一年端午节，可惜远在上海，不能吃到家中的粽子，若暑假能够回家一定要吃个够。

最后一件也是了却我心愿的东西，虽然一直以女汉子形象示人，但好歹身为女生，内心总会有一丝少女情怀（哈哈哈~）。想学钢琴却刚开始就放弃了，一是自己本身对钢琴不太感兴趣，二是练习起来颇为不便，说好假期回家学习吉他也一直没能真正开始。于是，我买了一把尤克里里（夏威夷小吉他），希望能在即将到来的暑假，在实习的间隙自学。决定买下这把小吉他的原因很多：一是尤克里里小巧可爱，不占空间且方便携带，在学校和家中练习都很方便；二是自学简单，对于我这样音乐天赋一般又极想拥有一项乐器技能的人再适合不过；三是在网上听到别人弹奏尤克里里，声音温暖清丽，适合女生。

即使身处期末季，也要随时怀有一颗热爱生活的心，哈哈！完成了心中的三大念想，感觉期末的学习也更加有动力了呢！

于2016年5月31日20：00

小　冰：

端午的水涨了，浑黄翻滚的浪涛奔腾不息，刚放晴一两天马上又来一夜暴雨，前几天连渝怀铁路也因暴雨而中断了两天。集市上人来人往，卖粽叶的，吆喝鸡蛋的，雄黄的，熙熙攘攘，川流不息，端午节就这样到来，它不像过年，不需要人刻意去准备什么，就悄无声息地来到你的身边。

日前我们专门到舅妈家包粽子，你舅妈最拿手的鸡蛋红烧肉粽。兰孃们去了，红柳姐们去了，诗瑶姐的舅妈家也去了，加上二姨、肖贤哥哥们，二十来人，浩浩荡荡，队伍甚是庞大。四个人包粽子，三个人煮饭，其他的打牌、杀鳝鱼，照顾孩子，大伙其乐融融，每个人都忙得不亦乐乎。

你出生在独生子女家庭，又长在一个兄弟姐妹成群的大家庭，这于你是一件幸福的事。国人古来就推崇团结和睦的大家庭，一个大家庭就如同一个社会团体，自有一种精神，一种风气，各样的家庭成员扮演着自己独特的人生角色，承担着自己的家庭责任，同时又互相熏陶，互相砥砺，就这样推动着一个个年轻的成员不断走向成熟。为什么国家现在倡导良好的家风，就因为它在人品的塑造上是其他任何团队都不能替代的。

独生子女家庭或小家庭结构是今天社会的普遍选择，我以为一在它的私密性，这是所有社会成员都需要的；二是它天然具备的良好竞争性，在一个大团体中每个个体的存在感毫无疑问会被削弱，他对自我能力的展示自然就打折扣。而你却既占据了小家庭的优势，又尽享大家庭的快乐，就在这样的大小家庭成员角色的转换中，既促进了你品性的发展，生活学习的能力又得到了充分的锻炼与激发。幸福吧，孩子，你今天能够达到这样的高度是件多么幸福的事。

今年我们又去摘枇杷了。今年风调雨顺，特别适合果木生长，满坡的枇杷鲜黄硕大，格外喜人，经过一番上坡爬树，两个小时的劳动，竟然有百来斤的收获。尼采说，人就像一棵树，他愈想伸向高处和明亮处，它的根就越要向下，向泥土。仔细想想，还真有些道理，大地是不会亏待勤奋的人的。诗人们都不厌其烦地赞美春天，殊不知，夏季带给人的充实远非春的五色鲜花可同日而语的。

今天是高考的第一天，看到那些小鲜肉们的热情，自然就想起你当年来。距离你参加高考已经整整两年了，两年前的那份激动、紧张、期待仿佛历历在目。这两天在家里谈论最多的就是你当年考试的情景，人生的成长与蜕变就在这一次又一次的紧张与克服紧张的过程中达成，每次激动都是自己成长的记录与见证。今天，高考之于你应该更多是一份甜蜜与欣慰。

再过一天就是端午节了，秀山各地都在做划龙船的准备。美好的事物总是那么易逝，当年我们全家在洪安看龙船的时候是多么温馨。咚咚的锣鼓已经敲起来，不知什么时候你再能和我们一起去看划龙船。回忆与感伤都是人走向衰老的标志，虽然今日之我依然精力充沛，但有时真怀疑自己是否已经老了。

同时你也要时时提醒自己，珍惜自己今天的美好时光，别让它过早变成了回忆。

爱你的爸爸妈妈

2016 年6月7日

第五季 激情复旦

大三了

冰 儿：

昨日落了这个秋天来最大的一场雨，淅淅沥沥从上午10点一直持续到下午5点一直不停地下。一场秋雨一场寒，校园里渐渐褪去盛夏以来的那种狂躁暑气，绝大多数人在午后都换上了秋装，真正地感受到了秋的味，秋的韵。

忙过了开学乱七八糟的琐事，突然间才发觉好久没有跟你笔谈，竟然觉得话题也少了很多。别人都说树老根多，人老话多，由是看来老爹不老。

转入一个新专业，一定有诸多不适应吧。新的老师，新的同学这倒没什么，长期以来你读书都是颠沛流离，四处漂泊，最好的算来也就是居有定所。但关键别人是一个相熟的团体，新闻学院的同学已经经历两年的同风雨、共患难，而你就是一个撞进别人圈子的外来户，他们是把你当成入侵者还是同盟者呢，这就是考验你人际关系处理本领的时候了。但念到你也是久经磨难，应该有自己的一些办法去融入那个团队。进入一个新的团体，进入一个新的领域，有些话老爹还是要提醒你。大学它已经是一个准社会化的团体，它跟中小学还是有一些区别，人与人不再是单纯的性情相近、意气相投，它已经有了一定比例的利益取向，所以尽量不要轻易去触动别人的利益，毕竟你是一个新来户。二是平时多观察，多思考，不要把原来班级适用的原则套用到这个团队，多留心这个团队的一些原则，黛玉进贾府，时时留意处处小心还是有一定道理的。学新闻，还要多观察社会，多思考生活，对国内外的重要事件要保存必要的敏感，关注主流的社会舆论走向，又要有自己的看法。建议你平时多写一点新闻评论，养成将自己的所思所感系统化，诉诸笔端的良好习惯，每周练，甚至天天练，或者可以尝试投稿，很多报刊都专门开辟有时评专版，比如《中国教育报》，我看上边还有很多是在校大学生的作品，要敢于尝试；三是谦虚谨慎，人们都说新闻无学，在理论方面它可能没有多少自己高深的东西，但今日的新闻在技术上的突破可谓是日新月异，你要知道，在技术这方面，每一个同学都可以成为你的师傅。轻艰深的理论，重朴素的实践，这可能很对你的个性，但我以为，越是实践性强的学问，越是考验一个人的本领，观察的本领，分析的本领，合作的本领，应用的本领。“转益多师是汝师”，我希望你要牢记古人的这句良训。

今日读了一篇有关曾国藩的评传，标题就叫《曾国藩——从“中人”到“完人”》，先生是中国近代少有的在儒学、政治、军事、治家都颇有建树的奇才，我在青年时期只知道他是一位极其稀有的同时深受国共两党最高领袖——介石先生和润之先生推崇备至的杰出人物，但读了传文，方知伟人之所以伟大并非都是天纵英才，更多的一个重要原因就是有准备，持之以恒。“唯天下之至拙能胜天下之至巧”，先生在家书中如是谆谆告诫亲人，言近旨远，值得人一生品咂。以前买了一本《曾国藩家书》，可惜走马观花，没能细细品读，现在决定再抽点时间，慢慢将它读完。其实天下之事大多如此，坚持把一件普通的事做好，就会有很大的收获，但绝大多数人最不能做到的也就是这一点。

今日我们的家庭，可谓是一年皆有，四季齐全。爷爷奶奶是沉寂的寒冬，默默无闻；弟弟是涌动的初春，日新月异，每一天都是新的；你是躁动的夏日，极其想突破自我，去寻求自己崭新的生活；我和妈妈自然就是眼前这个季节——秋天了，经历了人生的诸多磨难，走过了岁月的风风雨雨，当然自有我们的一份冷静。此种比喻不知是否恰当，但总的说来我们是各个年龄阶段的成员都有了，这是一种幸福。但初春毕竟尚早，冬日多经严酷，最好的自然是夏日与秋凉，我们应相互砥砺，去带动春与冬的沉默，给这份幸福增添一份活力。

爱你的爸爸妈妈

2016 年9月10日

亲爱的老爸老妈：

虽然已经开学第二周了，但这才是本学期写下的第一封邮件。说是两周，实际上只上了八天的课，其他时间要么在忙于上课、选课、实习报告，要么就趁放假和同学朋友出门聚餐、玩耍，所以竟一直没想起来动笔写邮件，从第三周开始，新学期的生活总算要迈入正常轨道了，写邮件的每周活动应该也不会再间断。

说实话，两年之前我们约好每周给对方写一封邮件时并没想到能坚持到现在，也没想到能给自己的生活带来什么不同，但现在看着安静存放在电脑里的近百封邮件，才蓦然发现原来时光匆匆，这件看似简单的事情竟然已经坚持了两年，回头看这些邮件中记录下的两年大学生活的点点滴滴，心里总会有股难言的满足和感动。

现在人们已经习惯于一个电话、几条微信就解决所有的事情，除工作必须，通过邮件交流正离我们越来越远，更别提手写书信。每次我跟别人说起这两年来我和父母每周都要互通邮件时，他们有不解、有赞叹，反应各有不同，但相同的是没有一个人想到或准备去做这件事。说起来，社会发展到今天，日记、书信、邮件这些东西乍一看来实用的意义确实不大，但时光却赋予了它们别样的价值，有时人们日复一日忙碌却又不知自己在忙什么，笔尖的记录就会让那些被人遗忘的时间开出花朵来。但是生活始终缺少有心人，时光又总是善待有心人，只希望自己能够成为一个越来越有心的人。

接下来说说新学期的学习和生活。这个学期虽然学分不是近两年来最高，却应该是压力最大的，因为在修读新闻学本学期要求修读课程并补修原专业课程外，我还要补上新院学生前两年已经修读的几门基础课程，所以这个学期的专业课前所未有的达到了十门之多（以前最多八门）。但是新院的课程真的都很有趣，相比于传统刻板的政治学理论，我还是更喜欢严肃与跳脱兼具的新闻学，甚至趁着开学课少，还旁听了几门广电的课程，不得不说看着广电同学们手里拿着摄像机、单反，每天在摄影室、演播室、录音室来回跑，空闲时间泡在全是苹果顶级设备的机房里剪片子，内心觉得十分炫酷，但羡慕归羡慕，我也更加清楚和坚定了技术流不是自己所擅长的想法。现在我的目标是能够在学习新闻学专业课程的同时更多地吸收广电、传播、广告三个专业的知识，原因不仅是要成为一位优秀的媒体人，更是单纯出于兴趣与充实自我的渴望，我越来越期待接下来两年在新院的学习和生活，一定会有别样的精彩和收获。

于2016年9月18日21：30

哲学讲座

亲爱的老爸老妈：

上周刚说好以后会按时写邮件，没想到这周就爽约拖延。上周四第一次去上一门哲学课程，老师却突然通知周六中午进行一次讨论课，整个周五和周六上午就在手忙脚乱的查资料和写讨论稿中度过，尤其我平时学习和阅读中较少接触哲学，谈论哲学问题总有些茫然无措，总是想到一半就开始自我怀疑，这次讨论课前的准备耗费我很多时间和精力。大概真正的哲学家不是天才就是疯子，写出的文字大多艰涩玄妙，进到人脑子里就像纠缠不清的毛线团，各派思想又总是激烈冲突，各有道理，这也是我对它总有些敬而远之的原因。这次查阅资料的过程中看到的一句话倒是很符合我心目中的哲学："哲学是人类智慧的高峰，也是人迹罕至的荒原。智者惺惺相惜，成为贯穿时间和空间的，人类唯一的真正共同体。"

不得不说哲学是一门很特别的学问，爱它的人爱得死去活来，不爱的人觉得它毫无道理。周五晚上我还特地去参加了一次福柯纪录片的放映，导演汪民安，一位以研究福柯思想闻名中国学界的教授。纪录片七点开始，我六点半到，本以为这种学术性较强的哲学家纪录片应该比较冷门，没想到现场十分火爆，慕名而来的观众挤满了能够容纳五百人的报告厅的角角落落，很多人甚至席地而坐。在亲身经历前我真的难以想象这样的场景，近千人安静地挤在黑暗的报告厅里，热切地盯着大屏幕上完全由采访片段拼接而成的毫无趣味性可言而学术性极强的纪录片，报告厅两侧的窗外还挤满了没法进场的观众。这个过程中我不止一次地想“这真像不法集会的现场”而忍不住笑出声来。但同时又觉得莫名的感动，大概离开学校，离开复旦后就再也不会有这样的经历了。虽然纪录片并未对我的讨论稿有所帮助，但那天晚上感受到的对知识的热情我应该会铭记一生。

至于新闻学院的专业课，在周六视频里我已经说过很多。新院的课程大多注意实践性，几乎每门理论课的老师都会在课前分析新闻或要求我们上台讲新闻后进行点评，而技术性课程的老师几乎每周都要求我们提交照片或摄影作品。这对我而言是全新的挑战，但我感觉乐在其中。

于2016年9月26日17：30

冰　儿：

秋风飒飒，这是一个极易触引人思绪的季节，它让人联想到季节的轮回，它让人联想到生命的更替，它让人静静触摸生命的静穆与曼妙，岁月的充实与安好，多美的季节啊。在这个季节里，常常让人诗情万千，不由自主地涌动起赞叹与歌颂生活的畅想。

记得两年前的国庆节，我们一家人在复旦，光草的夜清凉但却满含热情，一群群的青年学子互动游戏，聊天，畅想未来。我向来这样认为，大学之美，并非只在它旖旎的风景，气派的建筑，或是让人高山仰止的大师，更多是在于它的非功利性对人的潜移默化的熏陶影响。今日之大学，很大部分则背离了这一原则，或以就业为宗旨，或以考研为目标，不重学生的专业素养养成，部分甚至从根本上毫不在乎学生的人文积淀之浅深，导致有学生大学四年就学一本书——行政职业能力测试。此种学风自然与当下激烈的就业竞争相关，当然也离不开今日日趋功利的世风，但我认为直接的板子应该打在担负着育人重任的大学和与学生密切联系的大学教授的身上，正是因为他们的不负责任，自我弱化矮化才造就这样种畸形的教育。从内心里说我更愿意把这样的大学视为是职业技术学校甚至是职业培训机构。

今天看到你的大学生活，更坚定了我对当初我们一起选择复旦的正确性的判断，什么是大学？大学就是无忧无虑地研究关于人类社会、历史、现实的大学问的地方，它也关注规划未来的职业，但那毕竟是在提升自己的人文修养、专业素养的过程中自然而然顺理成章的附属产品。正如你的今天，一大群人聚在一起不带有任何功利看别人研究福柯思想，一知半解地读哲学原著，信马由缰地对老师谈某一个专业知识，然后赢得同学们善意的笑声。这种学习，在当下的中国，可能只在复旦，或者类似复旦的少数的几所大学才能够享受。其实不仅仅是大学学习，就是以后走进了工作岗位，也不要把自己变成除了职业余外便一无所知一无所恋的专业狗。要知道圣人不立功，不立名，声名却千年相续。

对复旦的印象，除去光草，最深就校园那幽深幽深的林荫道，应该是法国梧桐吧，浓荫匝地，密密实实地铺就一条时光隧道，一头连着市声，一头系着空灵，在物质与精神之间纠结缠绕，制造出超越世俗的传奇，其实，在五角场这片寸土寸金的地方，它的存在本身就是一个传奇。

明天又是新一年的国庆节了，举国维新，继往开来，想起两年前我们一家人在上海度过的那些日子，止不住思绪奔涌。

奔跑在复旦，且行且珍惜。

爱你的爸爸妈妈

2016 年9月30日

纠结的锻炼

亲爱的老爸老妈：

明天又是一年一度的国庆节了，今天上午的课程停课一次，所以我的假期其实已经开始，然而这并没有带来什么改变，就像此时的我还是坐在图书馆里写下这封邮件。

最近上海的天气很奇怪，明明是阴雨，室外吹着冷风，室内却很闷热，即使开着门窗也透不进一丝凉意，每门课程结束都会闷出一身汗，所以我几乎不想走进那令人生厌的教室。我极其讨厌这样的天气，闷热让人的心情变得烦躁，无时无刻不在的小雨导致外出不便，尤其当我猛然发现国庆期间需要完成四篇作业和无数的阅读、复习后，我开始庆幸没有买到火车票，没能预订到酒店，难以想象在这种情况下出门玩耍，回到学校的我应该怎样地彻底崩溃。

这学期开学后一大半时间都是阴雨天气，加之学业紧张和自己惫懒，基本上很少出门跑步，室内运动也打不起精神，毫无激情可言，仅仅锻炼了两三次。我觉得很是惭愧，自己的锻炼情况受天气直接影响，一旦阴雨天气不能出门跑步，我就为自己找到了懒惰和不锻炼的理由，尤其在连续阴雨之后，我往往要间隔很久才能下定决心再次跑步。或许每个人都有这样的惫懒心理，可我始终难以克服，而且似乎没有克服它的勇气和毅力，我已经意识到了这个问题，虽然感到挫败但常常无计可施。

我常常在想，一个人的意志力真是个奇怪的东西，在极度严酷的环境下他可以战胜一切的险阻，去取得优异的战果；反倒是在不好不坏的境地，人往往不能找到自己的目标与方向，更遑呈保持坚毅的品性去完成一些并不困难的抉择。社会学家有“温水煮青蛙”的隐喻，或许我们每个人都不能摆脱这样一只青蛙的宿命？这次国庆趁着大家都出门玩耍，我决定做出一点改变，连续预定了三天的羽毛球场地，希望能破坏一下体内日渐膨胀的脂肪而挽救自己。

于2016年9月30日10：00

冰　儿：

一年一度的国庆如约而至，但今日对国庆已经没有了少年时的期待，好像就一个，就是添堵的日子，只要外出，普天之下人山人海，景区四处爆棚，非赏景，只看人。窝在家里又觉得心痒痒，堵得慌。昔日贤人说得好，是进亦忧，退亦忧，然则何时而乐矣。

此前有一篇新闻特有意思：乐山，排队三小时，只看大佛耳朵。讲的是乐山大佛景区今年游客特多，游客迂回曲折辛辛苦苦排队三个多小时，只能远远看看大佛的耳朵，做一点“到此一游”的遐想，想一睹大佛的真身吗，对不起，你得排队

4~5小时，4~5小时也不一定成，那得看你与佛是否有缘分。如若大佛有知，不知该是怎样的暗自得意。这又让我想起去年暑假我们在黄果树来，跟着别人的屁股，亦步亦趋走走停停个把小时，好不容易才穿过瀑布，如若今日，恐怕至少也得三五个钟头吧，不敢想象那是个怎样的情景，添堵。

节日之堵，我以为首祸在官方错误的决策。为拉动消费，人为地制造出些所谓的“长假”，人们一窝蜂涌出去，四处宰客不说，对各地环境、设施造成的人为破坏无以复加，节后即劫后。更有甚者，每年的长假，往往是车祸事故高发时期，各种路怒症，连环车祸此起彼伏，每次事故动则是数条生命丧生，多个家庭陷入万劫不复的深渊。今年国庆，仅秀山周边我听说的就发生两起恶性交通事故，其中武隆追尾好像一共损毁车辆十多辆。此种政策从根本上就是五六十年代政治运动的残余，建设性的东西少，产生的破坏极大。

我想如若化整为零，预设若干个小假期，不同的行业再交替辅以不同的公休假，人们的生活不再那么紧张，造成的节日后遗症也不会那么严重。古人云“君子一跬步皆关民命”，此言极当。

节日弊政同样也暴露国人骨子里好跟风，不能真正懂得享受生活的劣根性。官庄雅都，就是我们以前看荷花的地方，种了一大片花草，国庆节前发了个广告——雅都的格桑花开了。国庆三日，据说每天都是人山人海，天天都堵车，一堵就半天。想起去年五一去川河盖，虽然特意错过了映山红节三天才上去，车到半山，走走停停，十几公里路居然行了两三个小时。当差的、开店的、当棒棒军的，省外的、省内的，该来的、不该来的总之都来了，让人叹为观止。据说节日当天，仅安保人员就抽调了300多人，一直到深夜1点钟才把人员疏散完毕，我的个神！好事如此，坏事也不赖。去年滨江公园有少妖毛结伙打架，人们一直围到了渝秀大桥头，劝架的没有，看热闹的里三层外三层，道听途说些不三不四的话又以讹传讹辗转相传。有如此人群，再加上些拍脑壳的决策，节日焉能不堵？所以长假期间为父对你的要求就一个：注意安全。

近来读了一本书，白岩松所著的《行走在爱与恨之间》，是2007年央视专栏节目“岩松看日本”的文字版，一本专讲日本的书，很全面，有日本的政界、商界、文化界，靖国神社、动漫产业、环保建设等等，其中讲到一个音乐人，叫谷村新司，在中国广有知名度，他在总结自己的音乐之路时作了这样一个阐述：“音乐的理论很重要，音乐的技术也很重要，但是更重要的，还是有关音乐的心。”其实，要有心的又岂止是音乐呢？关于体育锻炼，意义毋庸赘言，勇气和毅力都是老生常谈，套用谷村的话，关键的一点是有没有一颗关于锻炼的心。身处秀高，我常常看到有学生为了免于跑操编出这样或那样的借口，但更多的我是看到一些临退休的老师，年迈的老人每日风雨无阻日日行走在锻炼的路上，我想，不为别的，就因为他们有一颗关于锻炼的心，他们深知锻炼身体对于自己的重要，他们更明白生活对于自己的宝贵。其实，一个人对于自己的专业，对于自己的生活又未尝不是这样呢，不把它当成任务，不把它当成负担，而是要有一颗心就足矣。

爱你的爸爸妈妈
2016年10月5日

快乐的新闻课

亲爱的老爸老妈：

国庆节刚刚结束，过去的七天过得简单又充实。每逢放假上海的天气都会变得很糟糕，这次也一样。趁着国庆第一天没有下雨和室友一起在学校周边逛了一圈，接下来的几天便是连绵的阴雨，只得无奈地待在宿舍看看书、写写作业、刷刷剧……顺便跟着朋友圈在世界各地旅游了一遍。值得纪念的是，来到复旦的第三年，我终于达成了在放假期间借用体育馆锻炼的愿望，这也是我几乎时隔一年后再次拿起羽毛球拍，正所谓“三日不练手生”，技术水平直线下降是不可避免的事，这也坚定了我这个学期要坚持多多练习羽毛球的决心，寒假回家也不能再荒废了羽毛球。

假期最后两天天气虽有所好转，我却因为吃错东西生生在宿舍躺了两天，这也是我在第一学年后久违的因肠胃问题病倒，说起来还是得怪自己，天气不好又懒得去食堂，就想着靠外卖解决一日三餐，没想到一次便“中招”。这也算血泪教训，外卖始终无法保障食品安全，一时图方便却很有可能造成严重后果，以后还是乖乖吃食堂吧。

至于学习方面，正如我之前说过的，自己更喜欢新闻学院的课程，做起作业来更加愉快也更得心应手。相比政治学，新闻学的内容趣味性实在强了许多，虽然也有理论，但有政治学的亲身经历在前，看起书来竟觉得格外轻松，其他的采访、写作、报道等教材中间都夹杂着很多案例、新闻、记者经历，让人感觉更像看故事书。我以前是很讨厌课前预习和课后成堆的阅读材料，因为根本看不懂，翻看两三遍也总觉得云里雾里，而现在我每周都怀着几乎迫切的心情翻看教材和阅读材料。

所有课程中，我最喜欢又感觉压力最大的是新闻摄影和影视工作室这两门。新闻摄影课我不是害怕技术不行，而是总感觉自己无法把握好新闻摄影的定义，虽然课上有说明和讨论，自己上交的照片老师也都给了详细的点评和反馈，没有多大问题，但对于什么是新闻摄影我心里始终存有疑问，更确切地说我还无法判断什么图片才是最好的新闻配图，才能给观众最大程度的信息提示，毕竟这个时代的多元选择让人的脑子真的有点昏。在我看来，这是一个需要时间来解决的问题，亲身的实践和经验才能给出完美的答案。而影视工作室让我从头学习摄影，期末作业要求拍摄一段微电影，零基础的我对此不太自信。

另，分享一件今天最让我高兴的事：这周新闻采访与写作课程的作业被老师评为“优秀”并转发至微信群给全班阅读。

于2016年10月11日19：30

冰　儿：

秋日正好，凉凉的秋风温柔地拂过大地，退去了夏的喧嚣，也还没有冬的严酷，这是一个很诗意的季节。

古人有云：“悲哉秋之为气也，萧瑟兮草木摇落而变衰。”我以为更多强化了秋的肃杀，没有看到秋的中和之气，当然这与诗人彼时彼地的处境有很大关系。其实世间万物作为审美对象呈现于我们的生活又有什么不受我们主观状态的影响呢？比如随着城市化的快速推进，天然的、原生态的自然景观逐渐消失，本真的自然村落生存形式日渐式微，这些本来是生活中极为普通的组成，人类从来淡然处之，并没有把它当成是大不了的东西，从来不稀罕。但当其慢慢成为一种记忆形态而存在的时候，人们前所未有地感到它的美，个中缘由，并非是景观变美了，村落变靓了，关键是人对它们的主观态度发生了变化。

其实生活学习未尝不是如此，每一门科学每一门课程都有它独特的魅力，当你从主观上对其充满畏难与排斥的时候，它自身的美自然而然就打折扣，学习的效果也就不尽如人意；反之则不同，当你对它满怀热情，满怀期待，你会发现它前所未有的独特魅力，自己学习的劲头满满，学习的效果也高效而富于趣味。

打小来你就兴趣广泛，对外面的生活、世界充满期待与憧憬，乐于与人交往。所以走进新闻这一学科我以为恰是将自己的学习探究、职业规划与自己的主观愿望紧紧地结合在了一起，我以为这是一种最佳的学习取向。但即使是自己喜爱的科学，最热爱的事业，我们也可能遇到甚至是必然会遇到一些疑难与困惑。时时谨记困难并不可怕，重要的是我们面对困难的态度，随着你不断地解决遇到的困惑与困难，你对学业、职业的精进自然就达到一种高度。其实，在每一个行业里领尖的人物有谁没有经历过这种精神的折磨呢？老子在《道德经》中所谓“受国之垢是谓社稷主，受国不祥是为天下王”，说的即是此种思想。

学业、身体、心理三位一体的历练我认为是求学阶段最基本的功课，但越是最基础的东西越是容易被大多数人所忽视，其实你应该知道，越是最基础的东西可能越是对我们未来的生活产生极大的助推，基本知识、基本技能永远是让我们以不变应万变的本领。共勉。

爱你的爸爸妈妈
2016 年10月15日

有趣的新院讲座

亲爱的老爸老妈：

在图书馆连续静坐五个小时写完一篇期中作业后我终于决定写下上周欠下的邮件，而此时我的桌面上还有六个空白文档等待填满，以及晚上十点开完会之后还必须看完的一大堆明早课程的阅读材料。

昨天收到小敏的短信约我去欢乐谷玩，才发现和上海的朋友们已经有近一个月没有见面了，就连同一个校区的向琴琴也是因为两周前找我借资料，才匆匆见了一面。好像也就是从两周前开始，突然进入了忙碌的期中季，一项接一项的事务等待完成，仿佛没有尽头，恨不能把每分钟掰成两半使。已经有两三个周末没有出门了，顶多在心情烦躁的时候抛开书本、电脑……和同学出门大吃一顿，回来再继续埋头写作业。预计这样的生活还要持续两周，但两周之后又有一大堆新的任务等待完成。

准确来说，应该是这学期进入新院之后就发现生活、学习更充实了。除了每周至少写一篇新闻，摄影、摄像等课程也总让我“提心吊胆”，走在路上都随时记挂着要拍照、要拍照啊！

这个周末和摄像课的同学约好一起模仿拍摄电影片段，下周二一整天都会在上海金山区的出版社采访拍摄……我每一天都在接触新鲜的事物，虽然忙碌，但确实收获颇丰。最让人开心的是，新院每周都有至少一门课的老师会邀请各大媒体的资深记者、编辑、摄影师等给我们做讲座，和同学们近距离交流，分享他们的实战经验及对新时代媒体事业的理解，这是很难得的机会，不仅大大丰富了课堂内容和课余生活，而且也改变了我们原有的对媒体发展现状的不全面甚至不准确的认识。

最近最大的愿望是：能尽快完成所有作业，赶在欢乐谷万圣节特别活动结束之前去玩一玩！天气转凉，注意身体哦~

2016年10月25日20：30

冰　儿：

再有一周，秋天就要离我们而去，冬马上就要到来。让人还没来得及缓过神，秋就要过去了呀！我真正要感慨岁月的匆匆了，仿佛自己都还日日为生活忙忙碌碌，女儿就已经开始懂得为学习、生活紧张了，时光呀，你咋就过得这样匆忙啊！

还是一个老生常谈的问题：越是忙碌的生活，越要有科学的安排，否则日日忙碌日日事务越多，事务越多自然越忙碌，恶性循环，不见个尽头，人也陷入事务中去，没有成就感，失去幸福值，对生活自然也失去了自己应有的思考。如果能合理规划，巧妙分解，逐个击破，再复杂的生活也能理出头绪来，也能化复杂为简单，这就是规划的智慧，既要在头脑中演练，更需要生活中习得。

常年搞教育，我就发现一个有趣的现象，差生永远是作业的奴隶，只有优生才能做学习的主人。并非优生做作业的本领优于差生多少，而是优生在作业规划上的本领，轻重缓急，井然有序；差生就不一样，头疼医头，脚疼医脚，头脚都不疼的时候他就无所事事，头疼脚也疼他自然就手足无措，即使你把作业量大幅压缩，他也是应付了事，从来不能主动地有条不紊地把它处理好。

初进新院，一切都是新的，不似以往得之于心应之于手，但你要善于学习、观察，做学习的主人，而不是做作业的奴隶。慎之诫之。

新院有许多有趣的课程，写稿、摄影、摄像等等，殊不知每一个行业都有它基础的功课，但越是基础的功课越是易于被大伙忽略。少有人愿意在稀松平常的事务中花功夫的，花拳绣腿，面子上的本领往往能够给自己赢得声誉，叫得响排场，人们往往喜欢在这上面花时间。初入一个领域，花哨的东西要懂一点，但更重要的是练好基本功，内行看门道，在基础性的事情上多下功夫。对于新闻，具体说来，平时多读一些大报的重量级文章，反复揣摩研究，也可以尝试去修改，要有精益求精的态度，别人极佳的文段要背诵，培养语感。自己的作业要反复修改，真正做到无可改为止，读了你几篇文章，基本的套路已经学到，但词句的斟酌上还得下功夫。须知自己模棱两可，别人怎忍卒读？你做的东西今后都是要与万千读者见面的，白纸黑字，而且读者中有许多是真懂行的。此外，建议你平时多读点古文，熟读精背，我向来以为没有古文的功底要想写出厚重的文章是不大可能的。至于摄影、摄像，没有相应的储备，不敢妄加揣测，但道理我想是一样。

这几天一直在读你的文章，觉得还真有点意思了，要尝试投稿，投稿的过程其实就是你不断去重复否定、修改的过程，最终才能让你的作品成为过得“媒人眼”的东西。期待你更大的进步。

爱你的爸爸妈妈

2016年10月30日夜

迷　茫

亲爱的老爸老妈：

前两天忙着完成各种期中作业，这一段时间来的各种文档还没来得及修改整理，所以把已经写好的前一封邮件放在这一次一起发送。

最近上海的天气很不好，从早到晚的狂风暴雨让人的心情也变得阴郁起来，每次出门都全副武装地穿着雨靴、扛着大伞，时刻准备迎接突如其来的大雨。连日阴雨带来的降温使得这个城市仿佛一夜之间就从夏天跳到了冬天，让人来不及做任何准备，倒好像正是为双十一疯狂“剁手”提供了最好的借口。最让人郁闷的是，已经许久没出门的我正打算周末出去逛逛，现在看来又要打水漂了。

最近都在写作业，所以自习教室和图书馆待的时间最多，看到很多人桌上堆满了各种书籍，一坐就是一整天，才突然想起一年一度的研究生考试又要到了。脑海里去年研究生考试的日子仿佛就在昨天，今年却又有了那么多人已经做好准备提笔上“战场”。这样想来距离明年的研究生考试也已经不太遥远了，看着身边的学长学姐们废寝忘食的样子，我扪心自问，竟不太确定现在的自己还能不能像高三时那样全力以赴的为着心中的那个目标冲刺，也不太确定假如现在坐在桌前准备考研的是自己，还能不能学得进去。不仅仅是自己，和室友聊到这个话题时，也都感慨曾经奋不顾身的精神好像已经被进入大学后光怪陆离的生活侵蚀得面目全非，虽然仍旧努力，却总会感觉力不从心。

到了大三，好像一度被我们忽视的许多东西都冒了出来。寝室里成绩最好的学霸在前几天一个夜晚突然爆发，说自己一点也不喜欢现在的专业，在这之前，我们都以为她大四会选择保研的，而经过那一晚的释放，她好像重新找到了方向，现在已经开始为转专业出国做准备了。和我关系最好的行政管理专业的女生虽然学习并不十分努力，但一直想着读研，前两天看着保研政策和考研的各种事项，却突然有些自暴自弃，说觉得自己还是直接工作比较好……其实直到现在，我对于未来的规划也依旧有些迷茫，我一直想着考研的，可是考研之后又该做些什么呢？今后会从事哪方面的工作呢？好像现在不必想得这么遥远，但无法掌握的未来却总让人感到心里空荡荡的，甚至对于已经明确的事情也变得怀疑和不确定起来。

雨天好像总会让人感到压抑和苦闷，希望天气快点好起来。

于2016年10月28日16：30

冰　儿：

大三眼瞅着就要过去一半，“大学毕业了，我们何处去”，同学中已经开始弥漫一种对未来的隐忧。

未来是不确定的，正是因为其不确定，所以它往往充满了无与伦比的诱惑。是哦，以前在计划经济时代，大学了，等着毕业，等着分配，然后就在一个固定的岗位上默默无闻终老故去，一个20岁的青年，仿佛一眼可以看到他退休，看到他老去，没有什么悬念，如果硬要有点什么悬念的话，那就是他在中途出现什么意外……人生就这样被定格在一个套子里。这样的人生不是极其可悲吗？

窗外有两棵树，一棵葳蕤的古木和一棵勃勃生长着的青春之树。人们仰望古树，瞻仰它的苍劲，盛赞它的葱郁；但人们却把更多的期待给予那棵成长中的树，因为它带给我们希望，它引领我们奔向未来。在你的生活中，可能有无数棵参天古木，他们令你仰望，他们带给你威压，他们可能让你不那么充满自信，但谁又能否认他们中的每一个当年不是像你现在一样惴惴不安心怀忐忑呢。孩子，每一个生命都是充满了无限可能的成长中的树，尽管你现在还时时感到自己柔弱，对未来还不是太自信，但你终将长大，终将成为一棵其广数千米的参天大树。

复旦向来以培养“自由而无用的灵魂”昭示世人。一个人特别是一个大学生，书生本色还是要有的。生活中，物质固然需要，但除此之外，人还是要有一点精神上的追求，否则人活在这个世界，几十年一晃就过去了，他的价值何在？意义何在？但在固守精神的旅途中，也是最容易让人产生疑惑的。我很能理解你和同学们当前的困惑，特别是学文哲史的同学的困顿：我能够干什么？我今后将干什么？曾记得庄子在他的《逍遥游》中写了一棵“大本拥肿而不中绳墨”的樗树，众人都舍它而去，独有庄生自由自在躺卧在树下享受自己的逍遥，无用的大树却成就了最上乘的人生境界——逍遥。你要时时记住，并不是每一所大学都叫复旦，复旦之大，自有其用，它绝不是一所职业培训学校似的所谓的大学能够比拟的。只是今天你身处复旦，要充分地用好它的“大”来养好自己的“大”，蛋糕做大了，又何愁没有买主呢。

其实对就业的隐忧古已有之，《庄子·列御寇》篇朱泙漫学屠龙术，“三年技成而无所用其巧。”这是古代对毕业即失业的最早记载。它有两个前置条件：一是学到了屠龙的真本领，二是无龙可屠，这是真不能就业。但今日中国之不能就业，我认为多是无本领有龙也屠不了那种。试想今日中国之大，世界之大，如果有真本领，又何愁无龙可屠。

当然，生活往往也有它矛盾的一面，我们要坚守形而上的东西，但我们也需面对形而下的生存现实，二者不可偏废。只有信念而没有必要的生活技能，最后他将走向迂阔，一心只想着就业而没有自己的梦想，他也将成为生活的奴隶。我以为作为一名大学生，当前应学好自己的专业知识，尽管这些东西看来与未来的求职就业也没有多大关系，但努力把路走宽一点终归是好的；此外也要有较为清晰的职业规划：谋求就业者了解相应的招聘程序，升学者关心未来的考试。总之做到未雨绸缪，心中有数，不要现在浑浑噩噩，等到临阵再来胆怯发慌。

考研是自己的既定目标，就不要在这上面犹疑，坚定自己的梦想，闲时收集点相关的资料，做好充分准备，至于后来的生活，可能也不是现在的你可以左右的，路是越走越明朗，越走越清晰的，不是你把每一步都想好了再来走路。古人有云“车到山前必有路”就是这个道理，有一个大体的方向，有一个大体的目标，有一个大体的规划，然后不断去完善自己的近期目标，我想，马云他也不是辞职之日就能想到自己能有今日的功成名就的，不是吗？

愉快地过好自己每一天！

爱你的爸爸妈妈

2016 年11月3日

金山之行

亲爱的老爸老妈：

一晃又到了期中，许多课程进入下半学期的教学，学习任务也随之变多，感觉时间越来越紧迫。

周二和摄影小组的同学们一起去了复旦出版社在金山的印刷中心，寻找素材以完成我们的期末摄影作品集——“一本书·从出版到销售”。人生中第一次走进印刷中心感觉十分奇妙，在印刷中心负责人的带领下我们参观了印刷的三大流程——印前制作、印刷输出和后道加工。其中又各自包含数道工序，尤其是印刷输出的轮转印刷和后道加工的胶装流水线、拆分流水线、热缩工艺等给我留下了深刻印象。轮转印刷环节，一台完整的轮转印刷机器有近百米长，巨大的轰鸣声中，一大卷纸不一会就印刷完成，自动折叠成A4纸左右大小，整整齐齐地堆放于机器尾端。我们还在这里看到了据说目前是世界上唯一一台，也是最先进的“秋山”八色轮转机。胶装流水线虽然不如轮转印刷壮观，但总长接近五十米，从轮转印刷机上取出的一叠叠纸张经过这一条长长的加工线，就会全自动地加工成一本本崭新、精致的胶装书——这也是我们生活中最常遇到的一种书籍。拆分流水线比不上胶装流水线的长度，但重要性一点不差。在这里，我看到了从小用到大的笔记本、超市宣传的小册子、肯德基的菜单等。这才发现，我这十多年来用到的各种印刷品都是经过这一道道程序制作出来的。

金山区距上海市区近一个小时车程，需要乘坐上海南——金山卫的城际列车，虽然像火车站一样售票、候车，运行的也是动车组，但实际运营模式和地铁相差无几，车票每人十元。印刷中心的司机开车送我们到车站。

在赶回学校的路上，我们从司机口中偶然得知车站就在海边，几个好玩的小伙伴一商量果断决定顺路去海滩边溜达一圈。不过十多分钟路程就走到了著名的“金山码头”，我们才发现原来这里不是海滩，但风景一样美得让人心醉。夕阳下的海面十分平静，海浪也显得格外温柔，一波接一波地涌起抚摸岸边黧黑的礁石。放眼望去，是一条笔直的通往海里的路，两旁满是高大茂盛的芦苇丛，感觉瞬间来到了日剧的拍摄场地。我们一行六人，因为此行专门来拍摄印刷中心，人手一台单反，又几乎都是第一次看到这样的美景，一时间各自拍得不亦乐乎，还互相帮忙，一起合照，直到太阳完全沉入地平线，夜色逐渐弥漫开来，才终于恋恋不舍地踏上归途。

这一天从早上九点出门到晚上八点过回到宿舍，整整奔波了十一个小时，拿了一天相机的手累得不想抬起，但真的是收获满满。最大的收获其实是通过拍摄过程中和几位小伙伴交流、切磋，对单反的认识和掌握有了很大的提高。这个学期以来，摄影让我接触到了太多新鲜人和新鲜事，我想我才刚刚开始爱上她。

天气越来越冷，注意保暖，小心生病呀！

于2016年11月2日20：30

小　冰：

一眨眼已然是冬了。

校园周边的树木黄的黄，红的红，纷纷展示他们今年最后谢幕前的缤纷与热烈。遥想复旦的这个季节也应该是一年中的最美之一吧。

虽说人人渴望最美，但我却认为那只能存在于人们的潜意识深处，纵使再美，它也永远是之一。杰出人物往往也是这个样子，所谓山外有山楼外楼，强中自有强中手。关羽一代杰出战将，偏偏是吴下阿蒙打败了他，拿破仑横扫英伦三岛，偏是威灵顿出现，便让一代英豪兵败滑铁卢。世界如此精彩，怎可一家独领风骚?

你出生在一个小镇，成长在一个小县城——在我25岁之前，甚至我都还认为它应该是一个广有美誉度的地方。是哦，我的前二十多年几乎都被它局限在自己的怀抱，怎能不赞美它呢？但直到我第一次在重庆的一个小店向人们提起它，几乎所有的人竟然都没有听说过这个地方，我们可都是属于重庆呀！也是从那时起，我开始真正明白这个世界多么广大，一个人在茫茫人海是多么渺小、微不足道。当然，为父不只是要让你客观地去认识自己在这个世界的位置，恰恰相反，我更希望你在不断前行的路上不要妄自菲薄，而是不断强大自己，我更希望你明白这个世界是多么丰富多彩，多么的异彩纷呈，它在等待我们去发现，等待我们去领略。你选择了新闻这条路，自然也就比别人站在一个更宽广的路口，多了许多更难得的机会，今日你感叹赞美复旦出版社的印刷中心，明天可能你会发现更现代化更集约化的印刷城市，今日你盛赞金山码头的优美，明天你可能会领略更壮观的风景。

多一份机会自然也就意味着多一份磨炼，多一份责任。11

个小时的来回奔波是一种磨炼，11个小时手持单反去捕捉自己想要的镜头亦是一种磨炼，但唯有经此磨炼你才能比别人更多一份对这个世界的理解力。新闻人的两大武器，一是他的笔头，一是他的镜头。这两样东西都不是一朝一夕的功夫，都需要经过多日的磨炼。今天的人们更愿意舍远求近，愿意下苦功夫的少，在很多媒体，我能看到优美的画面，我能看到精美的装帧，但唯有让我震撼的文字很少，或许是每天都与文字打交道的缘故，或许是我对文字向来很挑剔，我认为今天的媒体多了，美了，但真正文字上的力量却弱了，淡了。希望你在这上面要下苦功夫，不能只是做让人不知所云的论文，散文、小说、诗歌都要有所涉猎，有所沉入，要做到但凡所做一定文从字顺。

此外新闻会让你比普通人更多地接触这个世界的阴暗面，特别是你步入媒体人的生活后，那种与阴暗面交锋甚至可能会成为一种常态，那就必将面对道义与否的选择，我希望你时时牢记自己最初对新闻的选择，做一个正直的人，勇敢的人。

教育不是为了让人飞黄腾达，教育也不可能叫人富可敌国，教育是开阔人的视野，让人能够在今后的人生路上多一种选择，选择一种适合自己的生活，去认识真，发现善，褒扬美，这是我对教育的理解。我希望你能认同这种看法，沉入地学习，快乐地生活，不要把自己带入当前大学生普遍存在的就业恐慌中去，干扰自己的学业，遮蔽了自己发现这个美好世界的视线。

爱你的爸爸妈妈

2016年11月12日

体育测试

亲爱的老爸老妈：

已经进入十一月，天气越发转凉了。最近上海的温度已经跌至10℃左右，身边的人们都换上了大衣、羽绒服……我也开始习惯每次出门前戴上帽子、围巾和口罩，虽然每次都被室友嘲笑“裹得像头熊”，但确实只有这样才能抵御魔都凛冽浸骨的寒风。

许多人不喜欢冬天，室友早在两周以前就拿出了毛绒绒的懒人毯（一种带袖子的珊瑚绒毯，可以像衣服一样穿在身上），每天回到宿舍的第一件事就是给自己裹上厚厚一层毯子。我也一样，早上起床是一天中最痛苦的时刻，每次在温暖的被子里醒来，隐约感受到空气中瘆人的寒意，就只想这样躺着直到地老天荒，看来人的惰性都是与生俱来。这样直接后果就是，从正式入冬以来，我几乎每天都要赖床二十分钟，无奈只得将闹钟也顺势提前调了二十分钟（纯属掩耳盗钟）。

说实话，除了在开学前一个多月，学业压力尚不太重的时候，我选择天气晴好时出门夜跑，期中天气转凉以来我几乎没怎么运动。这周体育测试，原本已经做好必死的准备，没想到测试的几个项目都险险维持在原来的水平，肺活量甚至还略往上升了500。其实，进入大学后我便发现，由于缺乏外界的监督和干预，除了本身十分热爱运动的人外，普通学生锻炼的时间相当少，强度也很小，大一大二有每周一节的体育课和三十二次刷锻限制还好，大三大四的学生走进运动场的时间接近于零。虽然身体素质尚可，但我从来认为自己的体育成绩只能算中等偏上，没想到进入大学后每学期都能拿到A（最高等，以下有A-，B+，B，B-……较多学生为B等）。

期中季接近尾声，学习任务却丝毫没有减轻，接下来的一周里我要完成论文、报道、摄影等诸多课程的作业，短暂的周末就这样结束了，繁忙的工作日即将开始，新的一周要更加努力啦！

于2016年11月13日21：30

冰　儿：

冬日的烈风呼啦啦整日怒号，在这个季节里人是最容易慵懒懈怠的。

以前看毛泽东传记，里边写到毛泽东的青年时代，冬季，他为了磨炼自己的意志，整个冬天都坚持洗冷水澡，即使后来身为国家领袖，也偶尔还去冬泳。青年时期读来感觉特励志，时时想着要效仿，但往往总是邯郸学步，仅得其仿佛。记得中学时期我也曾和同学在12月里到梅江河里去游泳，到老鹰岩去跳水，但都是有始无终，这也注定我此生不能成杰出人物，认了命。但有一点，整个中学阶段，长跑一直断断续续坚持，现在想来自己中学最受益的竟然是那一段跑步岁月。

我的童年基本上是疾病缠身，着凉感冒是常事，三天两头在吃药，但自从中学坚持跑步后，感觉身体机能有了明显改善，从此与药断绝了联系，只是每日里6点起来，呼朋引伴从民族中学一直跑到平凯再跑回来，人每日也感觉都有使不完的劲。无独有偶，妈妈回忆自己的中学生活，觉得最受益的也是日日长跑。

锻炼身体是一件很难坚持的事情，但我以为你之所以不能克服这种惰性，一是你没有与药为伴，身心俱疲的惨痛生活经历；二是缺乏志同道合的伙伴。但这两者我以为均不能成其为不坚持锻炼的理由，要知道在你今后的人生中，身体比知识更重要，没有强健的身体知识之于我们还有什么价值呢？健康的身体是人生享用不尽的财富，不仅如此，人生越到晚年，几乎每个人都会发现世界之于自己本就是一种奢侈，唯有健康才是实实在在的实惠。

古人特别推崇“慎独”，按照东汉郑玄的理解：所谓“慎独”即“慎其家居之所为”。我以为这不仅是道德上的要求，更重要的是意志力的比拼。试想，茫茫俗世诱惑那么多，惰性又无时无刻不在干扰着我们，道德的力量显得多么渺小甚至是微乎其微；反之，意志力对我们产生的效用可能会更为坚韧而持续。对于这一点，前人已有很多的阐述，不再赘述。

动起来，孩子，什么都没有健康的身体更重要。

爱你的爸爸妈妈

2016 年11月24日

校园外景拍摄

亲爱的老爸老妈：

这本来应该是上一周的邮件，却因为写了又删删了又写耽搁到今天，最近一段时间一直待在学校，每天的生活相差无几，提笔后竟不知该写些什么。

上一周最特别的事就是第二次献血了。新闻学院每年秋季学期献血，而国务学院每年春季学期献血，所以我也是误打误撞才在距上次献血刚七个月后参加这次献血。这一次的献血体验比上次更加轻松，第一次献血时，护士从左手手臂抽血，由于血管弯曲，不仅抽血速度极慢而且过程十分痛苦，而这一次从右手臂抽血几乎没有痛感。但鉴于至今学界对献血负面作用仍然存在较大争议，我还是决定本科阶段暂不再参与献血。

我曾说过最爱复旦的秋日和暖阳，但上海今年的秋天好像格外的短，十月以来天气变化无常，总在夏、冬之间无缝切换，一夜后恍惚发现窗外的树叶竟都变黄了，再过一夜更是只剩满地残叶，加之连绵阴雨，以至于我最喜欢的秋景几乎不曾为人停留。周六上午，摄影课的老师带着我们在校园中拍摄外景，我们可乐坏了，三五成群，呼朋引伴，兴高采烈地出门，原本希望能拍下阳光灿烂、满地金黄为课程也为自己的校园生活留点纪念，却由于天色阴沉全程几乎没有拍下让自己满意的照片。不过转念一想，只要过程充实而美好，又何必太多在意结果如何呢。

这两日全国降温，上海的温度也猛跌至3℃左右，几乎是前一天还穿着单薄的两件套，后一天就穿上了羽绒服和秋裤。这样剧烈的气温变化下，我于昨日成功患上风热感冒，头脑昏沉、咽喉肿痛，哎，这个冬天好像也突然让人有了些熟悉感。

近期天气变化，温度骤降，你们也要注意身体、小心感冒。

于2016年11月24日11：30

冰　儿：

转眼又到了期末季，一定又在开始紧张地备考了吧？呼呼的寒风，飞快的节奏，容不得人过多关注生活，关注这个美丽的世界，每一个从学堂走过来的孩子对寒假前的备战都是满满的苦痛回忆。

可是呀，战地的稚菊，硝烟后的夕阳往往能带给人无限的美的遐想与记忆。记得少年时的冬天常下雪，那时候的学校不像现在这样不许做那也不准想，很是自由自在，很随意。雪后的课堂就成了我们雪拼的战场，打雪仗是必不可少的，随便一吆喝，你一帮我一伍，就着墙根课桌乒乒乓乓就开了仗，整个校园大呼小叫雪弹横飞，孩子们自由的天性尽情挥洒。有时年轻的老师也参与进来跟我们开仗，那可就更热闹了。

再小一些时候就在村子里念书，那可就更有趣了。课间十分钟，我们跑到山头“烧茅坡”，选一个干枯的树桩或是草丛，十几个孩子，捡来成捆的杉树刺堆成大大的刺垛，有人一声吼“点火啰——”噼噼啪啪的杉木刺便燃起冲天的大火，又有调皮的孩子为了显示自己的本领，奔跑着从火堆上一跃而过，风声，火声，呼喊声震天价响。当然偶尔也有个把倒霉鬼，在火堆上不停地冲过去跃过来最后一不小心衣服被点着了，有人叫他往水田里跑，有人叫他在地上打滚，那种混乱的场景今日忆起来就像过电影。当然，有趣的事情自然离不了挤油渣、打陀螺，凡此种种，不一而足。

西方的工业文明以及它所承载的精细化管理思想在21世纪像飓风横扫过古老中国大地的旮旮角角，混沌自在散漫无序的生活状态一忽儿在各行各业被像秋风扫落叶一般几乎就绝了迹。由此带来的是效率倍增和物质文明的高速发展，但在物质充盈的同时，稍微上点年纪的人却又在自觉不自觉地回忆着那种物质极度贫乏但却缺少约束管理的日子，仿佛只有在那种生活状态他们才找到真正的快乐。无独有偶，日前浏览各种媒体，竟然不约而同地宣称世界上民众幸福值最高的国度不是英美，也不是澳洲，而是尼泊尔、不丹等一些经济极不发达的国家。此种情况常常引发我的思考：生活中物质充裕学业精进在人生的幸福值上究竟能够占到多大比例？

毫无疑义，人类幸福的生活需要有充足的物质作保障，但仅仅是丰富的物质保障可能也不是幸福生活的全部。在西方发达国家乃至我国的东部发达地区，很多精英群体都在不约而同地倡导一种慢生活，放慢学习工作生活节奏，在努力提高学习效率创造物质财富的同时，分出一部分时间去感受甚至是享受生活带给的宁静与美好。这也就是为什么越是发达地区休闲农业民俗乡村娱乐等项目以及它们所辐射的一系列产业都发展得比较好，一旦复制到欠发达地区就缺乏了想象中应有的火爆（当然那些占据或依托了丰富的自然与人文资源优势的地方除外），尽管欠发达地区从原生态自然资源保存的角度远甚于发达地区。

孩子，这些东西是社会学家研究的课题，我在这里肯定讨论不清楚，但有一点很清楚，过于散漫导致的物质匮乏带给人不幸福，过高强度过快节奏的生活同样剥夺人的幸福，寻找幸福感关键是我们要在慢与快间找到一个平衡点。我要告诉你的是，在学习工作的紧张节奏中，特别是在阶段性的紧张生活中，要学会合理地调整自己，放慢速度，抽出点时间来或去外面走一走，或与友人小聚，以调节自己紧张的情绪。所谓的劳逸结合，我想就是这个道理。

明天放月假了，我们打算带弟弟到外婆家去玩儿，也顺便放松一下一个月高三生活带给的紧张。

爱你的爸爸妈妈

2016 年12月2日

情系拍摄

亲爱的老爸老妈：

写下这封邮件时距离上一封邮件发出不过一天，不过还是决定按照我们每周一封邮件的约定按时完成“任务”。

本周就要开启“黑色期末”模式了，接下来的一个月时间里，各种PRE、期中和期末作业纷至沓来，有空闲的时间应该都会泡在图书馆，虽然文科图书馆的热空调每到冬天总是让人昏昏欲睡。其实，因为本学期的课程几乎都在新院教室，距离宿舍不过五六分钟脚程，我在空余时间里都会选择待在教室或直接回到宿舍，很少会跨越大半个校区到图书馆自习。走的路少了，却总让人心中空落落的，毕竟图书馆对于每个大学生而言都是一种无可取代的学习体验。

这个周末都会忙于仿拍电影片段，又是一次全新的体验，虽然期中的摄像机和剪辑软件基础操作考试均以满分通过，但真正要我和几个小伙伴合作仿拍并剪辑一个电影片段，我还是感到内心忐忑。想想一直以来都认为是高大上的影视艺术居然要从我们这一双双稚嫩的双手产生，怎能不让人心生疑窦。而且，这次仿拍结束后紧接着将是原创片段实景拍摄，那将是一次更大的挑战。

下周二准备再去一次金山，继续上次提到过的印刷厂拍摄，这项任务本该两周前完成，却因为印刷厂装修耽搁到现在。相比上一次，我的心情发生了微妙的变化。在上周的摄影课上，老师让我们翻阅了1960年复旦新闻系学生的摄影作业。五十多年的沧桑历史弹指一挥手，当年的那些学员绝大部分已届耄耋，甚至有人已然作古，但穿过岁月的光与影的神奇变幻，看着今天上海复旦周边那些眼熟的道路、建筑，通过当年与我一样年纪的学生们留下的黑白世界展示出格外不同的时代风貌，我心中不由得对摄影这门艺术产生了更为特殊的情感认知。希望带着这样的心情，能够在拍摄印刷厂时有全新的收获。

于2016年11月25日

冰　儿：

哲人说，时间是空间的无限延续；情人说，时间是爱的深度；当然也有人说，这时间，真难熬啊……时间真是一个奇妙的东西。

看着我的女儿在时空隧道里奔跑，不断创造自己的高度，刷新自己的认知，是一种幸福。

看着弟弟不断成长，偶尔也给他拍点照片以记录他成长的轨迹，闲来把你小时候拍的照片与弟弟比一比，有一种穿越时空的错觉，恍惚中似回到了你懵懂无知的时候。一忽儿啊，你就站在了遥远的黄浦江畔，东方明珠竟成了你身后的背景，是不是感觉特别奇妙，是不是感觉在梦里？

这就是我当前的感受，其实更应该是一种生活，一种穿越时空的生活。

其实对这种穿越时空的感受的沉迷应该是我们每个人从骨子里滋生的一种情感归宿。

近来我特别喜欢看一些反映二十世纪七八十年代生活的图片，有老房子、古街、香烟盒子、生活用具、劳动工具、小人书等等。但凡那个时代独有的器物就觉得特别亲切，有意思。没办法，时间已经在我的骨子深处刻下了重重的烙痕，任凭滚滚流俗的冲刷，有些痕迹已经无从擦掉。就像我骨子里流着农民的血，发梢里藏着村庄的记忆。其实这也是我为什么特别理解老一代农民对土地一往情深的理由了，人这种动物，并非只是简单地改变生活环境、生活境遇就能改变他的生活习性，还有时间的印记往往更让我们积重难返。

对过往的怀念对当下的热爱对未知的探索就是我们对时间的感情。

正如你今日翻阅五十年前一代代莘莘学子对复旦印迹记录的旧照片，那是多么能触动人心灵隐秘处的事儿啊，一代一代复旦人对这片土地的深情，一代一代复旦人对未来的不懈追求，全都浓缩在画片中，浓缩在片言只语里。

推而广之，这也就让我们更能够理解中国人的家谱情结了。一般说来，普通人想要青史垂名是一件很不容易的事情，但一个人只要不是做了让家族蒙羞的出格事几乎都可以在家谱上留下自己的名字，但就是这简单的记忆符号却让我们猛然间发现了自己从哪里来，也恍惚明白了自己将向何处去。这也就不难理解为什么历代统治者非常重视支持民间家族修谱，甚至在魏晋南北朝等诸多朝代有官方越俎代庖直接官修的原因了。家谱，是不是时间在一个家族记忆里烙下的刻痕？荣辱兴衰，情理意趣全寄于此。

但时间的奇妙而不可捉摸恰恰是它不以人的意志为转移，

它造就文明，成就文化，也不可避免地留下文盲。时间的沉淀成就我们的人生，善待时间的人时间也善待他，辜负时间的人时间也辜负他；推而广之，时间的沉淀也造就了我们的历史，拼搏的时代造就辉煌，堕落的时代走向毁灭。

每每看到你一天东奔西跑忙忙碌碌，我们心里就升起一份怜爱，但更有一份踏实。晚安。

爱你的爸爸妈妈

2016 年12月8日夜

回忆2016

亲爱的老爸老妈：

随着2016年最后一个月的到来，也到了写下本学期第十一封邮件的时候。

2016年是不平静的一年。世界上发生了许多大事，近到朴槿惠因“闺蜜门”下台、特朗普爆冷赢得美国总统之位、G20杭州峰会召开；远到英国公投脱欧、中国“两会”召开……这些都是必将载入世界历史的国际事件，它们离我很远却又融入我的生活之中，朋友圈几度掀起骂战，课堂上老师和同学针锋相对……2016年又发生了许多小事，我从大二迈入大三、从国务走进新闻，只差科四考试就将拿到驾驶证，在人民网参加了人生第一次实习，弟弟出生……这些事情我亲身经历着，它们改变了我的生活，纪念着我的成长。习惯了日复一日、年复一年地感慨时间匆匆，回首才发现一年的时间不长也不短，那么多的事情已经发生或正在发生着。时间是什么？时间是记录，它记录着你生命的点点滴滴，它记录着你人生的坎坎坷坷，它记录着你的喜悦，它记录着你的忧伤，这些点滴的片段折叠成我们的生命之舟，带给我们或幸福或伤悲的记忆。不管经历什么，但不可否认，任何人都不能够忽略这些记忆，所以，一个人最痛苦的事情莫过于失忆，忘记了自己从哪里来，忘记了今生经历了哪些事、哪些人，那是一件多么恐怖的事情。基于这一点，我为自己的2016感到幸福。

只遗憾今年的跨年又不能回家度过，彼时我应该正蹲在学校准备着本学期的最后一门期末考试。

这个星期真的十分难熬，感冒一直没能痊愈，周二又坐了来回5个小时的车去金山印刷厂进行最后一次课程拍摄，小组共五个人，大伙都在回程的火车上倒头就睡，直到终点站都没能转醒。从周三晚上开始全身过敏，周五还扛了一堆摄影器材在咖啡厅拍了一整天片子，周六吊完针，今天看着成堆的作业还得坐在图书馆默默“背锅”（指完成任务）。越到期末压力也就越大，没有好好锻炼的后果都反映在了接二连三的生病上。现在只能好好养病，在忙碌的期末季也会尽量挤出时间适当运动。更重要的是寒假里一定好好锻炼，很久没有摸过羽毛球拍了，回家之后也要重新拾起才行！

2016 年12月4日12：00

冰　儿：

季节更替，寒暑相易，人生就在这样的时令交替中经历自己生命的喜怒哀乐，或惊天动地，或阒无声息，或悲喜无常，或平平淡淡，但世界带给我们的乐趣，恰就是这种经历，这种任世界熙来攘往，而我却是独一无二的生命历程，没有谁能替代，也没有谁能复制。

世界上原本不是缺少美，而是缺少发现。川端康成在清晨花未眠的瞬间发现美的呈现，罗丹发现维纳斯的断臂恰是其生命的极致。在平常的生活中，我们往往忽略生命的意义所在，在无关紧要之处虚掷光阴，但须知世人浑浑噩噩所诅咒的时光恰是前人终其所能想拥抱的一瞬。

古语有云，三岁看八十，我常常在想，其实三岁的时候人的区别何其微乎其微。但身当壮年，或是中年，这人与人的差异便有了巨大的显现。前者看中人的天资禀赋，殊不知除却资禀超凡者（其实，资禀超凡这本身就有点玄乎其玄）外，绝大多数的人并没有多大差异，那他们最终的差异自然就在后天的习得。

后天习成，我以为首要在环境的渐染。近朱者赤近墨者黑自当有一定道理，不然也不会有孟母三迁的典故，但今日孩子之长成，除却家庭影响外，绝大部分时间都在学校，学校教育占去了人生成长阶段的绝大部分时光，自然而然我们可以推知人生的差异很大部分源自对自我学校时光的把握上。

有人从小到大进名校，得名师点拨，自然视界开阔，思想深邃；有人却在人生最宝贵的年龄阶段缺失了智者的陪伴，整日只是想着日图三餐，夜图一宿，格局就低了。这样经历截然不同的学校生活的人生怎能没有差异呢。这也就是为什么我们一定要求你在青年时代努力拼搏考好学校的原因，好学校不仅是它的声誉，它的影响，有好的就业，更重要的是一个好的平台，一个接受最优秀的智者熏染的平台。

受西方个性化创业观的影响，当今中国很多大学生很是看中就业，认为读个大学，不外就是找一份工作，读一个好大学，就是为了找一份体面的工作，于是很多孩子把学习当成是一种找工作的跳板，甚至是一种负担，一旦在就业上与同龄人有一定的比较优势的时候，就放弃了再学习的机会。追求就业本没有错，体面的工作带给人体面的生活，带给人尊严感。但须知你在忙着打工挣钱别人还在求学的路上努力奔跑，你在千篇一律的流水线工作的时候别人又集聚了满满的正能量，假以时日，这种比较优势自然而然转变成了相对劣势。当然，可能也有天才的创业者，但那毕竟是凤毛麟角。就业我以为它永远不是我们的人生目标，它仅仅只是我们在追求人生理想道路上的手段与凭借罢了，何必那么急不可耐？要知道，工作是自然而然的事。今日之社会，二十四五岁前不要急于把自己抛进社会这个大工厂，多为自己集聚能量，把每一步走得充充实实，更多去享受学习带给自己的乐趣，蓦然回首，你会发现它们不知不觉间改变了我们的生活。

爱你的爸爸妈妈

2016 年12月13日

第六季　爱在复旦

失落在新院

亲爱的老爸老妈：

又是新的一年，时间在不知不觉间走到了大三下。严格算来，这可以说是我在学校学习的最后一个学期，因为大四的一整年都将忙于实习和毕业论文。

这个学期回到学校，已经可以明显感觉到身边氛围的改变，大家都开始谈论实习、考研、出国、工作……为即将到来的毕业早早做好打算，刚进入大三下学期，却已依稀嗅到离别的气息。寒假里我曾感叹“年级越高，成绩越好”，现在想来，不过是因为时间流逝才让人发现美好，学会珍惜。每靠近大四一步就越多的不舍和遗憾，才有更多的沉静和野心。

开学一周以来，最多的时间忙于计算已经修读的学分和距离毕业还须修读的课程，希望能尽量合理地安排课业，用四年的时间顺利毕业。在此不得不吐槽一番新闻学院的课程设置，2014 级和2015级的培养方案差别过大，导致一旦一门课程没有在规定的学期选修，就很难补上。然而由于新院教务处自身的课表安排原因，同学们往往很难实现自己想上的课程与要求修读的课程兼顾。更让人焦虑的是许多必修课程限制人数严格，并非每个人都能选上。在这样不合理的安排下，不用说转专业的学生，本院学生都有不少反映可能需要延毕，但似乎教务处的回应始终冷漠。此类事情不说也罢，还是沉心静气安排好自己的课程是为上策。

其他三位室友本学期几乎都只剩七八门课程，已经开始准备实习和考研，而我却依然被庞大的待修学分压迫得喘不过气来。除此之外，这个学期最大的任务就是六级和雅思考试，虽然六级已经通过，分数也尚可，但是希望在准备雅思的过程中加强练习，毕竟更高的英语成绩只会给之后的各种申请增加一分筹码；另外一点，这个时代是英文的时代，谁掌握好了英语自然就赢得了先机。

开学第一周意味着接下来的整个学期都还有无限可能，那么，希望新的学期要坚持规律的作息和锻炼，并且能在认真学习之外参与更多的活动和实践，在复旦度过充实的四个月。

于2017年3月5日12：00

冰　儿：

新学期，新气象，新目标。这是我每个学期都要向学生重复的一个话题，特别是每年年初的学期更是如此。

是啊，进入崭新的年度，国家有新规划，城市有新布局，单位有新目标，家庭有新打算，个人也自当有自己的新生活。正如守常先生在《新纪元》中热情讴歌的那样："人生最有趣味的事情，就是送旧迎新，因为人类最高的欲求，是在时时创造新生活。"新故相推，正是基于新与旧不断更迭，这个世界才缤纷多彩，才有绵绵不尽的活力与生气。

大学四年，说长不长，还在怀念你收到录取通知书时的踌踌满志，意气风发，一晃你就快毕业了。四年之于我们可能只是一个时间概念，但于你我认为是一个翻天覆地的变化：从一个懵懂的孩子成长为一个理性地看待世界的公民，从一个被动地接受知识的学生成长为一个主动地规划自己人生的社会人。虽然还有困惑，还有忐忑，但我以为磨去这些对未来世界的不确定只不过是一个时间的问题，不再有认知与储备的疑惑。

越是临近毕业季，你可能要面对的东西越多，有课业的完成，有新的学业规划与考录，有既往朋友的别离，还有新的团队的结成，要跟很多人很多事打交道。农村有句话叫：饭要一口一口地吃，事要一件一件地做。不希望一口吃成个胖子，也不要幻想一下子把所有问题解决。干事情要有规划，但更要能够分出个轻重缓急逐个解决。每一阶段集中处理一些事务，不要因为一些小事就自乱阵脚，没有方寸。课业的安排力争做一个优选方案，如果不能达成四年毕业就申请延毕，那也不是什么大不了的事情去，多待一年，你还可以充分利用复旦的资源做点自己的事情，比如去考行管的课程申请第二学位，比如安心地考研，凡此种种，祸福相依并不是没有道理的。凡事讲个顺其自然，不要过多地烦恼，更不要自怨自艾。碰到问题要多跟懂行的人请教，不要只是闭门造车，很多时候差之毫厘谬以千里就是这样产生的。你前面提到的新院学分设计的问题我建议你咨询一下新院的领导，特别是分管教务工作的专职老师，毕竟一个制度的设计它是以绝大多数人能够更好地适应制度为出发点。你要知道现在很多单位教务人员类似岗位的工作人员并非专职人员，而是因单位解决家属就业等等安排的不具备相应的技能储备的人员充任，他们按部就班处理日常事务尚可，但真正解决问题恐怕还是要更专业的人。

锻炼身体，努力学习，新年新收获，期待你的进步。

爱你的爸爸妈妈

2017 年3月7日

枯燥与快乐同在

亲爱的老爸老妈：

生活和学习慢慢步入正轨，这个学期的课程表也终于固定下来。我终于实现了多数复旦大学学生本科四年选课的终极目标——周五没课。其实这完全得益于新闻系本学期的课程设置，周五除广告系外全院无课，并且新闻学院老师普遍喜欢上早课，这导致我本学期周一到周四上午下午基本满课，晚上却仅有一门课程。周一到周四虽然会累一些，但能换来每周三天的假期我也十分乐意，因为我可以更加自由地安排时间。如果要出门玩耍，周五不仅游客少，而且很多景点的门票工作日折扣较多；如果要待在学校学习，周五不仅图书馆人少，而且一整天完整的安排会比利用课余零碎时间学习效率高出不少。

说到具体的课程，我这个学期好几门课在室友看来，简直是享受——纪录片理论与实践、纪录片赏析、动画赏析、大众传媒与文化，多数时间里我都在看电影、动画、电视剧，以完成课后的赏析作业或为上课发言做准备。但是，这些课程并没有想象中轻松，一方面要阅读大量相关材料加深对作品的理解，另一方面用于课程赏析的纪录片多数是有深刻内涵的实验性黑白影片，观感枯燥乏味，理解起来也相当困难。甚至连观看影片本身也变成小小的折磨，以前两周为例，我一共看了七部纪录片、三部动画、一部电影，应该是我这么多年来平均观影量最多的几天。虽然有抱怨，但客观来说，视觉作业相比文字作业在完成的过程中确实让人心情愉悦，上课的时候趣味性也更强，我个人还是很乐在其中的。

昨天，趁着周五工作日和室友去了迪斯尼乐园。从早上六点半出门玩到晚上十点半回校，除去来回近四个小时车程，我们用十一个小时基本玩遍了迪士尼的各个角落，就像迪士尼宣传语所说的那样，“度过了神奇的一天”。可是，一天暴走三万步的后果就是，今早起来浑身酸痛。

最可怕的是室友在晚上回校的路上被偷走了手机，我们俩全程毫无知觉，直到回到宿舍才发现她的手机找不到，马上打电话已经是关机状态，才意识到手机被偷。而小偷应该是在走出地铁站的时候盯上我们，并在走回宿舍的路上下手的。这让我深深感到后怕，此前虽然你们多次叮嘱我路上注意安全，晚上早点回校，但我从来没有真切感受到身边存在着的安全隐患，这次的亲身经历才让我发现自身安全意识的严重不足。唯一值得庆幸的是，相比室友的iPhone6 Plus，我这部烂烂的手机没入得了小偷的“法眼”，祸福相依，没有提前换新手机现在看来也是明智之举。

于2017年3月18日19：30

冰　儿：

正如歌词所唱，“三月里的小雨淅沥淅沥，”和煦的风，温柔的雨，淡淡的暖阳，我畅想你这个迪士尼之春一定是过得爽心怡人。

春是美丽的，魅力十足，古往今来的骚人墨客为之折腰，为之欢欣鼓舞。我向来是主张春与人的和谐共处：春展示人间之美，人享用春光融融。正是基于此，古今踏春自成一种风俗。我国古代春季有名的“上巳节”，男女穿新装结伴踏春倾城而出，或到山谷采兰草，或到水滨嬉戏洗浴，或到郊野宴饮行乐，民间认为此种仪式可以祓除不祥，名之曰“春禊”。孔子在其《侍坐》章中所云“莫春者，春服既成，冠者五六人，童子六七人，浴乎沂，风乎舞雩，咏而归”说的应该就是此种仪式。另有王右军《兰亭集序》所载群贤“会于会稽山阴之兰亭，修禊事也”，更是直接描述了古代“修禊事”这一重大礼仪活动。古人已已，古风犹存，其实今日苗族人有“三月三”的节日遗存，土家族有“过社”的风俗，应该都是远古“春禊”的存留。凡此种种，都说明了古今人们对于春日的重视，对于春日与人的友好相处的看重。

这周我们一家去了清溪看龙凤花海，绵延数里地全是花的世界，花的海洋，金黄的主色，间或有白色的陪衬，更有紫色添彩。硬是佩服秀山人将普通的菜花之美做到了极致。最美的还不只是菜花，更在于菜花间那些民间艺人的朴拙的稻草人。有憨态可掬的公鸡，有翩翩起舞的土家妹子，有辛勤劳作的苗族汉子。一个人物就是一幅画，一个人物就是一个场景，栩栩如生，带给人温暖的记忆。

来信谈到你的课程实验性纪录片，观感枯燥乏味，这实在是情有可原。记得以前跟你谈阅读时提到教材的生涩问题，这其实是一个道理，既作为教材来呈现，必有其价值取向的高大上，不可能是轻松的娱乐，再加上时代的隔膜，国度的差异，文化传统的不同，理解起来自然有种匪夷所思。但须知其对人的启迪、其艺术上的造诣也自不是惯常的娱乐作品所能比拟的。学院派和世俗风的差异也在于此。孔子教育自己的弟子有云："取乎其上，得乎其中；取乎其中，得乎其下；取乎其下，则无所得矣。"我的理解，从艺术的角度，教材素材的定位应该就是这里所说的"上"，世俗的娱乐当是圣人所述的"下"了。

对未来世界的风险评估是每一个成熟的人必须具备的常识，出门在外，更需时时记得。

爱你的爸妈

2017 年3月22日

对比新院与国务

亲爱的老爸老妈：

过完这一周，大三下学期就已经过去了四分之一，事实上，过完这个月，2017年也过去了四分之一。人们在日复一日的生活中往往难以意识到时间的流逝，却在仔细计算的时候才突然发觉触目惊心。我想这就是我当前的真实写照。

开学越久，学业带给我的压力也就越大。我已经开始着手准备期中的论文和临近期末的课堂展示内容，以减轻之后越来越重的学业负担。大三下学期对于本科阶段的每个人而言都是极为重要的转折期，我所接触的同学们几乎都对未来有了较为明确的规划，尤其我与国务学院的同学们联系密切，更加清楚地感受到两个院系整体氛围的差别。

国务学院基本在上学期就结束了本科阶段的大部分课程，同学们每个学期只需要修读五六门课程就能够顺利毕业。既然拥有大把的空闲时间，不少人就选择走进实习岗位，每周至少三天往返于学校与单位之间，模拟着从象牙塔走进社会，我的室友中也有两人已经开始实习。但是，明显地区别于新闻学院同学在媒体、公关和广告等公司扎堆实习，国务学院的学生们在实习单位的选择上显得有些尴尬，同学们的实习单位横跨金融、咨询、医药、快销等各行各业，遍布市场、宣传、策划、翻译等各个部门。同学们都自我调侃：国务国务，举国之务，但凡是与社会生活相关的职业都成了自己的方向。虽然实习单位并不完全等同未来的就业方向，但就目前而言，我倒更加庆幸新闻学这门偏“技术性”的学科，让犯选择困难症的我不必陷入实习与未来就业的迷茫中去。

这个周末几乎都待在学校，希望提前完成一些学习任务，为清明假期做好准备。之前和室友计划去扬州旅游，车票、行程都已确定好，最后却折戟于清明假期各大宾馆、酒店极其不要脸的提价策略，决定还是留在上海随意玩玩。预计五一再出游啦。

于2017年3月26日22：00

冰　儿：

细雨丝丝，春愁漫漫，中国传统节日清明节即将来临。高三三月考业已结束，偷得些许闲日，偶然翻出几年前信口胡诌的一些诗词，其中有一首写清明的词，特地将它摘录出来：

西江月·清明有寄（新韵）

昨夜几枝瘦雨，今晨遍地红英。江干来往怨清明，只为凄风添冷。

岭上蛱蝶漫起，屋前杜宇啼鸣。年年阡陌客人惊，况又离魂长哽。

这首词并非“为赋新词强说愁”凭空杜撰那种，是为了纪念一位亡去的同学而写的。那是我们全家搬到秀高来的第二年清明时节，我们回老家上坟，很自然地就想到了爸爸以前最要好的同学。他是在2007年的清明节的第二天去世的，车祸，一个年轻鲜活的生命瞬间就从生活中消逝了。这些事爸爸几乎没有向你提及，但或许你还有些印象。

我是个彻底的唯物主义者，对生与死能够坦然地看待，但生死抉择一旦摆在人的面前，还是有些惊悚人心的，因此后来写下了这首词和另外一些文字。

现在跟你讨论生死这些话题，看起来还是有些不合时宜，但生死又是我们每个人都不能回避的问题。史铁生有一句话说得特别好“死是一件不必急于求成的事”，既然“不必急于求成”，那当然我们只有好好地把握当下的生活。我们对于死者的纪念也是好好把握当下的一种形式，这个清明，自然是回乡去挂清，顺便去看看老屋的山水。

这几年爸爸很少提笔正经地写点东西，蹉跎了很多岁月，现在翻出过往的东西，在对很多彼时彼地不成熟的东西一哂置之之余，很多东西还是能触动自己的心绪的。其实这也是我想提醒你的，风华正茂，往往耽于眼前韶光之体念，殊不知欢乐易逝，芳华难再，很多眼前至真至美的东西一转眼就成了回忆。平时稍有时间，还是要动笔把一些点滴感受记录下来，或喜悦，或忧伤，或平淡，或沉痛，眼下看来平常，但历久愈醇，假以时日，当时稀松之事转眼就成了珍贵的物件。记得你小时候我们给你写日记的事，等你长大成人的时候，是不是觉得很多妙趣自在其中。只可惜一次次搬家，那些东西已难再觅踪迹。

国务与新院对你来说，我以为差异并不是很大，研究政治与反思政治，它能有多大的差异呢？况且你对人文书籍一向广揽博收，并无情有独钟的地方。其实我认为你当前最大的好处在于既能吸收新院的华光，又能汲取国务的养料。清华有个人文实验班，北大有个元培班，想必你是熟知的。姑且不去置评这两个实验班办得如何，就从两校创办班级的初衷我们就可见一斑：强化基础学科的养成，淡化专业知识的训练，优先推免读研再强化专业，甚至分科后不分寝室，研究五花八门学问的学生天南海北相互砥砺。其实你的经历、处境和他们的办学初衷何其相似。跟新院的同学同师共学，跟国务的同学同室共寝，国务向来以学养深厚著称，新闻又向来注重视角与眼界的训练，所以这于你是何其有幸的事，不需特别搜寻，两院逸闻趣事尽收囊中。更希望你要学会兼收并蓄，取长补短，以真正达成促进自己成长。

爱你的爸爸妈妈

2017 年3月30日

同济赏樱花

亲爱的老爸老妈：

天气渐暖，心情也不错。

每天晚上在上海呼啸的寒风里跑步确实是一件折磨人的事

情，因此，过去的一个冬天里，我出门夜跑的次数可以说屈指可数，多数时候用瑜伽、健身操或打球等偏向室内的运动代替跑步。随着春天的脚步渐近，我也终于决定重拾夜跑的习惯，从周一开始每晚五公里，经过最初三天的痛不欲生，到了清明假期突然发现已经恢复了许多，首先是没有那么难熬了，所耗时间也从近五十分钟提升到三十分钟左右，但是距离大二坚持跑步时的“巅峰期”还有很大的差距。

周五没课，和室友趁着清明节前去了一趟同济大学赏樱花。如果说武汉大学的樱花季作为全国高校的一大盛典，吸引了全国各地的游客的话，同济大学的樱花至少吸引了上海周边的游客。作为清明期间上海地区强烈推荐的赏樱好去处，同济的樱花大道每年这个时候都是人山人海，去年前年已经亲身体会到人挨人、人挤人的痛苦，今年索性避开人流高峰。有时候我总会为生活在上海的人们生活的“热情”感到不解，两旁繁花似锦，虽然美好，但短短一两百米的大道每年都能吸引这样多的游客未免太过夸张。

这也让我想起人民广场最近新开的一家网红奶茶店。每天吸引着无数的人为喝这一杯奶茶竟然排队四五个小时。江浙地区历来都有清明吃青团的传统，近年来青团也创新出许多网红品种，其中又以杏花楼的咸蛋黄肉松青团为魁，人们为了吃到它可以凌晨四点起床排队五六个小时。淘宝上原价五十一盒的青团一度被热炒至三四百。随着在上海生活的时间越长，我也慢慢习惯出门吃饭一定提前预约，不然随便一家店排队时间就要两小时左右。此般状况，只能叫人无奈感叹一句：“谁叫我生在太平盛世。”

于2017年4月3日20：30

冰　儿：

冬去春回，纯阳之气上升，世间万物都以躁动的力量去拥抱这个充满魅力的世界。

我常把冬理解为一个睡眠的季节，世间万物经过春夏秋三个季节的奔忙也该歇歇了，虫子与树木们拥雪为被，整个世界为之沉寂。春呢，春则不一样，我一向把它意会为一个奔跑的季节。流水淙淙，那是春迈动腿脚的节奏；夜雨沙沙，那是春怦怦的心跳；还有风呢，吹得人酥酥的，心也是软软的，那当然是奔跑者在前行中尽情享受着大自然的厚赐了。所以春冬两季自然成了锻炼者最青睐的时节，人说“冬练三九，夏练三伏”，冬夏季锻炼砥砺的是人的品性，春天的奔跑则是顺势而为之了。遥想我的女儿在光华楼前迈开健步一路奔跑的英姿，心里有说不出的喜悦。

但话又说回来，跑步不是一朝半时的事情，正如毛泽东所说，一个人难的是一辈子做好事。同样的道理，锻炼偶尔为之极为寻常，但难的是长时间在非制约的环境下自觉地坚持。推而广之，凡对有益身心、有益他人的活动，我们都要排除一切干扰，主动而为之，比如阅读，比如礼貌，而不是兴之所至偶一为之。我以为我们常讲的一个人的修养、素质其实也就表现在这上面，能够把做好事、讲礼貌、爱阅读、勤锻炼当成自觉行动，时时坚持，时时勉励自己，不被流俗左右，这样的人我们自然说他是有修养的人了。美国当代作家罗伯特·富尔格姆在《信条》一文谈到自己生平最受教益的生活时曾经动情地说：“我真正需要知道的一切，即怎样生活，怎样做事和怎样为人，我在幼儿园就学过。智慧并不在高等学府的大山顶上，倒是出自主日学校里孩子们玩的沙堆中。”最艰深的道理就在日常的生活中。

中国地广物丰，各地的景致、风俗、历史各各不同。江浙的历史沿革与大西南迥乎不同，风物也自然异于西南，身在江浙，自然要像对家的热爱一样去感受它、品味它。一个人生于斯长于斯老于斯死于斯，思维不受局限，说谁信呢？这也是我极力主张你走出重庆四川读大学的一个重要原因。打破思维的桎梏唯有彼此的交流，一部中国当代史说好听是东西方文明碰撞交流，说难听是西风东渐。但好听也罢难听也罢，任何人都必须承认近百年的中国变化确实亘古未有，其文明进步毋庸置疑。人说“鸡蛋从外边打破是鸡蛋，从里边打破是生命”，唯有主动与外界互动交流，才能去发现这个世界还有与自己的生活不同的地方，除了我的生活还可以有另外不同的生活方式。稍有空闲时光多到江浙的不同地方转一转，去体味它的城市，去了解它的农村，去品尝它的美食，去触摸它的历史，不止于青团，不止于河蟹，让自己四年复旦时光不虚此行。

春日之美美在景观，美在风物，更美在精神。

遥寄平安。

爱你的爸爸妈妈

2017 年4月6日夜

夏到魔都

亲爱的老爸老妈：

马上就要到第八周了，这意味着期中季正式开启，为了给接下来的期中作业和课堂展示做准备，最近变得越发忙碌起来。

最令人高兴的是，天气预报原本是连绵阴雨的四月，却从前两天开始突然变得晴朗起来，一天的最高温一度达到近三十度，好像从冬天一夜之间就转到了夏天，没有一点过渡。连续蹲了一两周宿舍，趁着周五阳光明媚，和小敏一起逛了距离五角场近20分钟路程的黄兴公园，驱赶连日阴雨带来的“霉气”。水泥城市中心的绿肺总是人们休闲娱乐的好去处，即使是工作日中午时分，烈日当空，黄兴公园的人流也不少。所到之处人来人往，市声熙熙，魔都的哪一个地方又不是这样呢？与清明前后一片姹紫嫣红的热闹景象有所不同的是，半个月的时间让大大小小的树木都披上了一层嫩绿色的外衣，预示着明媚春天到灿烂夏天的慢慢过渡已然到来。高中阶段好像从来没有关心过植物与季节的变化，大学后习惯看着宿舍窗外的树叶绿了又黄物候更替竟成了忙碌生活的一大消遣，每当这时都仿佛透过树叶看到了流水般的时光，也仿佛看到了自己匆匆人生马不停蹄向前奔忙，心中便格外升起一种充实感来。

最近基本确定了暑假两个月的安排，也先提前跟你们说一说，如果你们有其他安排好及时调整。七月份会留在学校上小学期的英语课，补修学分的同时也为雅思考试做准备，八月初回家顺便在重庆考雅思，回家的具体时间还要等学校的小学期课程安排出来后再确定，八月二十号左右离家，和室友一起去泰国一边旅游一边做义工。算下来，在家里总计待十五至二十天。

下个学期就是大实习了，学校会提供南方报业、央视、新华网等实习岗位，但是结合自己小实习的经历与借鉴学长学姐的经验，我还是决定在接下来的几个月时间里自己尝试找一份实习，既然必须做满三个月的实习，就希望能够在实践上真正有所收获。

于2017年4月15日13：00

冰　儿：

一忽儿我的冰儿就要真正地实习了，来不及等待，来不及回味，余下的只有感叹。

每一个孩子对走进工作岗位之前的实习总是充满了期待。渴望检验自己的所学，渴望尝试崭新的生活，渴望在新的世界里去验证自我、实现自我。满满激情，殷殷期待，还有几许忐忑。那是对生活的热爱，对梦想的期许。

记得我的实习生涯跟你一样也是在19岁时开启。实习之前，我们有一个试讲过程，即是模拟上课。先是十多人一组，放在一个空旷的大教室，集体备课，然后一个一个轮番上台讲课，设计了满满四五页的教学，上了台十来分钟把所有的东西噼里啪啦像放鞭炮一样全讲个精光，余下的时间就只能在台上尴尬地走来走去。也有人备课准备得很充分，可上了台一句话也说不出来，激动得面红耳赤干搔脑袋。台下的人就放肆地大笑，台上的人也笑，笑过之后又聚在一起修改教案，设计教学环节。最让人紧张的是上大课，全班同学和老师一起坐在讲台下边，让你讲一个教学片段，就像今天上公开课。一个二十来岁的孩子，从未上过讲台，瞠目结舌者有之，不知所云者有之，信口雌黄者有之，状况百出，赢来的当然是大伙善意的笑声。哈哈哈——

那是一段快乐的生活，大伙就这样带着对未来的无限憧憬挥洒自己的激情，没有太多束缚，只有满心的真诚，没有太多功利，只有灿烂的梦想。其实现在跟很多同学谈起自己的教学生涯，最让自己记忆深刻的大都说还是实习的那段时间。

爸跟你聊这些，主要是让你明白，实习跟你当前的学习有差别。有的人是学霸，但实习的时候，一时不能够快速转型，找不到感觉，有的人学习平平，但对工作的悟性却非常高，第一次走上岗位就能够得心应手地处理工作事务。其实，工作的事务能够真正用到你当前所学知识的三四成就已经算很专业了，它更多考察的是一个人对实际问题的理解分析与再学习能力，与团队及其他行业专业人员的沟通协作进而共同解决问题的能力。我的理解，要善于观察、思考、学习、合作，具备了以上意识并能够在实践中落实，进入角色就快，否则很难快速融入，其实不止实习如此，工作亦如是。

实习单位的选择问题，进大的单位对工作要求的质量高，实习生大多是看得多，实际操作机会少；反之，小的部门人员少，人人是万金油，常常是“四人活，两人做，三人薪”，自然把实习生当免费的棒棒，给你动手的时候就多，做不好甚至可以手把手教你。一个培养你眼界，一个教给你技能，各有所长，关键是你想要的是什么。

祝愿留下一段快乐的实行时光。

爱你的爸爸妈妈

2017 年4月17日

备战暑期实践

亲爱的老爸老妈：

本来应该上周写的邮件又被我拖延到了这周，其实也不算是拖延，而是从上周以来打开文档好几次却始终不知从何下笔，直到今天才有些思路。

过去的一周一直都很忙碌，因为五一要去扬州一趟，最近又恰逢期中，所以在尽力完成五一的作业。除此之外，还要兼顾准备雅思、暑期选课、暑期实践和泰国行程安排等事宜，每天都像高速旋转的陀螺，恨不得有几个分身。

四月末五月初，正是一年天气最好的时节，天朗气清，阳光明媚，学校的暑期选课和暑期社会实践项目报名等也正是这个时候。这个暑期我报名了两门课程——英语和游泳，周一、三、五上午学习英语，正好为七月末的雅思考试做准备，周二、四、六上午则是游泳课，学习技能的同时也锻炼身体，为暑期去泰国学习潜水奠定基础。此外，我还报名了学校外事处的英文语伴项目，小学期中每天和来自英国伦敦政治经济学院的留学生们交流一个小时，这个项目目前还在资料审核中，希望能顺利通过考核。

前两天偶然看到八月初学院的日本研修项目和一个公益社团的少数民族文化调研项目的招募信息，时长都在十天左右，觉得很感兴趣。日本研修项目有一万元奖学金，整个新闻学院却只有两个名额，保险起见，我两个项目都提交了资料。任意一个通过，都意味着小学期结束之后没法马上回家。泰国的行程是8月18号至29号，如果幸运，在去泰国之前我还能回家待上几天，如果时间紧张，就只能从泰国飞重庆，再赶在9月8号开学前回学校。这大概会是进入大学三年来最忙碌的一个暑假。

一周前咨询了新闻学院的教务员老师，在她的建议下准备下学期一边实习一边补修新闻学院的基础课程。但是，我自己内心还是有些纠结，学院提供实习单位名头都很大，这对我来说诱惑不小，但学院的实习同时意味着空虚的实习经历和没法待在学校上课。也希望你们能给我一些建议。另明天早上去扬州，和杨肖哥一起过五一。

于2017年4月28日20：00

冰　儿：

“凡事豫则立，不豫则废。”毛泽东一生很是喜欢《中庸》中这句断语，曾多次加以引用。明末清初理学家、教育家朱柏庐也在自己的《朱子治家格言》中总结出“宜未雨而绸缪，毋临渴而掘井”的话。历代前贤都很看重事前规划，今日读着我的冰儿对自己的生活有条不紊的安排，感觉冰儿真的长大了。

长大就像爬楼梯，开始时跌跌撞撞，看不到上边，没有目标，就凭着感觉不停地爬啊爬，不断地摔筋斗。摔的筋斗多了，慢慢就知道看路了，晓得楼梯的高矮与跨度，在心里揣摩着哪里该转弯，哪里该用力，哪里该停一停，爬起来就轻松自如。爬的楼梯多了，不用去细细打量楼梯的设计，计算楼梯的步子，约略地瞟一眼，心中就有了楼梯，驾轻就熟，东坡先生成竹在胸说的就是这样一种境界。心中的境界开阔了，就可以谋划再去攀爬另外的建筑或是山峰，或是自己去造一架楼梯来也未为可知。

回想三年来，我的冰儿从一个乡下顽童，懵懵懂懂地站在魔都南京路的十字街头，一切都是那么生分，那么无助；从别人拉着走，带着走，到或昂首阔步，或步履轻盈，已然完全没有了初来乍到的忐忑，有的是满满的自信，稳稳的踏实；甚至是觊觎着别人的道路，心向往之，蠢蠢欲动。这是一个醉人的过程，让人欲罢不能的过程，没有切身体验这种过程的人又怎能体味到其中的乐趣呢？

其实现在看着弟弟开始牙牙学语，尝试着想慢慢爬起来走路的样子，再在头脑中像放电影一样回望你这十九年经历的风风雨雨，心中这种感慨就更加强烈了。是啊，一个人的生命过程何其奇妙，君子也罢，小人也罢，伟人也罢，庸人也罢，他们开始都一样仰望巍峨的楼梯，他们开始都一样摔筋斗，但是他们后来却走了迥然不同的道路，是什么力量改变了人的后半生的命运？其实就是这看似平平的生命过程。有人摔筋斗了得过且过，有人跌倒了去找跌倒的原因；有人一辈子浑浑噩噩，有人一生总是稳稳地把握自己的人生航向，虽然偶尔也有跑偏，但他总知道自己的目标在哪儿。我想这就是开始的同最后发展到不同的原因所在。道理简单，但有人却一生不能悟得。

关于实习的事，大单位小部门它都只是一份实习，它不能从根本上影响你今后的就业、求学与人生走向。其实关键是看你现在需要的是什么，迫切要解决的是什么。在有些学校做得比较好，读研的同学根本不需要实习；西方好像也有这种教育，要进一步深造的学生最后一年的实习不再参与，而是直接进入研究生院学习。所以针对你目前的情况我觉得实习应该是放到第二位去考虑的问题。可以选择一个位于上海的单位实习，比如《解放日报》、东方卫视等，这样既可规范实习，也可修完所落下的学分。另外可以适当考虑实习的工作内容与你小实习的工作互补，让自己得到多方面的尝试，把路走宽一点。还要兼顾实习单位的位置尽可能在距离学校一小时车程内，不要每日里把自己搞得疲惫不堪。以上意见仅供参考。

安好。

爱你的爸爸妈妈

2017 年4月30日

青春扬州

亲爱的老爸老妈：

这是一封写自扬州的邮件。世人都说“烟花三月下扬州”，虽然现在已经是五月，但并不妨碍欣赏它的美。

在上海的前两年，我基本走遍了周边较为著名的旅游城市：南京、苏州、杭州……每一个城市都给我留下了独一无二的印象，现在，终于有机会来到被誉为“竹西佳处，淮左名都”的扬州城。扬州无论是城市布局、建筑风格、人文风情都和苏州很相似，但两者又略有不同，如果说苏州是端庄娴静的大家闺秀，一举一动都充满着成熟的韵味和风情，扬州就是秀丽温婉的小家碧玉，真正的美好往往体现在细枝末节处，细细品味之后才越发沉醉其中。

从踏进这座城市的第一秒，就沉浸在一股隐隐约约的花香之中，这股淡雅的清香味伴随了我们在扬州的三天两夜。这次出行是我十多年来第一次住青年旅社，感觉非常奇妙。遇到了一大群年纪相仿、志趣相投的朋友，每晚回到青旅的客厅，十多个人一起看剧、听歌、做游戏……同一房间的四个女生互相分享水果、零食以及自己的游玩经验。我想这就是青旅无与伦比的魅力，相比于价格低廉的竞争优势而言，吸引我的恰恰是身处其中感受到的浓浓人情味。

在扬州的几天，去了个园、东关街、大明寺和瘦西湖，每天步行两万步，累到几乎崩溃。要不是因为此次出行时间紧张，我其实并不喜欢走这样高强度的标准游客路线，尤其对于扬州这样的历史文化名城。好在精致的园林和美味的食物抚慰了我的心与胃。个园的春夏秋冬四季山是我全程的最爱。难以想象古代人是以何等的智慧，设计出如此精巧绝伦的园林景观，将植物、假山与建筑和谐地融合在一起，同时利用不同石材与植物的特性，在一方小天地中营造出四季的景象。虽然瘦西湖游人如织，但在我看来却是名声在外其实难副，一百五十块的门票（学生半价）毫无性价比可言，景色虽好，却过于单一。占地极大的园区和随处可见的摊铺更是令整个体验大打折扣，走出景区后留下的印象不过是逛了一个大公园。

扬州美食属于淮扬菜系，尤以狮子头和扬州炒饭最为著名。此次扬州之旅一个重要的安排就是品尝扬州早茶和经典淮扬菜。在诸多早茶茶社中我们选择了距离青旅最近的花园茶楼，这也是扬州当地人最喜爱的茶社之一，品尝了著名的水晶肴肉、蟹黄汤包、三丁包、虾籽烧卖；晚上顺路去了名声在外的狮子楼，品尝每桌必点的狮子头、扬州炒饭和文思豆腐羹。已经习惯了上海口味的我觉得味道尚可，尤其喜爱晶莹剔透、入口即化的水晶肴肉和豆腐成丝、清淡绵密的文思豆腐羹。但在杨肖哥身上，这两顿极具地方特色的美食体验却变成了赤裸裸的折磨，评价道："味道清奇、又咸又腻。"

五一假期结束也意味着要继续回到学校完成繁重的期中作业，接下来直到期末结束应该都不会再有出行计划，彻底放松的扬州之旅也算是为上半学期画上一个圆满的句号。

2017 年4月30日21：00

写于扬州kiki青年旅社

冰　儿：

祝贺你又度过了一个精彩的"五一"节，在优美的日子里，美景美食相伴，再碰到一群心怀美好志趣相投的伙伴，这也算得上人生一大美事。

但其实最令我感到欣慰的不在这上面，从这件事，我是真正看到我的冰儿长大了，成熟了，不仅能合理规划自己的行程、生活、学习，更能够主动去发现生活之于我们的趣味，品味生活的审美与理趣。

王逸少在《兰亭集序》中把世俗人生之乐概括为取诸怀抱，悟言一室与放浪形骸，寄情山水两类，放到今日之时代未免失之偏狭，人世的相交又岂止是这两者所能够全部概括的？但放在彼时封闭的农耕文明的背景看来此言还是很有见地。在今天这个多元的开放世界，即使是自然之景也不再只是单纯的秀美与巍峨，它还包含此处之景与彼处之景的对照，景观的不断改造与历史变迁等等诸多审美妙趣在里面。央视有个节目叫“城市一对一”，专门比较研究中国传统文化名城与国外相似的名城在自然、文化、建筑、美食等方面的相通与相异之处，它带给人的审美体验远非一般的旅游节目所能相比。前日里发给你的电视专题片“览胜神州·神奇川河盖”也是借鉴了这一手段，将不毛之地川河盖生拉硬拽来与国际知名景点“南非桌山”作比照，虽说有些牵强，但巨大的时空错位瞬间就让你有种耳目一新被征服的感觉。所以即使是单纯的游山玩水，各人的收获自是不同的，带着审美与理趣的眼光去感受当然与普通的观山览水有很大差异。王羲之受到所处的时代局限，当然不能看到这一点。但一篇《兰亭集序》如果仅是书写兰亭胜景，宴会盛事同样是不可能让它成其为千古名篇的，它一定要有“后之视今，亦犹今之视昔，”“虽世殊事异，所以兴怀，其致一也”的人类代代相通的情感倾诉才能触动人心，沟通古今，否则就苍白，不能动人心襟。你今后从事媒介传播，这些道理自应深知。

以前都是我们带着你各处游玩，现在你能够自主地到各地开启你的览胜之旅，而且有这样非同一般的体验与收获，实在是大大出乎我的意料。其实人生的过程就应该是这样，年少时期在父母陪伴下亦步亦趋，直观地感受这个世界；青年了，挣脱父母的双手，一边感受，一边理性地思考；中年了，不断拓展自己的认知边界，才有属于自己的精彩世界。成熟，不只是虚增岁月的刻痕，更应该是智慧的持续涵养。看着你一天天开创属于自己的崭新疆域，我们很开心，也送给你深深的祝福。

期中过后，生活的节奏越发增快，计划好，悠着点，一步一步慢慢来，不要把自己搅得每日身心俱疲，要激情满满信心百倍迎接新挑战。

爱你的爸爸妈妈

2017 年5月5日

在网易

亲爱的老爸老妈：

夏天的脚步越来越近了，上海最近的温度几乎都稳定在二十七八度上下，最热的时候甚至高达35℃。复旦的校园也随着炎炎夏日的逼近，越发生动美丽起来，似乎在一夜之间，冬天被砍得光秃秃的树木就披上了一条绿毯，严严实实地遮挡住灼人的阳光，为学子们送来浓浓清凉。

周四在新闻精品选读课程老师的带领下前往杭州网易总部和浙报集团进行了一日参观游览，虽然代价是另外两门课程请假一次，但充实有趣的参观体验让我收获颇丰。

在网易总部，我们参观了考拉海购、网易优选、网易云音乐、网易课堂等部门的工作区域和游戏设计部，更亲身体验了一把健身房、运动场、咖啡厅、宿舍和食堂。高强度的工作和拥挤压抑的环境让我感触良多，在此之前，我一直认为能够进入网易总部的人才都是较为优秀的精英分子，在中国最具代表性的互联网企业中工作，必然拥有窗明几净的办公室和自由活跃的工作氛围，而非现在这般如工厂流水线上毫不起眼的螺丝，被工作压榨得抬不起头的“互联网民工”。在食堂排队打饭的时候，看着身旁来来往往的二十岁上下的年轻人，穿着打扮、言谈举止、脸上神情都和我在校园里看到的别无二样。我突然想到，假如自己本科毕业就决定工作，或许也会成为他们中的一分子，突然就对未来感到惧怕起来。

除了集团独立经营带来的资本更雄厚、技术更发达、氛围更活跃等特点以外，浙报集团的参观和人民日报实习期间所见所感基本一致，我就不再赘述了。

这一次参观有忧亦有喜，它让我对当今新闻行业的整体蓬勃发展有了更清楚的认识，也对中国新闻媒体的发展改革有了一些粗浅的思考，但对现在的我而言，更重要的是对未来的职业发展规划有了更坚定的决心，我一定以更饱满的热情投入在复旦的每一天。

于2017年5月15日20：00

冰　儿：

五月的秀高校园总是热情似火：树木蓬蓬勃勃地生长，孩子们的备考分秒必争，家长也来凑热闹。空气里弥漫着“战前浓浓的火药味”，所幸这一切离你已经渐渐远去。

其实你在网易所见，只不过是另一个竞争场罢了。今日之中国发展日新月异，各行各业的优秀人物均想抢占先机，占据未来的主导地位，所以竞争的白热化自是不可避免。在这种高强度的竞争中，拥有着企业绝对话语权的企业家又不可避免短视地以最大化地攫取剩余价值来实现自己的跨越式发展，所以在很多地方很多企业“五加二，白加黑”成为一种常态。其实，考察老牌资本主义发达国家，基本上每个国家在工业化早期都走过这样一段道路。当然，在这样的环境下劳资矛盾也就突出，政府要解决劳资矛盾势必慢慢推动企业的升级及管理的规范，这也就有了今天发达国家“空气都是清新的”的美丽图景。在今日之中国我以为“工厂流水线”是绝大部分企业的常态，只是没有想到像网易这样的知名企业也只是停留在这样的低级阶段的“原始积累”。回头看网上万达、华为员工晒公司一日三餐的精致生活，真是感慨良多。所见所闻同时也提醒你，要想不做“流水线民工”，只有站在更高的平台，拥有更多的话语权。

其实想起来复旦的学习又未尝不是另一个竞争场呢。学习自然不会轻松，学业挣绩点，专业挣排名，眼看着毕业了，又有考研的烦恼、雅思的压力，此外还有见习呀，实习呀，就业呀，凡此种种，一大堆的事情常常压得人喘不过气来。

事实上古人早有“生无所息”的断语，是啊，人生何尝有松闲呢，少年练本领，青年有职场竞技，中年要养家糊口或是建功立业，老年了本以为可以轻松轻松享享福了，却又要忧心儿孙。佛说：浮生即苦海。由是观之，此言不虚。

但人生真要这么去看待，那真如消极者所云“了无滋味”。事实上每一个阶段每一个群体都有很多人生活得有滋有味，尽情地享受着学业、事业、生活带给自己的快乐。

以我观之，把学业、生活的苦恼转化为快乐还是有方可寻的。良方之一就是有规划，以前谈得过多，不再赘述。其二当是学会享受其中的乐趣，给自己一双发现美的眼睛，再苦的活，再累的事，其间都有快乐的因子，要善于把握甚至是放大这些要素，差等生视学业为畏途，优等生却把学习视同与古今贤者的对话，同样的活动，不一样的体验。其三是把眼前的困顿与未来的蓝图相联系。孟子有云："故天将降大任于斯人也，必先苦其心志，劳其筋骨，饿其体肤，空伐其身。"今日的苦与未来的天降大任于己身相联系起来，自然就不觉得辛苦了。其四要善于把自己的辛苦与相关联的亲人、友人等的期待相联系，革命时代的英雄贯穿一个信念：亏了我一个，幸福千万人，自己的付出自然找到了价值所在。此外还要善于忙中寻闲，古人尚可"偷得浮生半日闲"，更何况是我们今天这个多元化的时代呢？

临近期末季，事务一定又多起来，生活一定又忙起来，再加上老爹又加给你额外的任务，不可避免压力山大。但无论学业再忙，事务再多，一定要学会调整自己，要学会给自己的心灵放放假。

爱你的爸爸妈妈

2017 年5月20日

附　录

走向复旦

2014年7月13日，于我而言是一个平凡却又不平凡的日子：这一天看似与过去几千个日子并无不同；这一天，16岁的我却收到了来自复旦大学的录取通知书。这一天，天蓝蓝，草青青。

总有人向我询问学习的经验与方法，搜罗我的教材和笔记，这实在叫人觉得无奈。我从未想过某一天会成为他人口中、心中的榜样，因为我本只是一名普通的学生，甚至不曾遵循那些所谓的成为一名优秀学生的标准与步骤，而是“肆意”地长大。若非要给我这16年的成长历程做一个总结，只能是：快乐学习，稳步成长，实现超越。

小学：我是班里的“丑小鸭”

从小在乡村长大，我是个十足的野孩子，整天带着一群小伙伴在田野里疯跑，搞恶作剧，惹是生非。四岁半时，父母由于忙于工作，无暇照顾我，再加上乡下教育资源匮乏，他们将我送入母亲所在的学校读一年级，但私下里却让老师默许我每天逃课出去玩、不用交作业，生怕压抑了我“孩子的天性”。

后来，每每有人听到我四岁开始读书而大加赞叹时，我只能讪讪地笑，说不上一句话。然而，回过头来看，正是这种淳朴自然、缺少规范的儿时生活，极大地培养了我对大自然的热爱和对万物充满好奇、乐于探索的精神。

我真正的学校生活始于二年级。那时，随着父亲工作变动，我转学至秀山县东风路小学。那是当时县里最优秀的小学，出色的孩子比比皆是。身高平平、长相平平、成绩平平，再加上不适应城里生活造成的沉默寡言，我自然成了班里默默无闻的丑小鸭。成绩好的和调皮捣蛋的学生总会得到老师的特别关注，普通学生只能淹没在茫茫人群里，这是学校固有的“潜规则”。作为“潜规则”的“受害者”之一，我当然无法得到老师随时眼波传情，但我却乐得躲在人群之中，在按部就班的学习之余，沉浸于自己的小世界——我迷上了阅读。

父亲从不要求我成为班里成绩最好的学生，但却要求我广泛阅读、勤于思考，做一个知识广博的人；要我亲近自然、热爱运动，做一个全面发展的人。

相对于如今身边每天有上不完补习班的孩子们，我那时真是太过幸福。从我走进城里学校的第一天起，父母便统一方针：学就要用力地学，玩也要尽情地玩；绝不参加补习班，要成为自己学习的主人。得益于此，从小到大，我从未接受过课外补习，而是始终坚持独立自主、张弛有度地安排自己的学习生活，倒是每到周末，父母一定陪我到城郊爬山、郊游。虽然依旧成绩平平，但却过得充实快乐。从小到大，我热爱生活，热爱阅读，不排斥学习，或许，这也是父母为我今天能走进复旦培下的第一抔土。

初中：我也曾一度迷茫

升入初中后，日益繁重的学业并未提高我作为一名中学生的自觉性，加之学校管理松散，我玩得更加肆无忌惮：上课走神、下课疯玩，甚至作业不能按时按量上交。班主任身兼数职，无暇花费太多时间关注班级情况，这无疑助长了我的嚣张气焰，表面上一副乖乖女模样，背地里却从来不带哪怕一张纸回家，周末更是不见人影。成绩也很快由二三十名滑落到一百名左右。

父母注意到了我的变化。母亲买来大量课外作业，限制我的课外时间，但这样的措施没能帮我拉入“正轨”，反而激化了我和父母间的矛盾，我陷入了大家通常所说的叛逆期。迫于无奈，初三开学前，父母不顾我的反对将我转学到了一所二流学校——中和镇中学。没想到，在这所秀山尽人皆认为的“差学校”，我迎来了人生的一大转折。

在中和镇中学求学的短短一年时间，我和老师、同学们结下了深厚的友谊，更遇见了我迄今为止最为尊敬和感激的良师益友——班主任田蓉老师：她刚做完手术两天便连夜赶回学校，只因放不下我们；周末在自己家中为不能回家的学生准备丰盛的饭菜，让他们感受家庭的温暖；嗓子旧病复发，说不出话也坚持着为我们上完一堂完整的课……是她无微不至的关怀和呕心沥血的付出让我真切地体会到师生情谊，更促使我反思自己，决心好好珍惜宝贵的校园生活，让青春少些遗憾。初三那一年，虽然说不上全身心投入，但相比初一初二的自己，却是认真了太多。

值得一提的是，在我最叛逆的时间里，父母对我更多的是人生的引导，而不是断然地完全限制我的生活。初中最叛逆的日子，也是我阅读量突飞猛进的时间段，每周，父亲从学校的阅览室借来《名人传记》《中华儿女》，甚至还有《奥秘》等，他还为我购买了很多文史作品。作为逃避学习的消遣，更多也是一种精神的皈依，我如饥似渴地阅读，很多时候，一部厚厚的书，我甚至能一个下午把它啃完。现在想来，这种高强度的阅读，一方面缓减了我青春叛逆期的不良情绪，另一方面也为我后来学习上的厚积薄发打下了坚实的基础。

高中：我找到了人生的方向

一年的改变让我有惊无险地进入秀山高级中学正式成为了一名高中生。

然而，高中多了一份紧张，更多了一份自主，失去了老师的督促，高一上学期的我再次回归刚入初中时的肆意，曾多次被老师点名并私下谈话。

持续到高一下期分班。新学期开始，父母便对我说：我们不想给你施加太多压力，只希望你用心、快乐地学习，以后回首时青春无悔。这时的我才猛然发现：半年一过，我的高中时光已然只剩下5/6，可我却一事无成。窗外又是春暖花开，夏季即将到来。这时的我才真真切切地感受到：高考已离我不远，而我已蹉跎太多……这时的我才认认真真地静下心来思考自己未来的人生道路：是上一个二本学校，找一份勉强糊口的工作，还是……难道我真的要过上这样平凡庸碌的生活？我不甘心，不甘心！从那一天起，我下定决心，要让剩下的高中生活过得更加充实而有意义，让高考为我人生奠定坚实的基础。窗外春色正好，马褂木恣意地绿着。每天来来往往地奔跑在校园的小径上，我感受到生命中前所未有的踏实。

态度的转变直接带来成绩的变化，经过一个多月沉心静气的学习，我在第一次月考中竟然取得了全班第一、年级第四的好成绩，把自己吓了一跳，更把父母和老师吓了一跳。这一次偶然的成功，让我认识到“世上无难事，只怕有心人”“没有付出，就没有收获”。夏季如约到来，马褂木葱郁、香樟树蓬勃，前所未有的力量充盈于我的身体血脉间：“我要成功，我能成功！”在自我内心的激励和父母、老师的帮助下，我以前所未有的专注努力投入到学习之中，我用自己的意志践行着书中的励志故事。

后来的学习虽说也起起伏伏，但更多是波澜不惊。

回头看来，大家口中黑暗的高中生活在我看来却格外美好、珍贵。马褂木黄了又绿，香樟总是那么葱葱郁郁，寂寞的日子你会觉得知了的叫声也具有穿透时空的魔力。高三就如凤凰涅槃，唯有经历过了才感受到身心的成长。

再次回顾这16年来的成长，我要感谢许多，更从中得到许多人生启迪，值得作为一生的财富好好收藏：

感谢自己。在迷茫时也不曾失去对生活的热爱，始终保持积极乐观的心态，正视生活中的不如意，认识心中那个优秀的自己，不断成长，不断缩小现实与理想的差距，永远不对自己失望。

感谢父母。他们从不以世俗标准评判孩子，而是坚持自己的教育理念，带领我感受生活、激励自我、快乐成长，教育我做任何事都要自信、投入，做到问心无愧。

感谢老师。作为求学生涯中的重要角色，他们一直伴我左右。珍惜来之不易的师生情谊，充分利用老师手中丰富的学习资源充实自己，又何尝不是学习的一大捷径呢？

世上没有一蹴而就的成功，唯有目标明确、脚踏实地、坚定不移，才能助你成为人生赢家；更何况学习永无止境，奋斗永无止境。坐在复旦宽阔的草坪上，蓝天显得悠远而深邃，光华楼矗立于法国梧桐丛中，如一位思想的巨人，他时时勉励我：复旦只是人生路上的坚实一步，他将助我攀登更高的山峰，走更远的路，去看更美的风景。

也希望看到了这篇文章的你努力做到这三句话：快乐学习，稳步成长，实现超越。去实现自己的人生理想！

大山深处的感动

2015 年8月1日【第一天】

热闹的集市开启了遵义市永兴镇居民新的一天，也开启了我们复旦大学、上海交大等八大高校的遵义支教之旅。

早上来参加活动的小朋友并不多，但这并不能消减我们志愿者的热情，我们更加投入地与小朋友们一起游戏，时间在欢声笑语中飞快流逝，我们和孩子们迅速熟悉起来。

下午的活动自然而然多出了许多新面孔。第一组队员讲授了一节海洋学课程，虽然受教学设施限制，没能播放事先准备的幻灯片，但队员们通过精心设计，以生动翔实的案例和欢乐的互动，让小朋友们很快就了解了大海的诸多秘密。

课程结束后的破冰游戏，小朋友和志愿者一起互动，随着了解加深，我们的配合也愈发默契，原本略显拘谨的他们慢慢放开参与到活动中来，乐意与我们这些大哥哥大姐姐交流了。

支教第一天，我们似乎没有改变任何东西，但却让我懂得真诚与付出正是走进贫困地区孩子们生活与情感世界的良丹。同时也收获太多感动，遵义蔚蓝的天空、柔软的白云、孩子们朴素明亮的眼睛，一切都显得格外珍贵。

2015年8月2日【第二天】

开营仪式后，当队员曹正涛在黑板上写出“梦想”两个大字时，多数小朋友睁大了茫然疑惑的眼睛。

也曾有队员对课程质疑：“梦想这个词不可捉摸，我们应该教孩子们做好自己手中的事，脚踏实地的好。”但我并不认同这种观点：“虽然他们现在还不知道梦想是什么，但我们应该告诉他们，至少让他们有这种意识，不然脚踏实地又从何谈起。”

“我要成为一名科学家！”“我喜欢画画，也喜欢唱歌。”孩子们天真的话语后隐藏的是或许他们自己从未意识到的雄心壮志，而这恰恰契合了我之前的坚持——调动孩子们梦想的潜意识。在老师的鼓励下，许多小朋友暂时忘记了胆怯，大胆走上讲台说出自己的梦想，我们都不由为他们的勇气鼓掌。

五彩斑斓的细砂一如缤纷的青春，经过孩子们的手，一层层细心沉淀到瓶底，下午的沙瓶画课程很受欢迎。“就像这瓶沙画，每个阶段的人生沉积都相互联系，你们的生活也因此变得越来越丰富、美丽。”在盖上瓶盖的那一刻，孩子们的脸上都漾起了开心的笑容。

这一天，梦想开始起航。

这一天，我们共同拥有一段难以忘怀的美好回忆。

2015年8月3日【第三天】

在山野里奔走，那叫快乐；在深夜里劳作，那叫辛勤；一直家访到看到天空的北斗星，那叫感动。

从来都没有想到董家湾那么远，董仕意、董仕松他们每天往返学校，居然要花费40元的费用。

等了很晚，董仕意的父母才从田间劳作回来。他们很开心，给我们倒茶水，端花生，详细询问我们的情况。我们告诉他们我们求学的经历，希望能够给他们教育孩子提供一些启示。在我们离开的时候，他们很激动，送了我们好几袋自己家中产的茶叶，我们希望能够付钱，但他们却坚决不收。

漫天黑漆漆，在家长的带领下下山，看着逐渐远去的灯火和疏落的房屋，听着我们脚踏树枝、落叶发出的吱嘎声，遥望星空，星光点点，想到在山上放肆奔跑欢笑的孩子，一如看到他们自由地在星空下追逐梦想，内心涌出一种莫名的快乐。

没到贵州之前，我只知道这儿“地无三尺平，人无三尺银”，很贫困；现在，我还了解到这块土地上的人们朴素本分、满怀憧憬，无比坚忍。

我知道，在西部有大片寂寞的土地等待我们用青春的热情和汗水去开垦。当你用心去点亮一盏心灯时，你可以在内心骄傲地大声呼唤：这样的青春，无悔！或许，这正是支教的价值所在。

2015年8月4日【第四天】

清晨，云贵高原温暖的阳光宣告新一天的来临，“遵义行·大学梦”上海八大高校支教活动进入第四天。

经过前几天的铺垫，教学渐入佳境，孩子们积极回答老师的问题，表现格外活跃。

下午的体育课上，篮球、羽毛球、趣味游戏……操场上满是孩子们的笑闹声，队员们也深受感染，纷纷加入孩子们中间。尤其是趣味游戏环节，孩子们表现出极强的组织协调能力和集体合作意识，让我们大吃一惊。上课结束，大伙都意犹未尽，孩子们天真无忧的笑脸仿佛在瞬间消融我们一整天的辛苦，为了他们，再累，我们都甘之如饴。

在不到一周的时间里，有欢笑，有泪水；有收获、也有失落……但唯一不变的是对活动本身的坚持和热情。孩子们的表现让我们更坚信：只要付出，贫瘠的土地一样能开出理想之花，我们有理由在接下来的时间里更勇敢坚定。

2015年8月5日【第五天】

8月5日早晨，“阳光启梦杯”运动会在永兴完小拉开帷幕。

最后一项寻宝大戏。我们设置了“大学梦”一等奖1个，“遵义行”二等奖2个，“阳光启梦”三等奖3个，“春晖”参与奖若干，潘日钊、方益志和何腾早早藏好了宝贝。

当“大学梦”一等奖被小琳找到时，几乎所有人都跑来一起为她见证，为她欢呼。

属于孩子们的梦想已经开始在这块土地生根发芽。

2015年8月8日【第八天】

下午的大型画作生动有趣。黄月星队友创造性地将梦想和大型画作联系起来，让孩子们在画布上写下自己的梦想，将自己双手双脚沾满五颜六色的颜料印在梦想之上，引导孩子们手握梦想，脚踏实地。最后他亲手画上一条呈2015字样的祥龙，寓意孩子们的梦想将乘着这中华民族古老的图腾高飞。

看到孩子们自豪的表情，我仿佛看到多彩遵义正跟全国、跟世界连为一体。

忙碌而充实的又一天过去了，但这样的日子所代表的，不仅仅是时间的流逝，还有变化的发生，每天都让我们发现自己与前一天有所不同。改变，就在不知不觉中发生着。

2015年8月10日【第十天】

这是我们在永兴完小的最后一天，一切没有什么不同，一切却又显得那么特别，只因为今天下午要举行最后的教学成果展示和文艺汇演。为着这一天，队员和同学们筹划已久。

中午孩子们早早来到学校，整个学校都处于忙碌与亢奋中，老师们忙着布置会场、设计队形、排练节目，孩子们精力十足，配合排练。在经历了漫长的等待之后，闭幕式拉开序幕，教学成果展示、学生表演、老师表演……活动有条不紊地进行，十天时光仿佛电影般在眼前逐帧回放。随着最后一首歌——《再见》的音符落下，队员和孩子们都情难自禁，相拥而泣。

十天太短，我们刚刚相识；十天太长，彼此再难忘怀。或许以后再难相见，但我们不会忘记在永兴完小度过的十天时间，这段回忆将被珍藏心底，无可替代：

这十天，我们看到了贵州的好风光，看见了一碧如洗的天空，洁白柔软的云朵，还有夜幕降临后的点点繁星；

这十天，我们从陌生到熟悉，从拘束到融洽，我们一起上课、运动、画画，一起看电影、吃零食、听音乐，每时每刻、分分秒秒彼此都在蜕变；

这十天，我们将梦想的种子播撒在孩子们心间，只待春暖花开，它们一粒粒破土而出，长出希望的幼芽，茁壮成长，最终成为参天大树。

十天之后，我们“不回头，不回头地走下去”，“你在南方的艳阳里大雪纷飞，我在北方的寒夜里四季如春”，上海到永兴，从东到西，这1750公里的距离，阻不断的是我们之间永远的思恋和牵挂。

当我们唱起这最后一首歌，只希望，曲终人不散。

遵义永兴的夜空依旧美丽，星星依旧明亮，而这，却是我们最后一次一起看星星了。